Yuri Herrera

DER KÖNIG, DIE SONNE, DER TOD

Mexikanische Trilogie

Aus dem Spanischen
von Susanne Lange

S. FISCHER

MIX
Papier aus verantwortungsvollen Quellen
FSC® C083411
FSC
www.fsc.org

Erschienen bei S. FISCHER

Die Originalausgaben der drei Romane erschienen
unter den Titeln ›Trabajos del reino‹ (2008),
›Señales que precederán al fin del mundo‹ (2011)
und ›Transmigración de los cuerpos‹ (2013)
bei Editorial Périferica, Cáceres, Spanien

Veröffentlicht in Zusammenarbeit mit
Michi Strausfeld, Barcelona – Berlin

Für die deutschsprachige Ausgabe:

Satz: Dörlemann Satz, Lemförde
Druck und Bindung: CPI books GmbH, Leck
Printed in Germany
ISBN 978-3-10-002255-4

INHALT

ABGESANG DES KÖNIGS

Für Florencia

ER WUSSTE BESCHEID über das Blut und sah gleich, seines war anders. Allein wie der Mann den Raum ausfüllte, so seelenruhig, als wüsste er alles, als wäre er aus feinerem Garn gewebt. Von anderem Blut. Der Mann setzte sich an einen Tisch, und seine Begleiter bildeten hinter ihm einen Halbkreis.

Er bewunderte ihn im schalen Rest Tageslicht, der durch eine Lüftungsluke in der Wand sickerte. Noch nie war er in die Nähe dieser Leute gekommen, aber Lobo wusste, ihr Auftritt war ihm vertraut. Irgendwo stand die Ehrfurcht festgeschrieben, die der Mann und sein Tross ihm einflößten, das plötzliche Gefühl, in seiner Nähe wichtig zu werden. Er kannte diese Art, sich zu setzen, den Blick über alles hinweg, diesen Glanz. Er sah, wie er dort mit all seinem Schmuck thronte, und da wusste er: ein König.

Nur einmal war Lobo im Kino gewesen, und in dem Film hatte er so einen Mann gesehen: stark, prächtig, mit Macht über den Lauf der Welt. Er war ein König, und alles um ihn herum bekam einen Sinn. Die Männer kämpften für ihn, die Frauen gebaren Kinder für ihn, er beschützte und beschenkte, und kraft seiner Gnade hatte jeder im Reich seinen Platz. Aber die Begleiter dieses Königs hier waren nicht bloße Vasallen. Sie waren der Hofstaat.

Lobo empfand zuerst nagenden, dann beflügelnden Neid, denn auf einmal begriff er, dass dies der wichtigste Tag in seinem Leben war. Noch nie war er einem von denen nahe gewesen, die das Leben selbst ins Lot bringen. Hatte es nicht einmal gehofft. Seit ihn seine Eltern von wer weiß wo hergebracht und dann seinem Schicksal überlassen hatten, war das Dasein eine Strichliste von Tagen voll Staub und Sonne gewesen.

Eine verschleimte Stimme riss ihn aus der Betrachtung des Königs. Ein Saufbruder befahl ihm, zu singen. Lobo gehorchte, abwesend zunächst, denn noch immer hielt ihn die Erregung gepackt, doch auf einmal sang er sie sich aus dem Leib, wie er es selbst nicht für möglich gehalten hätte, schleuderte die Worte hervor, als kämen sie zum ersten Mal aus seinem Mund, überwältigt von der Freude, sie gefunden zu haben. Er spürte, wie der König hinter ihm aufmerksam lauschte, merkte, dass es still wurde in der Kneipe, die Leute die Dominosteine verdeckt auf die Blechtische legten und zuhörten. Er sang, und der Besoffene forderte: noch eins, und dann noch eins, noch eins, noch eins, und Lobo immer inspirierter, der Besoffene immer besoffener. Mal lallte er die Melodien nach, mal spuckte er ins Sägemehl oder lachte wiehernd im Chor mit seinem Saufkumpan. Schließlich sagte er: Genug, und Lobo hielt die Hand auf. Der Saufbruder zahlte, Lobo sah, es war zu wenig. Hielt wieder die Hand hin.

»Mehr gibt's nicht, Singvogel, der Rest ist für 'n nächsten Rachenputzer. Kannst von Glück sagen, dass du so viel geschnappt hast.«

Daran war Lobo gewöhnt. Das kam vor. Er wandte sich schon mit einer Was-soll's-Geste ab, als er hinter sich hörte:

»Bezahlen Sie den Künstler.«

Lobo drehte sich um und sah, dass die Augen des Königs den Saufbruder festnagelten. Er hatte es ganz ruhig gesagt. Ein simpler Befehl, aber der andere wusste nicht, wann Schluss war.

»Ein Künstler? Wo?«, sagte er. »Das Würstchen hier? Das hab ich schon bezahlt.«

»Kommen Sie mir nicht auf die witzige Tour, Freundchen«, die Stimme des Königs wurde härter, »bezahlen und Mund halten.«

Der Saufbruder stand auf und wankte zum Tisch des Königs. Der Tross ging in Angriffsstellung, doch der König blieb gelassen. Der Besoffene bemühte sich, ihn scharf ins Bild zu bekommen, und sagte dann:

»Sie kenne ich. Ich hab gehört, was man sich erzählt.«

»Ach ja? Was erzählt man sich denn?«

Der Saufbruder lachte. Fahrig kratzte er sich an der Wange.

»Nein, Ihre Geschäfte meine ich nicht, das weiß doch jeder … Ich meine das andere.«

Und er lachte wieder.

Das Gesicht des Königs verfinsterte sich. Er hob den Kopf, stand auf, hielt mit einem Wink seine Leibwache zurück, trat auf den Besoffenen zu und packte ihn am Kinn. Der versuchte sich loszureißen, ohne Erfolg. Der König flüsterte ihm ins Ohr:

»Nein, ich glaube nicht, dass du irgendwas gehört hast. Weißt du, warum? Leichen sind furchtbar schwerhörig.«

Er drückte ihm die Pistole auf den Wanst, als tastete er ihm nach den Därmen, und schoss. Ein simpler Knall, ohne Belang. Der Besoffene riss die Augen auf, griff nach einem Tisch, strauchelte, fiel zu Boden. Eine Blutlache wuchs unter seinem Körper hervor. Der König wandte sich an den Saufkumpan:

»Und Sie? Auch was zu sagen?«

Der Betrunkene nahm seinen Hut und floh, Nichtsgesehen sagten seine wedelnden Hände. Der König beugte sich über den Leichnam, fuhr ihm in die Tasche, zog ein Bündel Geldscheine hervor. Er nahm ein paar, gab sie Lobo und steckte den Rest zurück.

»Kassieren Sie, Künstler«, sagte er.

Lobo nahm die Scheine, ohne sie anzuschauen. Er fixierte den König, sog ihn in sich auf. Ließ ihn nicht aus dem Blick, als dieser seiner Leibwache ein Zeichen gab und ohne Eile die Kneipe verließ, wandte die Augen auch nicht von den schwingenden Türen. Von nun an, dachte Lobo, gab es einen neuen Grund für die Sinnlosigkeit der Kalender: Kein anderes Datum bedeutete mehr etwas, nur noch dieses, denn endlich hatte er seinen Platz in der Welt gefunden, hatte von einem Geheimnis gehört und hatte, verdammt nochmal, eine unbändige Lust, es für sich zu behalten.

STAUB UND SONNE. Allseits Schweigen. Ein verwahrlostes Haus, in dem keine Worte gewechselt wurden. Seine Eltern waren zwei Menschen, die im selben Winkel gestrandet waren und sich nichts zu sagen hatten. Deshalb stauten sich Lobo die Worte auf den Lippen, später in der Hand. Bei seinem Blitzbesuch in der Schule erahnte er die Harmonie der Buchstaben, den Rhythmus, der sie zusammen- und auseinandertrieb. Es war eine stille Heldentat, denn die Schrift an der Tafel verschwamm ihm vor den Augen, der Lehrer hielt ihn für einen Esel, und so verschloss er sich in der Einsamkeit des Schulhefts. Nur aus eigenem Antrieb konnte er noch erlernen, welche Gewohnheiten die Silben und Akzente regierten, bevor man ihn auf die Straße schickte, damit er seinen Unterhalt verdiente, Reime gegen Mitleid und Münzen feilbot.

Die Straße war ein feindliches Terrain, ein blindes Ringen, dessen Regeln er nicht verstand; er ertrug es, indem er tröstliche Liedzeilen in seinem Kopf wiederholte und die Welt mit Hilfe der Wörter um ihn herum bewohnte. Die Plakate, die Zeitungen an der Ecke, die Schilder waren sein Heilmittel gegen das Chaos. Er blieb auf dem Gehsteig stehen, ging ein ums andere Mal eine beliebige Ladung Wörter durch und vergaß so die wüste Umgebung.

Eines Tages drückte sein Vater ihm das Akkordeon in die Hand. Leidenschaftslos, als erklärte er ein Türschloss, brachte er ihm bei, wie man die rechten Knöpfe mit den Bässen auf der Linken kombinierte und wie die Luft im Balg durch Ziehen und Drücken den Klängen Farbe gab.

»Halt es gut fest, Mann«, sagte er ihm, »das ist dein Brot.«

Am nächsten Tag verschwand er nach drüben. Sie warteten vergeblich. Die Mutter folgte und versprach nicht einmal, zurückzukommen. Sie hinterließen ihm das Akkordeon, damit er in den Kneipen spielen konnte, und dort lernte er, dass der Bolero eine gefühlvolle Miene zulässt, man sich bei der Ballade, dem Corrido, jedoch in die Brust werfen und die Geschichte beim Singen darstellen muss. Ebenso lernte er folgende Wahrheiten: Das Dasein ist Zeit und Unglück, mehr nicht. Es gibt einen Gott, der sagt: So ist's nun mal, ertrag es. Und vielleicht die wichtigste: Bloß weg von dem, der als Nächster kotzen wird.

Nie hatte er diese absurde Erfindung, den Kalender, beachtet, denn ein Tag glich dem anderen: von Tisch zu

Tisch gehen, Lieder anbieten, die Hand aufhalten, Münzen in die Tasche stecken. Ein Tag verdiente nur einen Namen, wenn sich jemand seiner selbst oder der anderen erbarmte, den Revolver zog und die Warterei verkürzte. Oder als Lobo entdeckte, wie Haare und willkürliche Schwellungen an seinem Körper zum Vorschein kamen. Oder wenn sich Schmerzen den Weg durch seinen Kopf hieben und ihn für Stunden niederstreckten. Schlussstriche und Willkürlichkeiten dieser Art waren die einzigen Marksteine der Zeit. Darüber verging sie ihm.

Und über dem Erkunden des Bluts. Er konnte unterscheiden, wie das Blut bei dem Pack gerann, das ihn mit Komm-Kleiner-komm in dunkle Ecken locken wollte, wie zäh es in den Adern der Feiglinge stockte, die ohne Grund lächelten, wie es bei denen zu Wasser wurde, die mit der Jukebox immer wieder dieselbe Wunde aufrissen, und zu Bruchstein bei den finsteren Gestalten, die selbst Blut sehen wollten.

Nacht für Nacht kehrte Lobo in seinen Winkel zurück, wo er die Wände aus Pappe anstarrte und spürte, wie die Wörter in ihm wuchsen.

Er begann, Lieder über das zu schreiben, was anderen passierte. Von der Liebe wusste er nichts, war jedoch auf dem Laufenden, packte sie in Redensarten und Allerweltsweisheiten, unterlegte sie mit Noten und verkaufte sie. Aber was er bot, war eine Nachahmung, ein Spiegelbild des Lebens, das man ihm erzählte. Obwohl er ahnte, dass die Lieder mehr hergaben, fand er nicht die Triebfeder, es war doch alles gesagt, wozu also? Es blieb kaum mehr als warten, weitermachen, warten. Worauf? Auf ein Wunder.

SO HATTE ER SICH EINEN PALAST immer vorgestellt. Mit Säulen, Statuen und Gemälden in jedem Raum, mit fellbedeckten Sofas, goldenen Klinken, einer Decke, die nicht zu erreichen war. Und überall Menschen. Was da alles im Laufschritt durch die Gänge eilte. Hin und her, mit Aufträgen oder um sich zur Schau zu stellen. Menschen von überallher, von jedem Ort der bekannten Welt, Menschen von jenseits der Wüste. Manche hatten, heiliges Ehrenwort, sogar das Meer gesehen. Frauen glitten wie Leoparden dahin, hünenhafte Krieger trugen ihre Narben wie Orden im Gesicht, es gab Indios und Schwarze, selbst einen Zwerg sah er. Er trat zu den Grüppchen, spitzte die Ohren, hungrig nach Wissen. Von Kordilleren, Urwäldern, Golfen und Bergen hörte er in einem Singsang, der ihm noch nie zu Ohren gekommen war: das Ypsilon wurden zu Sch, das S verschwand aus den Wörtern, mal hob und senkte sich die Melodie, als reiste jeder Satz über Berg und Tal, man merkte gleich, die stammten nicht vom flachen Land.

Früher einmal war er in diese Gegend gekommen, mit seinen Eltern noch. Aber damals war es eine Müllkippe gewesen, ein Morast aus Krankheit und Dreck. Wie hätte er ahnen können, dass ein Leuchtturm daraus werden würde? Genau das bewies die Hoheit eines Königs: Der Mann hatte sich unter dem einfachen Volk niedergelassen und den Schmutz in Pracht verwandelt. Wer näher kam, sah einen Wüstenausläufer, den der Palast in einer Herrlichkeit aus Mauern, Gittern und weitläufigen Gärten aufbrechen ließ. Eine glorreiche Stadt am Rande jener anderen, die bloß Straße für Straße ihr eigenes Unglück zu wiederholen schien. Hier aber drückte, wer kam und ging, die Schultern durch, gepackt von der Würde, einer blühenden Macht anzugehören.

Der Künstler musste einfach bleiben.

Er hatte erfahren, dass abends ein Fest stattfand, sich zum Palast aufgemacht und seinen einzigen Trumpf gezogen:

»Ich will für euren Chef singen.«

Die Wächter musterten ihn wie einen streunenden Hund, machten nicht mal den Mund auf. Der Künstler erkannte einen, der in der Kneipe dabei gewesen war, und merkte, dass auch der ihn erkannte.

»Sie haben gesehen, meine Lieder gefallen ihm. Lassen Sie mich für ihn singen, er wird's Ihnen danken.«

Der Wächter runzelte kurz die Stirn, als malte er sich Reichtümer aus. Dann ging er zum Künstler, stieß ihn gegen die Wand und tastete ihn ab, überzeugte sich, dass er harmlos war und sagte:

»Sieh bloß zu, dass es ihm gefällt.« Er zog ihn ins Innere, und als der Künstler schon weiterging, warnte er ihn noch: »Wer's hier vermasselt, ist verratzt.«

Als das Fest begann, wusste er nicht, wohin mit sich, und ging einfach unter den Gästen umher. Dann fing die Musik zu spielen an, ein Horizont von Hüten tat sich auf, die ins Gerangel auf der Tanzfläche stürmten. Die Paare schmiegten sich aneinander, und der Künstler wurde zum Spielball ihrer Arme und Hüften. Ein heißes Getümmel, das spürte er. Er schlug sich in die eine Richtung, ein Pärchen machte drei Schritte in dieselbe, er schlug sich in die andere, das nächste rempelte beim Drehen in ihn hinein. Endlich erwischte er einen Winkel, wo er zuschauen konnte, ohne ein Hindernis zu sein: all die imponierenden Hüte, die sanfte Gewalt, mit der sich die Schenkel schoben, all der Goldschmuck, der überall glänzte.

So, mit offenem Mund, traf ihn die Frage:

»Gefällt der Anblick, Meister?«

Der Künstler sah hinter sich einen aufgedunsenen, eleganten Mann, fast blond, der von seinem Platz aus eine Na-was?-Geste vollführte. Er nickte. Der andere deutete auf einen Stuhl neben sich und streckte ihm die Hand hin. Er nannte einen Namen und fügte hinzu:

»Juwelier. Was hier an Gold zu sehen ist, das habe ich gemacht. Und Sie?«

»Ich mache Lieder«, sagte der Künstler. Und kaum hatte er's gesagt, da war ihm, als sollte er von nun an seinem Namen anhängen: Künstler, ich mache Lieder.

»Heben Sie einen, Meister, hier gibt's genug, um Feuer zu tanken.«

Ja, das war ein Bankett. Auf jedem Tisch stand Whisky, Rum, Brandy, Tequila, Bier zuhauf und jede Menge Sotol, an Großzügigkeit sollte es nicht hapern. Junge Mädchen im schwarzen Minirock füllten das Glas bis zum Überlaufen, sobald man's nur hob, und wer wollte, konnte zu einem Tisch gehen und sich nach Herzenslust selbst bedienen. Außerdem roch es verheißungsvoll nach Gegrilltem und Zicklein. Eine Kellnerin drückte ihm ein Glas Bier in die Hand, aber er trank nicht davon.

»Glauben Sie nicht, hier geht's immer so rund«, sagte der Juwelier, »der Herr feiert gern beim Volk, in schäbigen Sälen, bloß heut ist ein besonderer Tag.«

Er schaute sich nach allen Seiten um, bevor er dem Künstler die große Neuigkeit eröffnete, die doch jeder schon wusste:

»Zwei Capos kommen, sollen ein Bündnis schnüren, und die muss man hätscheln, ohne zu knausern.«

Der Juwelier lehnte sich befriedigt zurück, und der Künstler nickte und schaute wieder. Er beneidete die Gäste nicht um die ziselierten Gürtelschnallen, nicht um die Stiefel aus Schlangenleder, sosehr sie ihm ins Auge sprangen, dafür aber die Musiker auf der Bühne um ihre Galatracht, um die Hemden mit den Lederfransen und dem Muster aus schwarzweißen Sporen. Unweit der Band, von wo sich bequem die Lieder bestellen ließen, entdeckte er den König, die Majestät in seinen gemeißelten Wangenknochen. Lauthals lachte er mit zwei Herren, die ebenfalls Macht ausstrahlten, aber nein, nicht mit der Kraft, nicht mit der Autorität des Königs. An seinem Tisch saß noch jemand, der damals auch in der Kneipe dabei gewesen war: unauffälliger gekleidet als die hohen Herren oder wie ein Auswärtiger, ohne Hut, ohne Gürtelschnalle.

»Das ist der Vize«, sagte der Juwelier, der sah, wohin er sah, »rechte Hand vom Herrn. Unerschrocken, der Kerl, hat Mumm im Sack, trägt aber die Nase ziemlich hoch.«

Muss er, dachte der Künstler, wenn er der Erbe ist.

»Erzählen Sie nicht, dass Sie's von mir haben, Meister«, fuhr der Juwelier fort, »bloß keinen Klatsch verbreiten. Hier stellt man sich gut mit allen, dann fährt man auch gut. Wie jetzt grad, schon sind wir beide Freunde, was?«

Etwas im Ton des Juweliers warnte den Künstler, der nicht mehr nickte. Der Juwelier schien es zu merken, denn er wechselte das Thema. Er fertige Schmuck bloß auf Bestellung an, was immer der Kunde verlange. Als Künstler sollten Sie es auch so machen. Alle müssten gut bei ihm wegkommen. Gerade wollte der Künstler antworten, als derselbe Wächter kam, der ihn hereingelassen hatte.

»Los, Sie sind dran«, sagte er, »rauf mit Ihnen, die Jungs begleiten Sie.«

Der Künstler stand erschrocken auf und ging zur Bühne. Seinen Weg streiften flüchtig Gestalt und Duft einer Frau, anders als die anderen; umblicken wollte er sich nicht, doch ihm blieb ein heißes Gefühl. Er stellte sich zwischen die Musiker, bat sie: Spielt mir einfach nach, und legte los. Die Geschichte war nicht neu, aber noch keiner hatte sie besungen. Durch Fragen über Fragen war er zu ihr gelangt, nur, um sie niederzuschreiben und dem König zu schenken. Er besang seinen Schneid und sein Herz, beide im Kugelhagel auf die Probe gestellt, mit glücklichem Ausgang nicht nur für den König, sondern auch für die armen Teufel, für die er immer Sorge trug. Unter der gewaltigen Kuppel schwoll seine Stimme an wie nie zuvor in den Kneipen. Er sang die Geschichte hingebungsvoll wie eine Hymne und energisch wie ein Ausrufer, aber vor allem machte er sie anschmiegsam, damit die Leute sie mit Beinen und Hüften lernten und später wiederholen konnten.

Am Ende überhäufte ihn die Menge mit Gejohle und Beifall, die eleganten Musiker klopften ihm auf die Schulter, und die Herren, die dem König Gesellschaft leisteten, nickten bereitwillig und verzogen dabei (wie der Künstler sich einbildete) die Lippen voll Neid. Er verließ die Bühne, um seine Reverenz zu erweisen. Der König schaute ihm in die Augen, und der Künstler senkte den Kopf.

»Ein Blick, und ich wusste, Sie haben Talent«, sagte der König, der bekanntlich nie ein Gesicht vergaß. »Gelingen Ihnen alle so gut, Künstler?«

»Man bemüht sich«, stammelte der.

»Kopf hoch, schreiben Sie, halten Sie sich an die Guten hier. Werden gut damit fahren.« Er winkte einen Mann in der Nähe heran und sagte: »Kümmere dich um ihn.«

Der Künstler verbeugte sich noch einmal, folgte dem Mann und hätte am liebsten losgeweint, blind vor Lichtern und Zukunft. Dann atmete er tief durch, sagte sich, ja, das passiert wirklich, und fand auf die Erde zurück. Da fiel ihm die Gestalt wieder ein, die ihn gelockt hatte. Er hielt nach ihr Ausschau. Währenddessen redete der Mann:

»Ich bin der Geschäftsführer. Für die Rechnungen zuständig. Vom Herrn verlang niemals Geld, nur von mir. Morgen bringe ich dich zum Tonmeister, dem gibst du nach und nach, was du so schreibst«, der Geschäftsführer hielt inne, als er merkte, dass der Künstler die Augen schweifen ließ. »Und Finger weg, von dem, was dich nichts angeht, such dir keines andern Frau.«

»Und die da, wem gehört die?« Der Künstler zeigte auf ein aufgemachtes junges Ding, nur zur Ablenkung.

»Die«, sagte der Geschäftsführer leicht zerstreut, als

hätte er anderes im Sinn, »die gehört dem, der sie braucht.«

Er drehte sich zum Künstler um, maß ihn von oben bis unten, rief dann die Kleine und sagte:

»Der Herr ist mit dem Künstler hier zufrieden, sieh zu, dass du ihn gut behandelst.«

Von einer absurden Panik gepackt, voll Angst vor dem, was er sogleich erahnte, aber noch mehr davor, dass jener andere Duft sehen könnte, wie er sich da hingab, nahm der Künstler die zarte Hand der Kleinen und ließ sich aus dem Saal führen.

WAS HIESS NUR, dass man schon mal hier gewesen war, in einem anderen Leben? Dass Gott jedem seine Bürde für Jahrhunderte auferlegt hatte? Der Gedanke hatte dem Künstler eine Zeitlang schlaflose Nächte bereitet, bis er im Palast auf ein Sinnbild gestoßen war, das ihn frei davon machte: ein Schmuckstück von Plattenspieler mit Diamantnadel, der dem Juwelier gehörte und den dieser an einem Wochenende versehentlich hatte laufen lassen. Zwei Tage später, als er es merkte, war das Gerät kaputt.

So ist es, dachte der Künstler, so sind wir. Ein Apparat, den man vergisst. Vielleicht hatte Gott die Nadel aufgesetzt, war dann aber fortgegangen, um seinen Kater auszuschlafen. Der Künstler wusste bereits, dass es niemanden oben im Himmel oder unten in der Erde gab, der ihn beschützte, jeder war sein eigener Schutzpatron, aber hier am Hof wurde ihm klar, dass man auf seine Kosten kommen konnte, bevor der Diamant zu Staub zerfiel. Nicht bloß warten.

Das Geschenk des Königs ein paar Tage zuvor war der Wink gewesen, dass die Warterei vorüber war.

Das Blut der Kleinen war ein Rinnsal zwischen Kieselsteinen, doch ihr Körper entfaltete eine so verblüffende Gewandtheit, dass der Künstler zwei ganze Tage lang nicht mehr zu Atem kam. Du lernst es allmählich, sagte sie, und nach jedem Taumel wollte er sterben oder heiraten und weinte. Wie viel Welt verhieß ihm die Kleine selbst in ihrer Art zu reden, die nicht von hier war, und sie lachte: Dir musste man erst auf die Hühneraugen treten, damit du in die Gänge kommst, Sänger. Auch sie hatte der König gerettet, hatte sie aus einem Dreckloch bei der Brücke geholt, wo sie anschaffte, und in den Palast mitgenommen. Die Kleine machte ihrer Begeisterung mit einem Haufen frisch gelernter Wörter Luft:

»Hier zu sein ist cool, Sänger, ist spitze, genial, famos, der Wahnsinn, Sänger, einfach geil, von überall kommen sie her, und allen gefällt es.«

Wie sehr sie auch das Glück heraufbeschwor, sie hatte doch, das sah der Künstler in ihren Augen, ebenso Hunger auf andere Zärtlichkeiten, die nicht im Palast zu haben waren.

Anfangs konzentrierte sich der Künstler fast ausschließlich aufs Essen. Vom ersten Tag an erschien er pünktlich im Speisesaal zur Mittagspause der Wächter und aß mit ihnen. Aber sein Hunger hatte so lange gelauert, dass er davon nur angestachelt wurde. Die Kleine empfahl ihm, es wie sie zu machen, als sie ebenfalls nach Jahren chronischer Magenleere hergekommen war: nach dem Mittagessen des Königs in den Speisesaal zu gehen, wo dieser ebenfalls aß, manchmal sogar gemeinsam mit den anderen, und die Gerichte aufzuessen, die er nicht angerührt hatte. Davon gab es immer mehrere, und der Koch ließ zu, dass man sich darüber hermachte, sofern man sie nicht in andere Palastflügel entführte.

Während all der Stunden im Speisesaal lauschte der Künstler immer aufmerksamer den Geschichten, mit denen man die Zeit nach Tisch ausdehnte, und konnte seine Lieder mit immer mehr Stoff unterfüttern.

»Wenn man mich reinlegen will, werd ich wild«, sagte ihm einer, »drum hab ich letzte Woche einem Packesel, der mich billig abspeisen wollte, mit einer Zange die Daumen abgezwackt, war nicht nötig, ihn kaltzumachen, aber so einfach sollten ihm die Scheine nicht mehr durch die Finger flutschen, dem Schweinehund, was?«

»Mann«, sagte ein anderer, »was bin ich für ein sentimentaler Kerl. Damit ich mich an all die lieben Leichen erinnere, die auf mein Konto gehen, stecke ich mir von jeder einen Zahn ein und klebe ihn ans Armaturenbrett meines Pick-ups, mal sehen, wie viele Lachmünder ich zusammenkriege.«

Sie liebten sich wie Brüder, zwickten sich in den Bauch, gaben sich Spitznamen. Einen Wächter, den sie dabei überrascht hatten, wie er an ein Lämmchen ankoppelte, nannten sie den Heiligen, weil ihn die Tiere liebten.

»Heiliger, Heiliger«, neckten sie ihn, »du bist mir ein Gauner, ich merk grad, dass das Grillfleisch nach dir schmeckt.«

Ein armer Dickwanst, dem man aus Rache die Arme abgequetscht hatte, machte nun Botengänge mit einem Rucksack, in den Nachrichten gesteckt wurden, die er im ganzen Palast verteilte. Ihn nannten sie den Gefährlichen. Sobald ein Wächter ihn kommen sah, rief er, Gefahr!, Gefahr! Und der Gefährliche lachte.

Der Künstler merkte, dass sie auf ihn bloß achteten, wenn er sang oder wenn sie loswerden wollten, was für tolle Scheißkerle sie waren, und das war gut so, denn dadurch lernte er den Hofbetrieb kennen. Wie eine Katze im fremden Haus wagte er sich nach und nach über den Speisesaal und das Zimmer der Kleinen hinaus. Ständig verlief er sich. Der Palast war ein einfaches Geviert mit Innenhof, besaß jedoch so viele bizarre Gänge, dass er sich zu einem Ort aufmachte, doch am anderen Ende des Gebäudes herauskam. Damit ihn die Pracht im Palast nicht einschüchterte, hatte es sich der Künstler angewöhnt, einen Taschenspiegel der Kleinen mitzunehmen und sich darin all die Einzelheiten hinter seinem Rücken anzusehen: die gedrechselten Möbel, die schmiedeeisernen Türen, die Kandelaber. So konnte er auch unbemerkt die Besucher beobachten, die mit Anzug und Aktentasche aus den Städten kamen, Polizisten, die sich ihr Handgeld abholten, das Geschäft, das niemals ruhte. Wie unsichtbar sein war das.

Er fand heraus, dass dort außer dem König, seiner Leibwache, den Mädchen und Dienstboten noch andere Höflinge lebten. Auf Schritt und Tritt traf er den Geschäftsführer, immer besorgt, dass alles reibungslos lief. Der brachte ihn auch mit der Band zusammen, die seine Texte einspielte, damit er überprüfen konnte, ob sie auch so klangen, wie er sie in seinem Kopf gehört hatte; ja, er nahm sogar selbst ein Lied auf.

»Der Journalist kennt welche beim Radio, der bringt die Musik unter die Leute«, sagte ihm der Geschäftsführer.

Ein einziges Mal kehrte der Künstler zu seiner Bleibe zurück, um die Papphütte nicht den Hunden zu überlassen, aber da man ihn im Palast nicht zu bemerken schien oder sich an ihn gewöhnt hatte, holte er seine paar Habseligkeiten, ein Heft mit seinen Texten, eine Ausgehweste, und blieb.

KEINEM AM HOF VERSAGTE ER seine Künste. Er komponierte einen Corrido auf den Gringo vom Dienst, der ein Händchen dafür hatte, Transportwege für die Ware zu finden. Er hatte sich an eine Clique Jungs gehängt, die auf der Suche nach einem guten Trip jeden Freitag rüberkamen, um sich diesseits der Mauer zuzudröhnen. Ich passe schön auf euch auf, mein Wort, sagte er, und aufs Wort glaubten sie ihm. Am meisten über die Stränge schlug der sommersprossige Sohn eines Konsuls, den der Gringo mit wahrer Vaterliebe nach Hause zurückschickte, die Wagensitze vollgestopft mit gutem Gras. Das Geschäft lief wie geschmiert, bis der Sommerspross in einer üblen Absteige verschüttging. Ein klasse Lied. Er komponierte auch eines auf den Doktor, den Hofarzt, der für den König einen Killer behandeln sollte, dessen Bauch von Gewehrkugeln durchsiebt worden war. Der Kerl war ein Verräter, wusste aber nicht, dass man Bescheid wusste. Der Doktor versorgte ihn und gab ihm noch ein Geschenk für die mit auf den Weg, die ihn gekauft hatten. Als der falsche Hund zu seinen Bossen ging, explodierte im genau berechneten Moment das vergiftete Geschenk im Magen, und alle verreckten. Er komponierte auch dem Nordlicht eins, der ständig wiederholte, als wär's sein Zuname: Ich habe nicht die Grenze überquert, die Grenze verläuft quer durch mich. Das Nordlicht war drüben Polizist gewesen, bis er bei einem Hinterhalt von der Gerechtigkeit erleuchtet wurde: Drei seiner bisherigen Kumpane hatten den König umzingelt, der sich schon auf einen ehrenvollen Tod vorbereitete, bevor man ihn zu fassen bekam, da fuhr dem Nordlicht eine Stimme ins Ohr, die sagte: Weshalb musst du auf dieser Seite stehen? Also leerte er sein Magazin auf die Häscher in Uniform und stand von da an auf der Seite der Guten.

Keinem am Hof versagte der Künstler seine Künste, erzählte jedoch die Heldentat eines jeden, ohne zu vergessen, wer sie ermöglicht hatte. Ja, du bist ein toller Hecht, weil der König es dir erlaubt. Ja, du bist ein mutiger Held, weil der König dich anspornt. Er erwähnte ihn bloß in den Liebesliedchen nicht, die manch Höfling flüsternd bei ihm bestellte. Danach klopften sie ihm auf die Schulter oder packten ihn am Nacken und sagten: Wenn ich mal behilflich sein kann, Künstler. Natürlich musste der König ebenso wenig erwähnt werden, wenn es um ein paar Auftragszeilen ging. Etwa: Keine Angst wegen der Polizeikontrolle, da haben wir unseren Kommissar – Kommissar mit Doppel-m und Doppel-s; oder: Tragen Sie Ihre persönlichen Angaben in den falschen Pass ein. Der Künstler wusste sich nützlich zu machen. Und er wusste sich zu behaupten. Wenn er sagte: Jetzt nicht, ich schreibe ein Lied, dann respektierte der Höfling das.

Nur zwei am Hof baten ihn nicht um einen Corrido. Und hatten weiß Gott einen verdient. Er sah die beiden auf einem Palastbalkon beim Whiskytrinken. Als er dem Erben sagte, dass er seine Geschichte fast fertig habe, erwiderte der: »Später«, biss die Zähne zusammen, als wollte er weitere Worte zurückdrängen, und wiederholte bloß, »später.«

Es lief einem kalt den Rücken runter beim Erben, denn so makellos seine einfarbigen Hemden stets waren, in seinen Augen lauerte eine Explosion. Er hielt sich gewaltsam im Zaum wie jemand, der ganz allein auf sich gestellt ist.

Und der andere, der nicht wollte, der Hüter des königlichen Namens, der Journalist, sagte ihm:

»Lieber nicht, wenn Sie mein Konterfei liefern, bin ich zu nichts mehr nutze. Denken Sie nur, wenn man draußen herausfindet, wo ich stecke, wer glaubt mir da noch, dass ich nichts weiß?«

Der Künstler verstand. Der Journalist hatte eine Aufgabe, da durfte er nicht stören. Um die Einfältigen mit sauberen Lügen zu zerstreuen, musste er sie als Wahrheiten erscheinen lassen. Sein eigenes Terrain waren dagegen die wahren Nachrichten, der Stoff der Corridos, und es gab so viele zu besingen, dass es um die nicht schade war, die dem König nichts nutzten.

»Seien Sie nicht böse«, sagte der Journalist, »hat nichts mit Ihnen zu tun. Ja, ich möchte Ihnen, wo Sie so gern schreiben, ein paar Bücher geben.«

Dem Künstler wurde es flau im Magen vor Aufregung, aber er war gewöhnt, es zu verbergen, und keiner merkte es.

»Die werden Ihnen gefallen«, sagte der Journalist, »wem die Wörter schmecken, der kann sich da genüsslich mit den Ohren besaufen.«

Da wandten die drei den Kopf, denn der König kam den Gang entlang, mit eiligem Zorn und Ringen unter den Augen. Ihm folgte eine Frau mit langem Kleid und langem Haar voll grauer Strähnen, derb und boshaft wirkte sie. Der König blieb kurz stehen, drehte sich zu ihnen um, wie überrascht, sie drei dort anzutreffen, ging dann weiter und verschwand im Zimmer am Ende des Gangs. Es ist alles bereit, sagte die Frau und trat ebenfalls ein. Sie schlugen die Tür hinter sich zu.

Seit dem Fest hatte der Künstler den König nicht mehr gesehen. Aber sein Anblick hatte ihm nicht gefehlt, denn er war allgegenwärtig: in der Ehrfurcht, mit der man von ihm sprach, in seinen Befehlen, die erfüllt wurden, im Glanz, den der Ort verbreitete.

»Die sind wieder zur andern Seite raus«, sagte der Journalist, nahm einen Schluck. »Geht's um den Verräter, oder ist's die alte Geschichte?«

Der Erbe umklammerte das Glas, nickte und gab damit keinerlei Antwort.

»Diese Hexe«, murmelte er schließlich. Und als er schon nichts mehr sagen zu wollen schien: »Aber das wird sich ändern.«

Der Künstler, der den Mund halten konnte, schaute starr Richtung Wüste, bis die anderen sich im Palast verloren hatten. Dann beobachtete er mit der Geduld einer Raubkatze die Tür, durch die der König und die Hexe verschwunden waren. Nichts war zu hören. Er trat näher, suchte im Licht, das unten durch die Ritze fiel, nach Schatten, legte sein Ohr an. Nichts. *Er wusste*, dass er dort nichts zu suchen hatte, doch der Drang war stärker als die Furcht, und er wollte schon mit hämmerndem Herzen öffnen, doch seine Hand hielt inne, bevor sie die Klinke berührte, und schnell zog er sie zurück, als könnte er sich verbrennen.

Er machte sich auf zur Kleinen. Auf dem Weg zu ihrem Zimmer bemerkte er wieder den Duft von damals, und hinter der nächsten Ecke nahm der Duft für ein paar Sekunden Gestalt an. Zunächst als ein Windstoß aus Hochmut, als ein Augenpaar, das ihn verschlang und wieder ausspie, dann als harmonisches Spiel von langem Pferdeschwanz und einem Rücken, der sich wie die

Spitze einer Locke bog, und schließlich als eisiger Hauch, der ihm die Eingeweide gefrieren ließ. Instinktiv setzte er seinen Weg fort, ohne zu denken, in Trance, wie mechanisch, und als er zur Kleinen gelangt war, fragte er sie nach der Intrige, auch wenn er schon nicht mehr an sie dachte. Sie erzählte:

»Es heißt, einem seiner Stellvertreter gefällt die neue Abmachung nicht, weiß nicht genau, der soll Koks in Umlauf bringen, ohne Erlaubnis des Herrn, stell dir vor. Unverantwortlich ist so was, herkommen und den Frieden stören ... Und mit dir, was ist mit dir los?«

Der Künstler atmete tief durch und stellte nun doch die Frage, die ihn bedrängte:

»Wer ist sie?«

Die Kleine brauchte keine Erklärung. Nach einem Moment wütenden Schweigens sagte sie:

»Eine x-Beliebige.«

SIE SIND. All die Buchstaben. Die seinen. Dort hingesetzt zum alleinigen Zweck, den Kopf zu befruchten. Sie sind. Sie zermahlen das Blatt zwischen Walzen aus Schlaflosigkeit, sie mahnen, sie zerwühlen das brachliegende Weiß des Papiers und des Blicks. Was war das Blatt früher anderes als ein Werkzeug, wie die Säge, wenn er sich an Tischen, wie das Schießeisen, wenn er sich am Leben zu schaffen gemacht hätte? Aber niemals dieser Abgrund im Sand, so voller Kraft und Wissenswertem. All die Buchstaben da. Sie sind. Sind ein Blitzstrahl. Wie sie einander anrempeln und aufsaugen und das Auge in einen Wirbel von Gründen stürzen. So vollkommen sie sein mögen, sie sind ebenso stur, klagen einander an, voll Furcht vor dem Chaos: Wörter. So viele Wörter. Die seinen. Ein Gerangel von Zeichen, die sich verbinden. Sie sind ein beständiges Licht. Sie sind. (Er wusste von den Büchern zwar, doch hatten sie ihn abgewiesen wie ein sprödes Vaterland. Und nun ließ er sich an der Hand zur Vorratskammer der Geheimnisse führen. Ein beständiges Licht.) Jedes hat einen anderen Glanz, jedes nennt den wahren Namen auf seine Weise. Selbst die lügnerischsten, selbst die launischsten. Jawohl. Nein. Sie sind nicht nur da, um den Kopf zu befruchten. Sie sind ein beständiges Licht. Der Weg zu anderen Papphütten, weit weg von hier. Der Abstieg in verborgene Gehörgänge, hier. (Wie die Viecher in seinem Innern.) Nein. Sie sind nicht bloß da, um das Auge zu füttern oder das Ohr zu füllen. Sie sind ein beständiges Licht. Ergießen sich wie das eines Leuchtturms über die Steine, ganz zu seiner Verfügung, sie sind ein Leuchtfeuer, das wandert, innehält, die Erde streichelt und ihm enthüllt, wie die Aufgabe vollenden, die ihm auferlegt wurde.

AN DEM TAG, als man dem Nordlicht den Schädel durchbohrte, meldeten sich beim Künstler, wie als Vorzeichen, die Schmerzen zurück, die den seinen spalteten, seit er ein Knirps gewesen war. Wie ein Schlägerhieb, der ihn niederstreckte. Dann dröhnte ihm selbst Grillenzirpen wie ein Donner in den Ohren, und keine Mixtur verschaffte Linderung. So erschrocken war die Kleine, dass der Doktor kam und eine Diagnose in den Pupillen des Künstlers suchte, der sagte: Lassen Sie mich, Doc, lassen Sie mich, gleich ist's vorbei, er fragte ihn, seit wann, wie oft, wodurch, verschrieb ihm Beruhigungspillen, sagte aber:

»Da sind Untersuchungen nötig, ich spreche mit dem Geschäftsführer, der regelt das mit dem Krankenhaus, bis dahin nehmen Sie die Arznei.«

Von wegen Arznei, von wegen nehmen. Nicht mal lauwarmes Wasser ließ der Künstler sich einflößen, denn er begriff: aushalten, es ist, wie's ist. Wenn andere Balsam für Seele oder Körper fanden, ihre Sache; er regierte seine

Eingeweide lieber selbst. Heilmittelchen hatte er schon probiert. Ein paar dieser vermögenden Saufbrüder, die nach einer Flasche und drei Liedern ewige Freundschaft schwören, hatten ihm Stoff gegeben. Dem Künstler waren die Wände in die Ferne gerückt, und die Musik, seine Musik, hatte ihm wie ein Stöhnen geklungen. So sehr schockierte es ihn, seinen Körper nicht zu spüren, dass er beschloss, niemals mehr Gift zu nehmen, so gut man ihm auch zureden mochte. Ja, ja, wedelten seine Hände dem Doktor zu, damit der ihn in Ruhe ließ, dann schlief er ein.

Ein paar Stunden später erwachte er mit einer entsetzlichen Klarheit im Kopf, die ihm schon bei den ersten Schreien sagte, dass ein Unglück geschehen war.

Er folgte dem wilden Menschenstrom bis zu den Palasttoren. Bevor er den Körper des Nordlichts erkannte, spürte der Künstler die Angst im Gewühl. Nur hier und da durchbrachen Flüche das Schweigen und Schaudern der Höflinge, die den Leichnam umstanden. Der hatte die Augen geöffnet und die Arme vor der Brust gekreuzt, als fröre er. Ein kunstvoll geschmiedeter Schlangendolch trat ihm zum einen Ohr hinein und zum anderen heraus, fast ohne Blutspur. Er war nicht in einem Plastiksack oder einer Decke abgeliefert worden, wie sonst üblich, hatte weder gefesselte Hände noch Brandmale, mit denen man Leute zum Sprechen bringt. Hinter dem Menschenauflauf kam der König mit seinen Hofmarschällen heran.

Der Erbe stieß einen Fluch aus, und die Menge der Gaffer öffnete sich. Der König schaute auf das Nordlicht, verharrte eine Weile so, die Hände in der Hüfte und mit dem Ausdruck dessen, der wünschte, nicht schon alles gesehen zu haben. Dann sagte er:

»Bringt ihn rein.« Und ging zurück in den Palast.

Der Erbe übernahm das Fragen: Wer hat Wache gehabt, wie sah der Pick-up aus, der ihn vors Tor geworfen hat, wie viele waren es, und du, was hast du gemacht. Niemand hatte etwas gesehen. Er befahl, die beiden Wachhabenden mitzunehmen, um sich zu vergewissern, dass sie nicht mehr wussten, als sie behaupteten, und ging hinein. Kaltblütig. Zu viel Ruhe für so viel Wut, dachte der Künstler, aber bestimmt weiß er, was er tut. Er folgte dem Zug bis zur Palastkapelle, wo der Doktor dem Nordlicht den Dolch herauszog und sagte: So etwas habe ich noch nie gesehen. Dann kam der Pater. Der Künstler kannte ihn noch nicht, wusste aber, dass er am Hof aushalf, wofür der König ihm Kirchen finanzierte, mit denen er die Armen für den Himmel ködern konnte. Wer einen Hut trug, nahm ihn ab, und alle bekreuzigten sich. Der Pater segnete leise das Nordlicht und sagte dann laut:

»Auf welchen Weg haben wir uns verirrt.«

Die Höflinge murmelten amen, auch wenn es nicht passte, und der König erschien. Ohne auf seinen Befehl zu warten, gingen fast alle hinaus, zurück blieben bloß die Hexe, der Pater, der Erbe und der Gringo. Der Künstler ließ sich vom Schatten verschlucken und blieb dort, fein still.

»Das waren die Schweinehunde«, sagte der Gringo, »die aus dem Süden. Allein hätte der Verräter so was nie gemacht, die stecken ganz bestimmt dahinter.«

»Wenn sie Krieg wollen, bitte schön«, sagte die Hexe, die als Einzige nicht auf den Leichnam sah, sondern in die Augen des Königs, ihr Blick wie ein zum Reißen gespanntes Seil.

Der König beugte sich hinunter, strich dem Nordlicht die Haare aus der Stirn und sprach tonlos mit ihm, bewegte bloß die Lippen. Dann wandte er sich an den Erben. »Was meinst du?«

»Wir legen um, wen wir müssen«, sagte er. »Aber vielleicht wollen sie das gerade. Wem nutzt ein Krieg? Uns nicht.«

»Schlappschwanz du!«, stieß die Hexe hervor. »Sie werfen dir einen Toten vor die Tür, und du muckst nicht? Diese Verräter fordern deinen Herrn heraus, und du tust nichts?«

»So töten wir nicht«, unterbrach sie der Erbe und deutete auf die Wunde des Nordlichts, »also töten auch sie nicht so. Ich glaube, da wurde eine andere Rechnung beglichen.«

»Hören Sie«, sagte der König und wandte sich an den Gringo, »Sie bekommen drüben für mich raus, worin das Nordlicht sonst noch verwickelt war, damit wir nicht falschliegen und einem alten Streit aufsitzen. Inzwischen findet mir den Verräter, mit dem muss sowieso abgerechnet werden, aber legt ihn nicht um, bis ich es sage.«

»Ja, warten wir nur ...!«, begehrte die Hexe auf, doch der König schnitt ihr das Wort ab.

»Wir warten und basta. Sie verstehen nichts vom Krieg.«

Mund halten bedeutete das. Der König nahm den Pater bei der Schulter und befahl:

»Bringen Sie ihn zum Friedhof, der Geschäftsführer gibt Ihnen Geld für den Sarg.«

»... Und fürs Landhäuschen fehlt auch noch was ...«, warf der Pater ein. Der König nickte, drehte sich um und verließ die Kapelle. Die anderen folgten ihm, mit Ausnahme des Paters. Der Künstler trat aus dem Schatten und stellte sich neben ihn.

»Wirst es wohl verdient haben ...«, sagte der Pater zum Leichnam des Nordlichts.

Der Künstler fuhr zurück, wie eine Ohrfeige war der Satz. Er verließ die Kapelle ohne ein Wort des Abschieds, hätte den Pater zu gern dadurch gekränkt. Aber nein, er wusste, ihn sah man nicht; und doch empörte ihn dieser Mangel an Gefühl. Im Lebenskampf, so viel begriff er, tut man früher oder später unrecht, deshalb entschied man besser ganz offen, wem man es antat, so, wie der König es machte. Wer hatte den Mumm, das auf seine Schultern zu nehmen? Wer nahm für alle das Martyrium auf sich?

Er war sein Schutzmantel, die Wunde, die sich weitet, damit sie die andern nicht schmerzt. Dem Künstler kam keiner mit Märchen. Von klein auf hatte er unter der Macht von Uniform und Dienstmarke gelitten, hatte sich von all den Wohlgestellten demütigen lassen; und dann war der König gekommen. Dass er das Gift rüberschaffte, nach dem man drüben verlangte, na wenn schon? Sollten sie's haben. Sollten sie's nehmen. Was hatten die schon für die Guten getan?

»Wirst es wohl verdient haben«, murmelte der Künstler wütend und dachte dann: Wenn wir etwas verdient haben, dann einen echten Himmel.

WIEDER KAM DER CAPO, mit dem man sich verbündet hatte, und damit der die Leute nicht Trübsal blasen sah, verordnete der König Vergnügen. Die Gäste wurden nicht nur mit ausreichend Weib, Sprit und Koks versorgt, es gab auch ein Kasino und ein Wettschießen.

Der ganze Hofstaat begab sich in die Gärten. Man brachte Käfige mit Aberdutzenden schwarzer Tauben, die sich gut vor dem gleißenden Wüstenlicht abhoben. Der König, der Erbe, der andere Capo und sein Vize nahmen ihre Stellungen ein, die Gewehre himmelwärts gerichtet. Jeder hatte seinen Leibwächter, der die erlegte Beute einsammeln und in die Säcke hinter den Schützen stecken sollte. Die Käfige wurden geöffnet, und empor stieg ein Geflatter samt Kugelhagel. Das Publikum klatschte jedes Mal, wenn ein Schütze einen Vogel zerfetzte, welcher im Sturz eine rote Spur hinter sich herzog.

Der Capo schoss gut, fand sogar Zeit, seinen Einsammler mit Schüssen Richtung Füße anzuspornen, während er schrie:

»Na, los, los, du Scheißkerl, mach voran.«

Die Zuschauer hatten ihre Freude am Einfall des Capos, der laut auflachte, kaum zielte, unentwegt nach oben und nach unten schoss und sich nicht drum kümmerte, ob er traf. Die Einsammler kamen und gingen mit ihrer Beute, stritten sich manchmal um eine und kamen dann jeweils mit einer halben Taube zurück. Dennoch war nicht zu übersehen, dass der König zwar sorgfältig anlegte und fast immer traf, aber nicht schnell genug war und verlor.

Eine Flut von Bildern überschwemmte in rasender Geschwindigkeit den Kopf des Künstlers: der König geschlagen, Spott und Überheblichkeit des Gewinners, dieses Niemands, die Gesichter der Leute vom Hof, entmutigt, da Unwetter auf Unwetter folgte. Seine Reaktion war weniger ein Reflex als eine plötzliche Eingebung, wie er helfen konnte. Er bahnte sich einen Weg durch die Zuschauer, und da alle zum Gemetzel am Himmel blickten, ging er zum Sack des Königs, dessen Einsammler gerade auf dem Feld war. Er bückte sich und nahm ein Beutestück aus dem Sack, blieb dort stehen und wartete, bis der König sich umdrehte und höchst verblüfft sah, was er da tat. Der Künstler machte, den Rücken zum Publikum gewandt, ein paar Schritte seitwärts zum Sack des Capos. Dann wartete er, bis auch der Capo ihn sah, und ließ blitzschnell, wie schuldbewusst, das Tier in dessen Sack fallen. Ein Käfig war noch zu leeren, aber nun lachte der

Capo nicht mehr, sondern drehte sich zwischen den Schüssen um und musterte die beiden Säcke. Als keine Tauben mehr am Himmel zu sehen waren, trat der Capo zum König:

»Was soll das?«, fragte er und zog ein verständnisloses Gesicht.

Der König hob das Kinn ein wenig: Weiß nicht, was Sie meinen. Der Capo befahl dem Künstler:

»Hände herzeigen.«

Der Künstler zeigte die blutigen Hände, der König gab die Unschuldsmiene auf, lachte los, als hätte man ihn bei einem Streich erwischt, und klopfte dem Capo auf die Schulter.

»Nichts für ungut, lieber Freund, mein Junge hat mir gemeldet, dass man Ihnen aus Versehen ein defektes Gewehr gegeben hat.« Der König breitete die Arme aus und fuhr fort: »Und das darf nicht sein, denn in meinem Haus gewinnen immer die Gäste.«

Der Capo stutzte, als wartete er selbst auf seine Reaktion. Dann entschlüpfte ihm ein Lachen, das zu einem schallenden Gelächter wurde, und er umarmte den König:

»So ein Hund! Man hat mir schon erzählt, dass Sie ein Gentleman sind.« Er wandte sich ans Publikum und deutete auf den König: »Er ist der Sieger! Er ist der Sieger!«

Das Publikum klatschte, ohne zu begreifen, was die Bosse besprochen hatten, aber zufrieden, weil die beiden zufrieden wirkten. Der König glänzte in einem blauen Hemd, gelb und rot der Kragen und die Manschetten. Er lud den Capo zu einem Pokerspiel ein, und die Zuschauer folgten ihnen zum Kasino. Unterwegs drehte der König sich um, stemmte die Hände in die Hüften und musterte den Künstler mit einer Mischung aus Überraschung und Befriedigung.

»So ein verdammter Gauner«, murmelte er, und wandte sich wieder dem Palast zu.

»MUSS MAN DIR DIE PISTOLE vorhalten, damit du einem ein Lied machst«, sagte sie, die x-Beliebige.

Sie schaute ihn an. Schaute ihm ins Gesicht, und der Künstler kam nicht über den Schreck hinweg, den ihm die Mandelaugen einflößten, die auf ihn zielten. Er blieb wie gelähmt, bis ihre hochgezogenen Brauen Na-was? fragten, als drückte sie ihm einen Pistolenlauf auf die Brust, und er antwortete:

»Das hat nichts mit Pistolen zu tun, sondern mit Geschichten. Wie geht Ihre?«

»Einem von hier verrate ich nichts über mich«, sagte sie und ging den Gang wieder hinauf, in dem sie den Künstler überrumpelt hatte. Der Künstler folgte ihr in einigen Metern Abstand, fand und verwarf Worte, die geeignet waren, das Gespräch in die Länge zu ziehen. Sie traten hinaus in den Garten, kamen an einem Brunnen vorbei, in dessen Mitte ein Gott mit Gabel in der Hand Wasser ausspie, wandten sich dem Heckenlabyrinth zu, das den Namen des Königs buchstabierte, und als sie zu einem Schwimmbecken kamen, dessen Bodenkacheln Marihuanablätter zierten, fand der Künstler schließlich zu dem Satz:

»Dann verraten Sie nichts, erfinden Sie's mir.«

Die x-Beliebige wandte sich um, warf ihm einen raschen, erstaunten Blick zu, beugte sich übers Wasser, als suchte sie danach, was für einen Ärger sie an wem auslassen könnte. Dann blickte sie in Richtung Gartenende, Elektrozaun und Wüste und sagte nach einer Weile:

»Wozu? Womöglich glaubst du mir am Ende noch …«

Sie gingen bis zur Menagerie des Königs. Es gab Schlangen, Tiger, Krokodile, einen Vogel Strauß und in einem besonders großen Käfig, fast ein kleiner Park, einen Pfau.

»Sein Liebling«, sagte die x-Beliebige und präsentierte ihn mit einer spöttischen Handbewegung. Das Tier schlug mit den Flügeln, und der Künstler sah, dass es zwischen den Krallen einen Verband trug. Er wollte fragen, warum das Tier dort verletzt sei und wer sich die Zeit nehme, es zu behandeln, aber die x-Beliebige sagte:

»Ich muss zu meiner Mutter.« Sie sah den fragenden Blick des Künstlers und fügte hinzu: »Die ihm auf Schritt und Tritt folgt.«

Dem Künstler wurde es kalt bei dem Hass, mit dem sie die Hexe erwähnt hatte, aber mehr noch bei der Entdeckung, dass sie gleichen Blutes waren. Er folgte ihr lieber nicht, als sie in den Palast zurückkehrte, als wäre sie allein hergekommen. Sie hatte ihm den Rücken zugewandt und doch eine Kieselspur hinterlassen, damit er zu ihr finden konnte: Wut und Vertraulichkeit, sie hatte ihn angesehen.

Die folgenden Tage hätten zu den glücklichsten gezählt, die der Künstler seit seiner Begegnung mit dem König erlebt hatte, wären sie nicht auch die aufreibendsten gewesen. Mit einem Mal hatte ihn der Drang verlassen, Liedtexte zu schreiben, sein Gehör diente ihm nur noch zum Lauschen auf die Schritte der x-Beliebigen, nur zum Belauern der Ecken dienten seine Augen, nur zum Zittern vor Sehnsucht seine Hände. Aber er verbarg es. Er mimte ein zweites Selbst, das nicht die Ruhe verlor.

Wenn er ihr begegnete, hängte er sich an sie und unterhielt sich mit ihr im Gehen. Sie trug schlackernde Männerhosen und darüber weite Hemden, versteckte ihre Formen, aber beim Gehen trafen sich Körper und loser Stoff, und der Künstler kam ihnen auf die Spur. Sie setzten sich fast nie, und wenn doch, gab sich die x-Beliebige dem Möbelstück hin, als überließe sie ganz ihm die hingegossenen Formen.

So kamen sie im Palast herum. Verstohlen erforschte der Künstler nach und nach Zonen ihres Körpers, während sie von einem Thema und Zimmer zum nächsten gingen. In der Galerie über dem Tanzsaal berührte er ihren Unterarm und erzählte von seinen Eltern jenseits der Grenze; im Spielsalon streifte er mit den Ellbogen ihren

Rücken, während sie über die Zeit sprach, da sie noch Freunde gehabt hatte, als Kind; in der Waffenkammer streichelte er ihr Haar und erzählte ihr Kneipengeschichten, doch bei diesem Thema ließ ihre Aufmerksamkeit nach, aus irgendeinem Grund schaltete sie ab, ließ die Augen langsam zufallen, als rollte sie sich zusammen, und zu gern wollte der Künstler ihr Schweigen behüten, denn es brachte sie ihm noch ein Stückchen näher; er rieb einen Oberschenkel an dem ihren, als sie von der Hexe sprachen und dabei durch einen Versammlungsraum mit Bar gingen, durch ein Büro mit Bar, über eine Terrasse mit Bar, durch einen Speisesaal mit Bar und durch die eigentliche Bar, und was für eine.

»Sie hilft ihm, einen Dämon loszuwerden«, sagte sie. Und sie erzählte ihm, wie der König vor langer Zeit, als er noch nicht war, was er war, ihre Mutter um Hilfe gebeten hatte, und so hatten sie den Vater verlassen, einen guten Mann und darum zu nichts nutze, der nun ein einsamer Mann war.

Von da an kam Unordnung in die Partitur des Begehrens, denn ihm wurde bewusst, dass er nicht befugt war, seine Hand nach der x-Beliebigen auszustrecken. Sie war ihm nicht vom König übergeben worden, und ohne sein Wort konnte nichts weiter geschehen. Er hatte die Nähe der x-Beliebigen gesucht, weil er der Kleinen geglaubt hatte, dass sie nichts anderes war: irgendeine eben. Was sollte er jetzt tun, da es ihn nicht nur trieb, sie zu streicheln, sondern bei ihr zu sein, ihre Einsamkeit zu teilen? Auf ihren Spaziergängen hielt er Abstand, doch sein Zittern konnte er nicht bezähmen. Sie merkte es, wenn er die kleine perfekte Nase ansah voll Verlangen, mit dem Finger von der Spitze bis zu den Augenbrauen zu fahren.

»Wenn mir eine Fliege im Gesicht sitzt, mach sie weg«, sagte die x-Beliebige, und der Künstler versteckte die Hände wie ein Dieb. Sie lachte, zärtlich vielleicht, und führte ihn dann in ein Zimmer voll leerer Regale.

»Die Bibliothek«, sagte sie wie nebenbei, als hätte sie gar nichts gesagt. Ja, es gab ein paar Schriftstücke, eine Bibel, Landkarten, Zeitungen mit Artikeln über Tote, eine Zeitschrift mit Farbbildern der Höflinge auf einer Hochzeit. Im Geist strich sich der Künstler einen Zettel glatt, um sich die Idee für einen Corrido über den König und die Seinen zu notieren, die sich für den Krieg rüsteten.

Von da an brach dem Künstler regelmäßig der Angstschweiß aus, weil ihm der Körper der x-Beliebigen immer näher rückte. Wenn sie ins Zimmer der Kleinen kamen, das bisher noch das seine war, vergrub sie sanft ihre Nägel in seiner Seite; wenn sie an den Baracken der Wächter vorbeikamen, legte sie unter einem beliebigen Vorwand ihre Wange an seine; im Lastwagenschuppen ertrug er, wie die spitzen Kuppen ihrer Brüste ihm in den Rücken stachen. An dem Abend beschloss er, die Zügel schießen zu lassen, zu ihr zu gehen und sich in kopflose

Erklärungen zu stürzen. Er sah sie auf der Terrasse, wo Journalist und Erbe konspiriert hatten, wählte einen Weg, auf dem sie unweigerlich zusammentreffen mussten, und ein paar Meter vor der Stelle, wo nur noch die Terrasse und das geschlossene Zimmer vor ihm lagen, wurde er an der Schulter gepackt.

»Ich habe Sie gesucht«, sagte der Journalist, »es gibt da ein Problem mit Ihren Liedern.«

Der Künstler wand sich, wollte die Hand abschütteln, die ihn zurückhielt, spähte zu der Stelle, an der er die x-Beliebige treffen musste, doch noch bevor er sich davon überzeugt hatte, wusste er, dass er sie nicht finden würde, dass sich die Leute hier verloren.

SIE WOLLTEN SEINE LIEDER NICHT. Die Papageien vom Sender sagten nein, die Texte seien anstößig, die Helden böse. Oder sie sagten ja, aber nein: Die Verse gefielen ihnen zwar, doch es gebe nun den Befehl, das Thema totzuschweigen. Es lag nicht an der ungeölten Stimme des Künstlers, er hatte ja nur ein einziges Liedchen aufgenommen; andere, erfahrenere Sänger hatten es übernommen, seine Worte zum Klingen zu bringen. Einer der Papageien hatte dem Journalisten gesagt, um ehrlich zu sein, übten in letzter Zeit die Obrigen ganz schön Druck aus: Kosmetik für die Gringos, zeitweiliger Maulkorb, während die Werbekunden sich beruhigten. Könne er nicht, ließ man dem Künstler ausrichten, weniger schroffe, hübschere Lieder schreiben?

»Mich müssen Sie nicht schräg anschauen«, sagte der Journalist, »ich erzähl's Ihnen bloß, und jetzt bring ich Sie zum Herrn, damit wir sehen, was tun ... Machen Sie sich mal keine Sorgen.«

Sie wollen's also nicht, dachte der Künstler, sie wischen's weg, die Betuchten, kratzt ihnen wohl in den Ohren. Über hundert Mal hatte man ihn beleidigt, aber diesmal fühlte er sich nicht gedemütigt, sondern herausgefordert, bestärkt. Er biss die Zähne zusammen und merkte auf einmal, dass er mit äußerster Klarheit denken konnte. Die Ablehnung der anderen definierte ihn. Zur Hölle, ordentlich weh sollte es tun, wenn er für sie sänge, aber lieber wollte der Künstler seinem Publikum in die Augen schauen, ihm die Knochen auf der Tanzfläche durchschütteln, für echte Menschen singen.

Seine Schritte und die des Journalisten entrissen dem Marmor ein kräftiges Echo. Der Künstler redete in sich hinein, und während sich unter seinen Füßen der Marmor abwickelte, wuchs sein Zorn und mit ihm die Sicherheit, als hielte am Ende des Gangs die Lösung Wache. Auf der Galerie.

»Da sind wir«, sagte der Journalist.

Das Volk kam im Gänsemarsch durchs Tor, mit Umschlagtüchern und zerlumpten Hosen, mit Kindern auf dem Rücken, mit abwesendem Blick, dem der Glaube einen schwachen Glanz verlieh. Die Galerie war ein bezähmter Aufruhr, eine Mischung aus Schrecken und Andacht, in der Luft lag der Geruch von Erde und Salz und eine fast zähe Hitze.

»Wo waren Sie?«, fragte der Juwelier, als er ihn hereinkommen sah. »Wissen Sie nicht, was für ein Tag heute ist?«

Der Künstler wusste es nicht und schämte sich, weil er dunkel ahnte, dass er es hätte wissen müssen, denn kaum war er eingetreten und hatte die Atmosphäre am eigenen Leib gespürt, überlief ihn wie ein Schauer das Gefühl, dass er nicht allein mit seiner Wut war, dass seine Wut einen Körper hatte.

»Einmal im Monat ist Audienz«, fuhr der Juwelier fort, »da muss man hier sein, für alle Fälle. Manche wollen Medizin, einen Job oder Gerechtigkeit, aber andren ist schon mit Kleinigkeiten geholfen: dass der Herr Pate wird, dass er etwas zum Fünfzehnten der Tochter beisteuert. Allen gibt er. Und was, wenn jemand ein Lied verlangt?«

Der Künstler nickte, auf einmal schuldbewusst und erregt von dem Schauspiel. Die Leute weiter hinten verschwammen in einem grauen Fleck, aber deutlich konnte er die erkennen, die gerade das Ende der Schlange erreichten, die Schultern durchdrückten, sich die Strähnen aus der Stirn schoben, den Mund zumachten, einen Knopf schlossen. Vom Hofstaat umgeben, schaute der König am Galerieende einem jeden von ihnen in die Augen, hörte sich an, um welche Gnade gebeten wurde, gab dem Geschäftsführer einen Wink, und der machte eine Notiz. Manchen strich der König übers Haar oder gab ihnen in ernstem Ton einen Rat. Dann wollten sie ihm die Hand küssen oder umschlangen seine Knie, der König gewährte ihnen einen kurzen Moment der Verehrung und schob sie dann mit sanfter Strenge fort.

Auch der Juwelier berauschte sich an der Audienz. Der Vornehme schien aufzublühen inmitten der Inbrunst des einfachen Volks. Draußen hätte er sie kaum eines Blicks gewürdigt, aber hier verschlang er mit den Augen, wie das Werk des Herrn sie verklärte.

»Dazu sind wir da«, sagte der Juwelier, »um ihm Macht zu geben. Was taugt schon jeder Einzelne allein für sich? Nichts. Aber hier sind wir stark, durch ihn, durch sein Blut … Dass ja keiner glaubt, er könnte dem Herrn was streitig machen!«

Die letzten Worte schrie der Juwelier fast, die Umstehenden zuckten zusammen, und der Journalist klopfte dem Mann auf die Schulter:

»Ruhig Blut, Meister, das reicht.«

Der Künstler wollte den Juwelier ablenken und fragte: »Machen Sie manchmal besondere Stücke für die Leute?«

»Alle meine Stücke sind besonders«, sagte der Juwelier, »und alle besonderen Stücke hier sind von mir.«

Für einen Augenblick schien es dem Künstler, dass Journalist und Juwelier einen überraschten Blick wechselten oder dass den Journalisten etwas ärgerte, aber es war nur ein kurzer Moment, denn die Audienz ging zu Ende.

Der König erhob sich, ging Richtung Gang und ließ die flehenden Blicke an seinen Füßen abgleiten. Hinter ihm sagte der Geschäftsführer der verbleibenden Schlange wieder und wieder: nächsten Monat, nächsten Monat.

»Kommen Sie«, sagte der Journalist.

Sie liefen, und der Journalist sprach den König an.

»Herr, es gibt da, scheint's, ein Problem mit dem Künstler.«

Der König blieb stehen und zog eine Augenbraue hoch.

»Na ja, nicht mit dem Künstler, was soll der schon für Probleme machen«, sagte der Journalist lächelnd, »aber die Papageien vom Radio haben ein Problem mit ihm. Sie bringen seine Lieder nicht.«

»Ach ja?«, sagte der König, als meinte er: Ist ja was ganz Neues.

»Immer das Gleiche: Man darf den Leuten nichts Gutes über Sie erzählen.«

Der König schaute zur Galerie, wo das Volk nach Hause ging, jeder mit seiner Gnade im Sack.

»Als brauchten wir diese Nieten, damit man über mich spricht«, sagte er. »Keine Sorge, der Geschäftsführer kümmert sich darum, dass ein paar Freunde Ihre Musik auf der Straße unter die Leute bringen ... So läuft doch unser Geschäft, nicht wahr?«

Müdigkeit war dem König anzumerken, aber auch eine geballte Kraft. Er lächelte, und sein Lächeln war eine schützende Umarmung, die dem Künstler sagte: Weshalb willst du den Scheißkerlen die Ohren überzuckern? Uns muss es passen, wie wir sind. Sollen sie erschrecken, sollen sich die Anständigen wundern, zeigen Sie's ihnen. Wozu sind Sie Künstler?

SIE SIND TOT. Alle sind sie tot. Die anderen. Sie verhusten, verspucken, verschwitzen ihren fauligen Tod voll eitlem Selbstbetrug, als schissen sie Diamanten. Sie lächeln mit gebleckten Zähnen wie Kadaver; wie Kadaver kalkulieren sie, dass ihnen nichts Böses widerfahren kann.

Ganz genau.

Sie haben einen Albtraum, die anderen: die Hiesigen, die Guten, sind der Albtraum, die hiesige Pest, der hiesige Lärm, der hiesige Mann. Aber hier ist alles echter, hier ist das lebendige Fleisch, der kraftvolle Schrei, und die da sind kaum mehr als Jammerlappen, vergammelte Haut, die's nicht zur Farbe schafft. Ein Abglanz, der zu schwammiger Masse wurde, leere Luft.

Die Toten bittet man nicht um Erlaubnis. Wenigstens nicht die Scheißtoten. Man tut, was man tut. Man lernt, wie's geht, wird überheblich, nennt bloß den Namen und schert sich nicht drum, was die andern umtreibt. Oder nur, um ihren Schrecken zu spüren, denn fremder Schrecken macht fett, er bekräftigt, dass das Fleisch der Guten strotzt und unentbehrlich ist und in all seiner Wucht an den Dingen rüttelt.

Am Schopf müsste man sie packen und mit der Nase auf diese dreckige, rohe, stinkende, wahre Wahrheit stoßen, damit sie's verlockt. Auf die Stacheln dieser Sonne muss man sie setzen, im Tumult dieser Nächte ertränken, ihnen den Singsang unserer Stimmen unter die Nägel schieben, ihnen zu Leibe rücken mit unserer Haut, um sie zu entblößen. Gerben muss man sie, prügeln.

Mächtig wurmt es sie, wenn sie von diesem bösen Traum hören, der sich der Leben und Worte bemächtigt. Es wurmt sie, dass der Eine das Fleisch aller ausmacht, dass Jener die Kraft aller in sich trägt. Es wurmt sie, wer Er ist und wie Er ist und wie Er es ihnen unter die Nase reibt. Sie wagen sich nur zu dieser Wahrheit vor, wenn sie der eigenen Wahrheit ins Auge blicken, im Suff, im Tanz, in der Lust, angeschmiert sind sie, dafür also waren sie gut gewesen. Lieber würden sie bloß den netten Teil hören, was?, aber das hier sind keine Lieder, für die man erst um Erlaubnis fragt, der Corrido ist kein Bild, das die Wand schmückt. Er ist ein Name und eine Waffe.

Prima, dass sie's wurmt.

Womöglich merken sie am Ende noch, dass sie schon Madenfleisch sind.

DER KÜNSTLER TRÄLLERTE, den Kopf genüsslich auf und ab bewegend, quer über die Dachterrasse das Lied des Millionärsfrauchens, das zu Hause eine Party gab, in die sich zwei junge Gockel, Aufsteiger im Geschäft, einschmuggelten, herausgeputzt hatten die sich und machten schwer Eindruck, die Jungs, mischten sich unter die Wohlstandsclique, rissen sich zwei Puppen auf, rassig und reich, und das war der Titel des Lieds, *Rassig und reich,* obwohl es, dachte der Künstler, auch *Scharf und vernarrt* oder *An der Liebe lag's nicht* heißen könnte, dachte er, und die Gockel spannten die eroberten Goldpferdchen als Packesel nach drüben ein, und das war ein Spaß, denn den Bräuten gefiel das Milieu, sie sahen sich schon als Sternchen im Film, wo sie doch bloß Püppchen aus einem Corrido waren, aber nein, es sollte nicht von Dauer sein, ihr Schwindel lief so gut, weil sie ihn selber glaubten, bei dem Aufzug, dem Auftritt, doch am Ende wollten sie aus dem Spiel Wirklichkeit machen und posaunten aus, mit wem sie zusammen waren, aber wozu taugten sie noch, wenn ihr Ausscheren weg von den Scheinchen führte? Da war nichts zu machen, die Gockel steckten die Kleinen in einen Bus und: Wir kommen gleich nach, steigt hinter dem Hügel aus, sagten sie, aber nein, der nächste Halt war am anderen Ende der Welt, und sie waren traurig, schauten dem abfahrenden Bus nach, aber was soll's, Arbeit ist Arbeit.

Es hatte ihn viel Mühe gekostet, an dem Lied zu feilen, vor allem am letzten Teil, wo den Kerlen nichts übrigblieb, als Schluss zu machen. Aber jetzt wurde es, und als es so weit war, blieb er auf der Dachterrasse stehen, schaute in die Runde, und das glühende Königreich fuhr ihm in die Augen, der Rutenhieb des endlosen Sandes, dann die Akazien, der Himmel, der unaufhörlich in alle Richtungen gleichzeitig galoppierte, auf der einen Seite noch blau, auf der anderen in flammendem Rosa, und er dachte: Wohin der Blick reicht, reicht auch der König und mit ihm mein Wort, und er fügte hinzu, wie flüsternd gedacht: Schweinehunde.

Er blieb dort, bis die Dunkelheit die Farben zu verschlingen begann, fühlte sich so klein, so frei und ging dann hinunter. Er durchquerte den Bürotrakt ganz in der Nähe der Galerie, kam am Spielsalon vorbei, umrundete den Flügel der Königsgemächer bei den Terrassen und wandte sich schließlich dorthin, wo Wache gehalten wurde und die Zimmer der Mädchen waren. Auch wenn es Gänge gab, die er noch nicht zu betreten wagte, fand er im Palast inzwischen mühelos den Weg zum Zimmer der Kleinen. Wie sehr ihr das Lied gefallen würde! Die Kleine hatte ihn nicht darüber schreiben lassen, wie man sie als Kind für einen Kleinbus verkauft hatte, aber bestimmt würde sie spüren, dass dieser Corrido mit seinen Stacheln auch sie rächte.

Sie legte gerade ihre Kleider auf dem Bett zusammen, und ihn überkam eine gewaltige Zärtlichkeit: ihre schmale Taille, die zwei Handbreit Rücken, die blasse, straffe Haut, die er während der ersten Tage so fieberhaft erkundet hatte und die ihn nun dazu verlockte, sie in den Schlaf zu wiegen und glücklich zu machen, auch wenn er es nicht konnte. Er fuhr mit dem Finger über die gerippten Linien, die ihren Rücken hinunterliefen. Sie drehte sich um, und in ihrem Gesicht war keine Überraschung zu lesen, sondern: Ach du.

»Hör dir das an, die Kröte soll'n sie mal schlucken«, sagte der Künstler.

Er sang das Lied a cappella.

Dabei trommelte er sich auf die Schenkel und zog Grimassen, die amüsant sein sollten, aber als er den Verdruss der Kleinen sah, kam er sich lächerlich vor. Am Ende traf Schweigen auf Schweigen, kurz, aber eisern.

»Du merkst wohl gar nichts, was?«, sagte sie verächtlich.

»Was gibt's denn zu merken?«

Die Kleine drehte ihm den Rücken zu und legte weiter

die Wäsche zusammen. Der Künstler strich um sie herum, verstohlen, als spazierte er durchs Zimmer. Er suchte das Lächeln der Kleinen, aber sie schaute ihn nicht an, und er begriff, dass er sich besser nicht mehr aufdrängte. Er küsste sie auf die Schulter und ging zur Tür.

»Was soll's schon sein, Schwachkopf«, sagte sie, bevor der Künstler hinausging, »die sind hier alle Hurensöhne, und du, du bist ein Clown.«

Der Künstler drehte sich um, eher verblüfft über das Gift in der Stimme der Kleinen als darüber, wie sie ihn verachtete und den König beleidigte.

»Ich dachte, du bist glücklich hier.«

»Das sagt man den Kunden«, entgegnete sie schroff, brutal. Dann schaute sie ihm in die Augen und sagte: »Hast du dich mal selbst gehört? Du redest schon wie so eine Scheißschwuchtel, die Schmuckstücke schmiedet.« Sie warf den Kopf in den Nacken, herausfordernd: »Hau ab, und komm mir nicht mehr in die Nähe meines Betts.«

DER DOKTOR HÖRTE AUF, in seinen Augenhöhlen zu forschen, und sagte resigniert:

»Solang ich Ihren Kopf nicht mit den geeigneten Instrumenten untersuchen darf, kann ich nicht sagen, wo das Problem liegt … Obwohl ich so einen Verdacht habe.«

In seinen letzten Worten mischten sich Strenge und Traurigkeit. Der Künstler ließ niemanden mit einem Messer oder dergleichen an sich heran. Sie schwiegen einige Sekunden: ein Dialog unausgesprochener Ahnungen. Der Doktor brach ihn mit einem Lächeln ab.

»Zumindest können wir schon mal das Offensichtliche behandeln«, er bückte sich zu einem Schreibtisch und zog eine Papptafel hervor, die er ein paar Meter vor dem Künstler aufstellte, »denn offensichtlich ist es, auch wenn Sie es noch nicht gemerkt haben.«

Es war eine Pyramide aus Buchstaben und Zahlen, die zur Basis hin bis zur Winzigkeit schrumpften. Der Doktor sagte:

»Die habe ich schon ewig nicht mehr benutzt, hier will niemand eine Brille tragen, halten Sie sich ein Auge zu.«

Der Künstler hielt sich das linke zu. Der Doktor fuhr fort.

»Ein Wunder, dass die Leute nicht ständig in den Gängen zusammenstoßen, sagen Sie mir, welche Buchstaben Sie erkennen können.«

»En, Jot, Ge, Ka, Drei, Te, Eins, Ypsilon, Er, Te, Pe.«

»Aber wenn ich's recht bedenke, stoßen sie ja zusammen. Sie werden's bemerkt haben, nicht wahr? Nächste Reihe mit dem anderen Auge.«

»Ha, O, Ce, Ku, We, En, Zet, Icks.«

»Gut. Wissen Sie, man könnte meinen, dass jeder schon Messer und Gabel gezückt hält, obwohl jetzt niemand ans Bankett denken sollte. Die nächste, wieder mit dem rechten.«

»Jot, A, Zwei, Te, Es, Ce, Acht, A, Zet, Eff, Be?«

»Fast: Drei. Ich wünschte, es wäre noch wie früher, aber unter uns gesagt, die Leute laufen aus dem Ruder. Nächste.«

»De, E, Ypsilon, Eins, Er, Vau, Sieben.«

»El, nicht Eins. Sie sehen ja, der Verräter verbündet sich mit denen aus dem Süden, aber man weiß nicht, ob jemand von hier dahintersteckt. Die sind anders, sind neu im Geschäft und machen die Dinge hintenrum. Nächste.«

»Jot, E, Eff … Noch ein Es, Drei, Ypsilon, Neun, Pe, We, Vier, De.«

»Hm. Da fängt's schon an. Na ja, zum einen macht das den Vize nervös, und man hält sich besser fern von ihm, denn der hat den Finger schnell am Abzug, seit er ein junger Kerl war … Und dann ist da noch dieses Weib, von dem man nie weiß, was es will. Nächste.«

»En, E, Zet? E … U, Jot, El … Noch ein En.«

»Tja. Das reicht. Jetzt entstauben wir mal dieses Ding hier.«

Der Doktor ging wieder zum Schreibtisch und holte ein Ungetüm aus Drähten und Brillengläsern hervor. Er entfernte ein paar Linsen, tauschte andere aus und setzte es dem Künstler auf die Nase. Auf einmal ließen sich die Buchstaben auf der Papptafel erkennen, schwankten jedoch. Sie tanzen, sagte der Künstler. Der Doktor wechselte wieder Gläser aus. Und jetzt? Sie verzerren sich. Andere Linsen. Wie sehen Sie nun? Der Künstler antwortete nicht. Er schaute auch nicht mehr auf die Buchstaben. Wie betäubt war er von all den überraschenden neuen Einzelheiten: die raue Struktur der Wände, der goldene Staub, der durch die Sonnenstrahlen wanderte. Und auf einmal: der Erbe im Türrahmen.

»Was ist mit mir?«, fragte der.

Der Künstler konnte nicht anders, er musste seine Kleidung mustern. Und jetzt, mit neuen Augen, begriff er besser, was sein Aufzug bedeutete: die Hosenbeine aus

Leinen, nicht aus Jeans, das cremefarbene Hemd, weder kariert noch gemustert. Als zeigte der Stoff die Webart des Erben, als erzählte er eine Geschichte, die anders war, von freundlicheren Tagen sprach, von trübem Blut und einem Dasein, straff gespannt wie ein Bogen.

»Nichts weiter. Ich untersuche den Künstler«, entgegnete der Doktor.

Der Erbe lächelte breit, aber es war, als wäre ein Zug auf seinem Gesicht entgleist.

»Natürlich. Das ist Ihre Arbeit«, und er nickte bedächtig. »Das ist *Ihre* Arbeit, nicht wahr? Nicht die der anderen. Nicht die von dieser Hexe zum Beispiel.«

Er machte ein paar Schritte, bis er vor dem Doktor stand.

»Weshalb muss dieser Drachen den Herrn behandeln?« Er legte dem Doktor die Hände auf die Schultern. »Weshalb?«

Der Doktor hielt dem Blick des Erben stand, doch nur einen Moment, dann zuckten seine Augen, die das Wasser zurückhielten.

»Ich weiß nicht, ich bin bloß Doktor, ich weiß nichts von derlei Sachen.«

»Von was für Sachen, Doktor? Erklären Sie's mir, Sie sehen ja, ich bin ein Schwachkopf, der sich lauter Schwachsinn ausdenkt. Gerade eben dachte ich, Sie hätten von mir gesprochen, und wie gut, dass ich mich getäuscht habe, denn wenn ich nicht verstehe, was vor sich geht, werde ich stinksauer. Ich rede lieber Klartext.«

»Ich schwöre, ich weiß es nicht«, der Doktor schien sich zu krümmen, ein leichtes Zucken durchlief ihn, »man zieht mich nicht ins Vertrauen.«

Der Künstler sah die Gänsehaut am Hals des Erben, und als Erstes kam ihm der Gedanke, dass diese Art Anfall einen Mann zeigte, der keine im Bett hat.

»Gut, sobald Sie's wissen, sagen Sie mir Bescheid, denn Sie sollten mich ins Vertrauen ziehen.« Er nahm seine Hände zurück und wandte sich zur Tür. Bevor er hinausging, sagte er: »Keine Sorge, man muss sich nur rechtzeitig anpassen.«

NACHDEM DIE KLEINE IHN hinausgeworfen hatte, suchte der Künstler sich einen Platz in den Baracken der Wächter und schlief auf der Pritsche desjenigen, der gerade Rundgang hatte. In dieser Nacht war er von einem Rückkehrer jäh aus dem Schlaf gerissen worden, war hellwach und verzichtete auf den frei gewordenen Platz. Er streifte durch den Palast, suchte nach einer Stelle, wo kreuzende Flure genug Licht gaben, damit er ein weiteres Mal die Bücher mit Erzählungen und Gedichten lesen konnte, die der Journalist ihm geliehen hatte. Er trug sie mit sich herum, weil sie ihn wie Kumpel begleiteten, die alle nur möglichen Geheimnisse kennen.

Er stützte sich auf den Balkon mit Sicht auf den Innenhof, der die ganze Nacht über beleuchtet war, und wählte einen Pflanzentrog. Gerade wollte er hinuntergehen und es sich dort bequem machen, als er die Schreie hörte.

»Wo? Wo?« Die Hexe erschien auf der gegenüberliegenden Seite, ein Funkgerät am Ohr. Aus der anderen

Richtung, genau unter ihm, kam ein Wächter, der die x-Beliebige hinter sich herschleifte.

»Wir haben sie geschnappt, als sie grad bei einem Fernfahrer einsteigen wollte«, sagte der Wächter, offensichtlich stolz. Er blieb stehen und wartete. Vielleicht dachte er, die Hexe würde Danke sagen, aber sie wies ihm mit dem Finger nur den Weg, den er gekommen war: Verschwinden Sie. Der Wächter ging. Die beiden Frauen sahen sich schweigend ein paar Sekunden an. Dann sagte die x-Beliebige:

»Die Mistkerle haben mir nicht zu sagen, ob ich ausgehen darf oder nicht.«

Die Hexe beschrieb mit der Hand eine schwungvolle Parabel und schickte die x-Beliebige mit einer Ohrfeige zu Boden.

»Das sagen nicht die Mistkerle. Das sage ich.«

Sie ging in die Hocke, zog ihre Tochter zu sich hoch, packte sie bei den Schultern und schüttelte sie.

»Was zum Teufel willst du? Siehst du nicht, dass wir den letzten Zug verpassen? Habe ich deshalb so lange gewartet?«

Sie ließ sie mit einer Geste der Müdigkeit los. Dann nahm sie ihre Hände und sagte in sanfterem Ton:

»Was gibt es da draußen? Müll. Hier wirst du alles bekommen, sobald ich den Mann ins Lot gebracht habe. Warte noch ein kleines Weilchen. Sobald das kräftige Blut, das ich ihm gebe, seinen Samen aufgefrischt hat, musst auch du bereit sein. Und selbst wenn das verdammte Vogelvieh nichts taugt, ich finde schon einen Weg, dir all das hier zu schenken.«

»Und wann habe ich gesagt, dass mich der Saustall hier interessiert?«, sagte die x-Beliebige, den Kopf noch gesenkt. Die Mutter stand auf, sah dabei, dass der Künstler sie beobachtete, zeigte jedoch keinerlei Überraschung.

»Hast ihn dir aber gefallen lassen«, sagte sie, »das heißt also, du bist interessiert. Wie auch immer, wir stecken ohnehin bis zum Hals drin.«

Sie zog die x-Beliebige am Arm hoch, zerrte sie in Richtung ihres Zimmers und warf dabei einen Blick auf den Balkon, wo der Künstler stand.

»Das lasse ich mir nicht versauen«, sagte sie, »weder von dir noch von einem dahergelaufenen Hungerleider.«

ER MACHTE MIT IHR einen Ausflug in die Stadt.

»Ich weiß, wo man hinauskommt, ohne gesehen zu werden«, sagte er ihr, und obwohl er wusste, dass er mit dem Feuer spielte, bestärkte ihn das Aufleuchten ihrer Augen, und er machte weiter. So dringend wollte sie hinaus, dass sie ihn nicht einmal fragte, warum er sich anbot, sie zu begleiten.

Der Künstler führte sie ans Ende der Gartenanlage, sie kletterten an einer Stelle über den Zaun, die, wie er bei einem Spaziergang gesehen hatte, nicht unter Strom stand, weil ein Bach hindurchfloss.

Als sie die Stadt erreichten, nahm die x-Beliebige ihn bei der Hand, als müsste sie ihn durch die Kneipen an der Brücke führen. Voll Jahrmarktsfreude zeigte sie ihm in jeder Spelunke, was ihr am besten gefiel: eine Jukebox von anno dazumal, einen Wirt mit Schildkrötenaugen, eine Holztheke voll eingeritzter Obszönitäten, eine Band, die nur aus Zwergen bestand, eine Toilette, wo Frauen im Stehen pissten. Und wenn sie ein Lokal noch nicht kannte, trat sie ein, als müsste sie sich erst von Tisch zu Tisch tasten, klammerte sich an den Ärmel des Künstlers und schwieg.

Der Künstler sah vor seinen Augen die Welt vorüberziehen, in der man ihm mit dem Knüppel das Überleben beigebracht hatte, und konnte die Faszination der x-Beliebigen nicht teilen. Und doch sah er Neues, oder das Alte erschien ihm mit neuer Kraft, als hätte sich eine Schwiele von seinem Blick gelöst, so dass er sich nun in Details vertiefte, die früher untergegangen waren wie auf einem verschwommenen Bild. Er erkannte den wunden Nerv der heimlichen Straßenmädchen und den Ekel der Mädchen in fester Hand, begriff die Kälte des Alten, der am Boden stöhnte, ohne auch nur Bettelworte hervorzubringen; und ein Anschlag, auf dem nach einer verschollenen Tochter gesucht wurde, ließ ihn das Grauen spüren, von Feiglingen gequält zu werden. Er erkannte sich selbst in einem aschgrauen Jungen, der jämmerliche Noten aus einer Trompete quetschte, sah jedoch, dass der schlimmer dran war als er damals, denn er passte auf einen Kleineren auf, der hinter seinem Rücken kauerte. Der Künstler hatte nie für jemand anderen sorgen müssen.

Als gäbe es kein Recht auf Schönheit, dachte er und dachte weiter, dass man die Stadt von unten her in Brand stecken müsste, denn wo auch immer sich das Leben seinen Weg bahnte, wurde es sofort vergewaltigt. Aber er schaute zur x-Beliebigen, die auf dem Gehsteig verstohlen eine von den Heimlichen beobachtete, und ihr Blick war wie ein Streicheln, wie ein Trösten, und dem Künstler schien es, als fiele für einen Augenblick ein reineres Licht auf die Vorstadt, und er war stolz, dass er es wahrnehmen durfte.

»Dich hab ich hier lange nicht gesehen, Schätzchen«, hörte er eine Stimme hinter ihnen, »seit Monaten nicht, dachte schon, dir hätte nicht gefallen, was du von mir bekommen hast.«

Der Künstler drehte sich um und sah einen schwammigen Mann mit Wanst, der sich beim Sprechen an die Gürtelschnalle fasste. Die x-Beliebige schien zu erschrecken und in Wut zu geraten. Ihr ganzer Körper spannte sich, als wollte sie losspringen, aber sie machte nur einen Schritt und stellte sich neben den Künstler. Der Mann kam ihnen ebenfalls einen Schritt näher.

»Na … kommen wir ins Geschäft? Du weißt ja, einer gibt dem andern, was er sich wünscht.«

Obwohl blitzschnell die Wut in ihm hochgekommen war, wusste der Künstler nicht, wie man jemanden verteidigte, und um nicht untätig dazustehen, stopfte er sich das Hemd hinten in die Hose, als bereitete er sich auf einen Kampf vor. Der Mann wich zurück und hob erschrocken die Hände.

»Na was denn! Nur die Ruhe, kein Grund, die Knarre zu zücken. Wenn du sie willst, nimm sie mit, solche gibt es wie Sand am Meer.«

Die x-Beliebige umschlang den Künstler von hinten und zog ihn zu einem Hauseingang, ohne seine Brust dabei loszulassen. Sie schrie dem Mann etwas Obszönes zu, und im Rückwärtsgang, als müssten sie sich die Stadt vom Leib halten, trat sie mit dem Künstler ins Innere. Ins Hotel. Sie waren in einem Hotel. Ein paar Sekunden starrten sie auf die Rezeption, ohne zu wissen, was tun, bis die x-Beliebige einen Zimmerschlüssel verlangte und dem Künstler mit einer Geste zu verstehen gab, ihr zu folgen.

Im Zimmer entkleidete sie sich selbst hastig und ihn rasend, schwang sich mit kalter Anspannung auf ihn, und den Künstler überkam untröstlich die Gewissheit, dass sie an seinem Gesicht vorbeisah, auf das Kissen, auf die Wand. Deshalb hielt er sie nur sanft an den Hüften und wartete. Plötzlich hielt sie inne und ließ, auf ihm sitzend, den Kopf sinken.

»Ich werde dich nicht um Verzeihung bitten«, sagte sie, stieg herunter und legte sich neben ihn, »ich weiß nur nicht, wie man Männer behandelt, die gut zu sein scheinen.«

Sie schwiegen. Eine mit Mücken besetzte Glühbirne schattierte ein wenig das Dunkel. Der Künstler nahm sich vor, nicht mehr zu denken, wollte nur hier sein, bei der x-Beliebigen. Und auf einmal wusste er Bescheid über ihr Blut: Es war ein unruhiger Strom, der über verborgenes Geröll taumelte. Der Künstler berührte eine Ader auf dem Arm der x-Beliebigen, folgte ihr bis zum Handgelenk und wieder zurück. Mit der anderen Hand fuhr er über ihren Körper und lauschte den Adern eines Schenkels, folgte der Haut über den zarten Rinnsalen im Rhythmus ihres Pulsschlags, fühlte, wie ihr Blut schneller floss und die Hände überflüssig wurden, weil jede Pore schon den anderen Sturzbach spürte. Er schaute sich ihr Gesicht an: ein modelliertes Gesicht. Manche Gesichter wirken wie ein Zufall, nicht aber dieses, in dem sich ein Teil auf den anderen reimte, nicht diese Haut aus heißem Sand, die die runden Wangenbeine formte, den kleinen Mund, die Zähne, die auf eine Lippe bissen, nicht dieses Gesicht, das jetzt ganz mit sich harmonierte. Sie liebten sich, als trotzten sie jedem Augenblick, in der Gewissheit, dass man nur auf diese Art lebendig ist. Und mit größter Langsamkeit: weder fürchteten noch ersehnten sie den Knoten am Ende des Seils.

Dann traten sie wie erleuchtet auf die Straße hinaus, ihrem ewigen Trubel entrückt. Jemand bot ihnen Raubkopien an, der Künstler sah seinen Namen auf einer CD, und es bedeutete ihm nichts. Der König hatte sein Versprechen gehalten, aber die Neuigkeit bewegte ihn nicht – er hatte an dem Tag Wichtigeres erfahren.

Aus einer Kneipe kam taumelnd der Gringo. Er sah sie überrascht an, zeigte jedoch keine Empörung.

»Ich dachte, Sie wären drüben«, sagte der Künstler.

»War ich und bin schon zurück, hat aber nichts gebracht, was sollen die schon wissen? Das Nordlicht hat sich drüben nicht mal mehr blicken lassen, hat ihnen den Rücken gekehrt und nur noch Geschäfte auf dieser Seite gemacht. Ja, er hat sich eigentlich nur noch drum gekümmert, dem Herrn Weiber zu beschaffen, als hätten die ihm was genutzt, aber …«, plump legte er einen Finger an die Lippen, »… pst, ja? Ihr wisst nichts … Und ich weiß nichts von euch. Besser so. Besser, man weiß jetzt nichts, wo alles zum Teufel geht.«

Ein eisiger Staub fegte durch die Stadt. Der Gringo machte kehrt, ging im Zickzack ein paar Meter und steuerte auf die Schwingtür einer Kneipe zu.

WAS IST DA? Was ist dahinter? Eine andere Welt, die der Sonne entgegenschaut? Grenze auf Grenze, eine sich fortpflanzende Welle, die ein Stein im Wasser hinterlässt? (Das Leben als Stein im Wasser?)

Schauen, schauen, schauen und doch nicht schauen: Es gibt keine feste Gestalt, nur einen wirren Haufen Selbstekel. Eine hochmütige Grimasse, eine Schmarotzerwelt.

Was ist da? Was ist da hinter der Mauer der Dinge?

Nichts, auf Anhieb.

Dem satten Gras den Rücken kehren, sich einen eigenen Spiegel wählen: ihn zu den Augen heben

und schauen:

eine eisige Spalte, die versinkt, eine kurze Spirale, die seine Beachtung verlangt, ein Geheimnis, das sich in sein verborgenes Licht einrollt. Die ganze Welt hat Platz in diesem Spiegel, jedes Detail eine umkehrbare Chiffre. Stück um Stück ringt darum, dass er es streichelt, eine immer andere Haut.

»SAGEN SIE MIR, wie schreiben Sie eigentlich einen Corrido«, sagte der Journalist. »Sie erzählen die Geschichte und Schluss?«

Der Künstler wusste, wie, hatte es aber nie in Worte gefasst, das Können war ein schamvoll verborgener Schatz, den er sich kaum je bewusst machte. Doch jetzt hatte er Vertrauen genug, um darüber zu reden.

»Die Geschichte erzählt sich von allein, aber sie muss lebendig werden«, entgegnete er, »man greift sich ein, zwei Wörter, und um die drehen sich dann die andren, das gibt ihr Halt. Denn ging's bloß darum, Klatsch zu verbreiten, wozu ein Lied? Der Corrido ist nicht nur wahr, er ist schön und schafft Gerechtigkeit. Drum ist er genau richtig, um den Herrn zu ehren.«

Der Journalist nickte wenig überzeugt.

Sie saßen auf der Terrasse und tranken Kaffee. Der Künstler genoss diese Unterhaltung, die nichts mit dem nahenden Ärger zu tun hatte. Er bemächtigte sich einer immer größeren Zahl von Wörtern, dank der Bücher, die der Journalist ihm gab und nicht zurückbekam, selbst wenn er darauf bestand.

»Das mag«, sagte der Journalist, »für uns gelten, die wir ihm die Päckchen schnüren oder den Rücken decken, aber bei Ihnen ist das was anderes, nichts gegen Ihren Eifer, aber Ihr Ding ist die Kunst, Mann, Sie müssen nicht steckenbleiben im bloßen Besingen des Herrn.«

»Warum nicht? Ich schreibe über das, was mich bewegt, und wenn mich das Werk des Chefs bewegt, warum nicht?«

»Aber natürlich, verstehen Sie mich nicht falsch, Künstler, ich meine nur, was Sie tun, lebt aus sich selbst, hängt nicht von dem hier ab. Ich finde es gut, dass unsere Scherereien Ihnen als Stoff dienen, ich hoffe nur, dass Sie nicht wählen müssen. Für mich sind Sie reine Leidenschaft, und wenn Sie eines Tages zwischen Leidenschaft und Pflicht wählen müssen, Künstler, dann sitzen Sie schön in der Scheiße.«

Er spürte, dass der Journalist an eine Saite rührte, der er sich nicht hatte nähern wollen. Er gab eine vorsichtige Antwort, die ihm zustimmte und zugleich widersprach:

»Tja, so lange wie meine Lieder lebe ich sowieso nicht.«

Die Tür des Zimmers hinten ging auf, und die Hexe erschien. Das Weiß ihres langen Kleides betonte das Blut an ihren Fingerspitzen. Ihr ganzer Körper verkrampfte sich, als wäre sie eine gezückte Waffe.

»Was treibt ihr hier?«, stieß sie hervor. »Könnt ihr die

Zeit nicht woanders totschlagen? Denkt wohl, ihr bekommt was raus, wenn ihr hier wie die Nissen klebt. Haut ab, Mistkerle! Verpisst euch, hier gibt's nichts zu sehen!«

Der Journalist deutete einen Gruß an und stand auf. Auch der Künstler verließ seinen Stuhl, jedoch ohne sich ganz aufzurichten, erschrocken, weil ihm die Hexe, was sie bei den Palastoberen kaum je tat, direkt in die Augen geschaut hatte, und ihr Blick brannte.

Sie gingen zum Speisesaal der Wächter. Ein Stück Weg schweigend, bis ihm der Journalist offenbarte, als wäre er einem Gast eine Erklärung schuldig:

»Früher waren wir, scheint's, fast eine Familie, und Sie sehen ja, jetzt soll das Bündnis mit dem andern Capo geplatzt sein ... Und dann steht dieser Krieg vor der Tür ...«

»Kann man mit den anderen nicht reden und versuchen, die Dinge ins Reine zu bringen?«

»Nicht die unteren Ränge. Mit manchen kann bloß der Chef verhandeln, und ich halte mich an die Kommandokette.« Finster fügte er hinzu: »Aber nicht alle, Künstler, nicht alle, einer handelt auf eigene Faust oder hat sich einen neuen Chef gewählt, ich kriege so einiges mit.«

Im Speisesaal trafen sie auf den Erben, der sich im Stehen rohe Fleischstücke aus einer verwaisten Schüssel nahm. Vom anderen Ende des langen Tischs blickte er zu den beiden herüber, musterte sie rasch, sagte aber kein Wort. Gefräßig führte er die Stücke zum Mund, doch mit der Langsamkeit dessen, der weiß, dass ihm den Bissen niemand streitig machen wird. Sie setzten sich auf ihrer Seite ans Tischende, als wollten sie im Gespräch fortfahren, sprachen aber kein Wort mehr.

DIESER BLICK, diese väterliche Sanftheit, die Offenheit, als er ihm sagte:

»Niemandem vertraue ich so sehr wie Ihnen.« Obendrein fügte er hinzu: »Manche kriegen den Hals einfach nicht voll, Sie aber wissen, wo Ihr Platz ist, sind mit dem zufrieden, was Ihnen zusteht.«

Dieser Blick, so ganz auf das Geschaute konzentriert, so sicher, dass ihn in dem Augenblick niemand sonst verdiente; dieser verschwörerische Blick. Die Art, wie er dem Künstler auf die Schulter klopfte und ihn durch den Park führte, um ihm stolz den Pfau vorzuführen, diese entspannte Vertrautheit: Sie und ich, wir reden hier über wichtige Dinge. Und der Rhythmus, die gleichmütigen Schritte, die Sohlen, die geduldig ihr Stückchen Erde einnahmen, alles bekräftigte ihm: Der König spricht wahr. Und was? Dass er ihn brauche, dass der Künstler sich in eine Tauffeier in der Nähe einschmuggeln müsse, unter den Gästen werde ein Feind des Königs sein. Der Künstler müsse sich, so schwer es ihm falle, als Abtrünniger ausgeben und herausfinden, ob jemand im eigenen Haus gegen sie konspiriere. Das dürfe er keinem sagen, denn – freimütige Augen bohrten sich in ihn – nur ihm vertraue er, nur er sei dank seines Talents dazu fähig. Überzeugt und geehrt stürzte sich der Künstler in die Mission, auch wenn er den letzten Satz des Königs in den Winkel seiner Bedenken verbannen musste, wo er sich festsetzte wie ein Summen im Ohr:

»Es ist Zeit, sich nützlich zu machen, Künstler.«

Und wieder kehrte er zurück in die Dreckstraßen von früher. Er verstand es, unauffällig nach dem feindlichen Vize zu suchen, der ihn zur Feier einladen sollte. Niemand konnte es mit ihm aufnehmen in der Kunst, unbemerkt zu bleiben. Er musste bloß wachsam sein und unentwegt über dem Gemunkel kreisen wie ein Geier, den es nach seinem Toten leckert, bis er die Spur in die richtige Höhle fand.

Er sprach den Vize an, nachdem er drei Nächte lang seine Laster studiert und gesehen hatte, dass er sich gern die Mädchen, die in fester Hand, mit Liedern köderte. Er lauerte geschickt und wartete auf einen Augenblick, in dem der Vize sich besonders selbstsicher gab. Der Künstler wusste nicht nur, was für eins er bei ihm bestellen würde, sondern hatte auch schon die geeignete Munition, einen einfachen Corrido, übertrieben und großspurig, der die Heldentaten des Kerls rühmte, die er in Erfahrung gebracht hatte.

»War ja halbwegs gelungen«, sagte der Vize, der nicht zeigen wollte, dass ihm das Lied gefallen hatte, »aber erklären Sie mir eins: Sie haben doch schon jemanden, den Sie in den Himmel heben, oder?«

»Hatte ich, aber da geht's allmählich den Bach runter, und ehrlich gesagt, hätte ich lieber andere Gesellschaft.«

»Ach ja? Wickeln Sie mich nicht ein, Großmäuler erkenne ich auf den ersten Blick.«

Der Künstler machte einen Schmollmund und sagte:

»Mich darf jeder auswickeln.«

Der Vize lachte und belohnte den Scherz mit Schlägen auf den Tisch.

»Ha, ha, wenn's stimmt, dass Sie bloß Sänger sind, gibt's keinen Ärger, solang Sie bei Stimme bleiben. Ich werd Sie meinem Chef als Geschenk mitbringen, ja, das werde ich. Können Sie ein Lied für ihn vorbereiten?«

Er bereitete mehr als eines vor, schrieb für den feindlichen Capo Corridos über die Freundschaft, hob ihn in den Himmel, als wäre er der wahre König. Zum Glück verlangte man nicht von ihm, den König anzuschwärzen, aber allein schon für den anderen zu singen drückte den Künstler irgendwo zwischen Bauch und Brust, ein Schmerz, der ihm unbekannt gewesen war und dessen Bitterkeit er linderte, indem er sich immer wieder sagte, ja, es lohnt sich, für Ihn zu lügen.

Auf dem Fest zog er still und leise seine Runden, wusste genau, wo stehen bleiben, auf wen achten, wann den Mund aufmachen. Kein Irrtum möglich. Auch auf dieser Party gab's klingendes Gold, Blondinen, rote Stiefel aus Ameisenbärenleder, eine Band samt Bühne, Gegrilltes, Spirituosen, Leibwächter, einen Pfarrer vom Dienst. Der Künstler war ganz Ohr für jedes Gespräch, das einer Intrige hinterherspitzelte. Und davon gab es zuhauf, die Intrige eines alten Mannes gegen seine Frau, die dreier Mädchen gegen das Kleid der Patin, die zweier Gockel gegen einen im Anzug, die des Pfarrers gegen sein Verlangen, sich einen Sotol zu genehmigen, aber keine half ihm weiter. Alles war genauso wie am Hof.

Der Künstler schaute und schaute mit der neuen Brille, die der Doktor ihm verschrieben hatte, und ins Auge sprang ihm dabei dies: *Alles war genau gleich.* Das Fest zog mit der Geschwindigkeit des ewig Gleichen an ihm vorüber. Der einzige Fremdkörper war er, der alles von außen sah. Nur er war *besonders*. Wie schön war es, das zu begreifen, wie ein sanftes Leuchten in der Menge, wie so ein Gefühl, dass alles besser wird, wenn man in ein Zimmer tritt. Die Corridos für den anderen König, ein Blonder im Smoking, doch ohne Ausstrahlung, sang er mit einer Selbstverständlichkeit, die ihn beunruhigen musste, denn er merkte, wie schnell er sich mit der Rolle dessen anfreundete, der keine Blutschuld auf sich geladen hat. Und in dem Moment verschwand das Summen, das ihn seit der Aufforderung gequält hatte, sich nützlich zu machen. Vor seinen Augen erschien gestochen scharf das Gesicht des Königs, wie unter der Lupe sah er die Schlaffheit seiner Haut, so vergänglich in ihrer Beschaffenheit wie die eines jeden hier. Er überspielte es, dass die Erkenntnis ihn wie ein Blitz traf, und beschloss zu gehen, doch bevor er den Ausgang fand, besaß er noch die Geistesgegenwart, auf einen Mann zu achten, der sich an der Theke unterhielt, er musterte ihn für den Bruchteil einer Sekunde, und das war genug, um seinen feinen Anzug zu registrieren und festzustellen, dass es derselbe Mann war, den er auf den Zeitungsfotos in der Bibliothek gesehen hatte, immer neben dem anderen, ebenso elegant wie er.

DIE MUSIK STÜRZTE mit dem einsetzenden »Ay« los, dann übernahm die Stimme die Melodie, der Bass fuhr hinauf und hinab, wie vom Feuer desselben Rhythmus getragen, das Akkordeon nahm sich in den Strophen zurück und drehte in den Kurven auf, die Trommel indessen hielt nüchtern den Kurs.

Ay, wie schmerzt mich der Corrido
über meinen höchsten Meister,
dessen stolzes Reich die vielen
voller Neid und Gier umschleichen.

Schon getötet hat man einen,
hatte ihm den Kopf durchbohrt,
schnitt die Kehle durch dem zweiten,
das ist heut die Mode so.

Manche wollen dich verlassen,
andre gegen dich paktieren,
dabei gabst du immer allen
ein Zuhause, Geld und Liebe.

Der dich liebt, der ist todtraurig,
dass du so viel Kummer hast,
mir bist du Familienvater,
zähl auf mich in jedem Fall.

Du warst krank, hat es geheißen,
und die Kinder führten Krieg.
Bitte, lass dich nicht verleiten,
dass du sagst, sind eh zu viel.

Manche wollen dich verlassen,
andre gegen dich paktieren,
dabei gabst du immer allen
Leidenschaft und Geld und Frieden.

Selbst wenn du's nicht sagst, ich weiß,
ungern sähst du uns im Unglück,
du bist nicht aus Holz noch Stein,
andre Söhne hast du nicht.

Unser Vater ist er, König,
und ein guter, drauf mein Schwur,
unter ihm da muss man förmlich
arbeiten fürs Königtum.

Manche wollen dich verlassen,
andre gegen dich paktieren,
denn vermutlich gabst du allen
nicht nur Geld, nein, auch die Gier.

Das warf er mit dem Bleistift hin, sobald er die Feier verlassen hatte, im Stehen, in einer Kneipe. Bevor er den Corrido unter seinen Kollegen ausstreute, war ihm, als raste er mit sprühenden Funken in einem Pick-up zu Tal. Und er hatte das Gefühl, ihm wäre etwas zu Boden gefallen.

WAS, WENN ER EINE ANDERE Richtung nähme, fragte er sich auf dem Weg zum Palast, irgendeine, die von der bekannten abwich. Seit er an den Hof gekommen war, hatte er sich gewundert, warum jemand unbedingt rüberwollte oder in eine andere Stadt, mochte sie auch auf dieser Seite liegen. Nicht einmal die Nachrichten von Künstlern, die das Highlife der Gringos führten, ließen ihn schwanken in seinem: Wozu fortgehen?, es gibt doch alles im Palast, Stimmen, Farben, Aufregung, Geschichten. Nicht, dass er seine Meinung geändert hätte, er ließ nur die Möglichkeit zu, dass es irgendwo am Horizont noch einen anderen Ort gab als die beiden Punkte, zwischen denen er augenblicklich hin- und hergeworfen wurde. Was, wenn ...? Wozu seine Zeit verschwenden, dachte er, denn eins hatte er gelernt: Man muss an dem Platz bleiben, der einem zugewiesen wurde, bis man spürt, dass man nicht mehr hingehört.

Er kehrte zurück und erkannte sofort, dass eine weitere Tragödie geschehen war, jedoch nicht, weil die Leute zum Ort des Verbrechens stürzten, sondern weil sie von ihm fortstrebten, eher hastig als ängstlich, und das war infam. Gegen den Strom lief er bis zum großen Innenhof. In der Mitte sah er zunächst nur eine Blutlache, über die sich der Doktor beugte, beim Näherkommen machte er die rotgefärbte Gestalt eines Mannes aus, Arme und Beine von sich gestreckt, bis er schließlich den Leichnam des Journalisten erkannte. Eine Welle der Wut staute sich in seinen Fäusten, zum ersten Mal verlor er einen Freund, selbst wenn er ihn niemals so genannt hätte. Scheißkerle, stieß, ja presste er hervor. Man hatte dem Journalisten die Kehle durchschnitten, und er blickte gen Himmel, als erwartete er, dass dort jemand vorüberkäme. Neben seinem Kopf lag die Stichwaffe, mit der man ihn getötet hatte: ein Dolch, wieder mit gewellter Schneide.

»Scheißkerle«, wiederholte der Künstler, »diesmal sind sie bis ins Innere vorgedrungen.«

Kaum hatte er das gesagt, kam ihm noch ein Wort in den Sinn, das er schnell unterdrückte: Hoffentlich.

Der Juwelier erschien in schwerfälligem Lauf, wie überrascht. Als er sie erreichte, beugte er sich über die Waffe.

Der Doktor machte eine ratlose Geste.

»Was ist das nur für ein Spiel, dieses Morden mit dem Messer, es ist grotesk.«

»Das hier waren nicht dieselben«, sagte der Juwelier.

»Woher wissen Sie das?«

»Weil's ein andres Messer ist, das hier ist der letzte Dreck.«

Blitzschnell sagte dem Künstler der Instinkt, wer das Nordlicht und den Journalisten umgebracht hatte und weshalb, und er beschloss, dass er nicht mehr bloß Beobachter bleiben konnte. Grußlos verließ er den Hof, denn außer Wut spürte er nun auch Furcht. Er machte sich auf die Suche nach der x-Beliebigen, wo war sie, die x-Beliebige? Weder in ihrem Zimmer noch im Park, nicht auf den Galerien oder der Terrasse.

»Du warst mit meiner Tochter zusammen.«

Die Hexe trat ihm in den Weg, stand plötzlich auf der Terrasse. Eindringlich musterte sie ihn, doch ohne die übliche Wut. Sie hatte es mit kalter Gelassenheit gesagt. Der Künstler war überrascht, wie anders sie war, sie schien ein Dilemma gelöst zu haben und sich nun endlich Trivialerem zuzuwenden.

»Hast du sie geschwängert?«, fragte sie.

Nein, sagte der Künstler automatisch, ohne an eine andere Möglichkeit zu denken.

»Du solltest es wissen«, fuhr sie fort und reichte ihm einen Zettel, der mit breiten, unregelmäßigen Buchstaben bekritzelt war.

»Deine Tochta taugt dir nix mehr weil sie hat Gepäck im Bauch frag den Sänger«, stand darauf. Den Künstler überfiel trotz allem Zärtlichkeit, als er die gepinselten

Buchstaben sah, die er der Kleinen beigebracht hatte, und er fragte sich, warum sie das erfand. Erst dann traf ihn wie ein Blitz die Möglichkeit, dass es vielleicht stimmte, und Schwindel befiel ihn. Das Papier zitterte in seiner Hand. Die Hexe nahm es und streichelte dem Künstler die Wange.

»Keine Sorge, halt bloß den Mund, wirst sehen, wir bringen das ins Reine.«

Sie sah ihn mit einer Sanftmut an, die er kannte, obwohl er nicht wusste, woher, machte kehrt und ging.

Er lief zum Zimmer der Kleinen, nur um sich zu vergewissern, dass die einzige Spur von ihr ein paar einsame Kleider waren. Dann irrte er wieder durch den Palast, suchte wie ein Rasender nach der x-Beliebigen, mit einer Dringlichkeit, die mit jedem leeren Zimmer wuchs. Er wusste nicht nur, wozu die Hexe fähig war, sondern spürte auch brennend, dass nicht noch mehr geschehen durfte, ohne dass er eingriff.

Er fand sie im Spielsalon. Sie legte auf einem quadratischen Tisch eine Patience, und als er eintrat, warf sie ihm nur flüchtig einen leeren Blick zu.

»Ist es wahr?«, fragte er.

Sie schien aufzuwachen und runzelte die Stirn. Was?

Natürlich. Nein. Es konnte nicht wahr sein. Jedenfalls hätte die Kleine nichts davon wissen können. Doch die Möglichkeit hatte sich ihm in den Kopf gesetzt, und sein Entschluss nahm Gestalt an. Er zog die x-Beliebige sanft am Arm. Halbherzig versuchte sie ihn abzuschütteln.

»Was ist los? Was willst du?«

»Nichts«, entgegnete der Künstler, »ich will dir noch einen Ort zeigen.«

Er führte sie fort aus dem Palast, ohne dass sie sich wehrte oder freute, brachte sie in ein Hotel, fern vom Straßengewirr, in der Nähe der Brücke, und sagte, er werde sie am nächsten Morgen abholen, sie solle auf ihn warten. Als er ging, riefen ihm die Dünste draußen in Erinnerung, was für eine Art Sanftmut die Hexe ihm gezeigt hatte: Er hatte gesehen, wie die Kälber gestreichelt werden, bevor man sie schlachtet.

ALS MAN IHM am nächsten Tag sagte, der König warte in der Bibliothek, hatte er das Gefühl, man werde ihn in ein Geheimnis einweihen. Voll Aufregung spürte er, dass ihre Beziehung in ein Terrain vorstieß, in dem sie gleichberechtigter waren, ein vollkommeneres Bild der Welt teilten und jeder mit dem anderen den Spiegel tauschen konnte, einen Spiegel, wie ihn sich der Künstler selbst geschaffen hatte.

»Man hat ihm schon von deinem letzten Lied erzählt«, sagte der Geschäftsführer, aber der Künstler konnte seinem Gesicht nicht ablesen, ob es gefallen hatte. Er sah einen Vorwurf des Königs voraus, verwarf jedoch den Gedanken, denn sobald er ihm seine Entdeckung auf dem Fest offenbart hätte, würde er sehen, dass er noch auf seiner Seite stand. Er nahm sogar sein Akkordeon mit, um nachher an Ort und Stelle das Lied vorzutragen, das bereits in den Vorstädten die Runde machte.

Der König stand über den Holztisch gebeugt, die Hände auf mehrere aufgeschlagene Zeitungen gestützt.

Er schien in keiner zu lesen, schaute sie an, als schätzte er ihre Größe oder suchte nach einem Detail. Der Künstler hatte den Eindruck, dass dem König nur noch in den Armen Kraft blieb, während der restliche Körper mit seiner Schwere Richtung Boden strebte. Er las eine der auf dem Kopf stehenden Schlagzeilen. »Die Schlinge zieht sich zusammen«, lautete sie, daneben ein Foto des Königs.

Er musste ihm vom Fest erzählen, wollte ihm den Corrido vorsingen, aber bevor er einen Satz hervorbringen konnte, blickte der König auf und sagte:

»Ich tauge also nicht viel, sagst du. Ich könne nicht …«

Er schwieg. Der unvollendete Satz und das Du schufen tatsächlich neue Verhältnisse zwischen ihnen, aber nicht die vom Künstler erhofften.

»Hör mal, um zu sein, wo ich bin, muss man nicht nur ein toller Hengst sein, man muss auch als einer erscheinen. Und ich bin einer, und was für einer, verdammt«, er machte eine Pause, und der Künstler spürte, dass die Stimme des Königs zwischen Schluchzen und Wut schwankte, »aber daran müssen auch meine Leute glauben, und das, Schwachkopf, das war dein Job. Und nicht, dass du ausposaunst, ich …«

Er zitterte am ganzen Körper, als wollte sich jeder einzelne Knochen losreißen.

»Aber Herr, ich dachte …«

»Wer hat dir gesagt, dass du denken darfst? Wer? Du

bist bloß ein Rauschen in der Luft, eine Scheißspieldose, ein Ding, das kaputtgeht und Schluss, du Schwachkopf.«

In zwei Sätzen war er beim Künstler, riss ihm das Akkordeon aus der Hand, warf es gegen eins der leeren Regale und trampelte darauf herum, bis er Tasten und Federn über den ganzen Raum verstreut hatte. Mit dem Rücken zum Künstler sagte er, die Fäuste geballt:

»Aber schuld bin ich. Muss ich auch mit Tieren spielen, die beißen?«

Der Künstler wusste längst, dass sich der König jetzt umdrehen würde, um ihn aufzuschlitzen, und wusste auch, dass er selbst nicht den Mumm zum Widerstand oder zur Flucht haben würde.

Plötzlich stand der Geschäftsführer zwischen ihnen und sagte:

»Herr, sie sind schon hier.«

Der König blickte zur Tür, die in den Sitzungssaal führte, wo gerade eine Handvoll grüner Uniformen mit Ordenssternen Platz nahm. Er atmete tief durch, strich sich fahrig das Haar glatt, ging in Richtung Saal, und so ängstliche Schritte hatte der Künstler ihn noch nie machen sehen. Hier, mitten auf seinem Territorium, befand sich der Feind, einer seiner Feinde, und der Herr ängstigte sich, als wären die anderen nicht von minderem Kaliber, ja, *als hätten sie das Sagen.* Der Geschäftsführer schloss die Tür hinter ihm. Stühlerücken war zu hören und der König, der wiederholte: General, General, und dann sagte:

»Wir finden schon einen Weg, Sie werden sehen.«

Dann nichts, aber ein kompaktes Nichts mit Ecken und Kanten, ein Nichts, in dem der Künstler das unzufriedene Schweigen des Königs ausmachte, der erst fortfahren zu können schien, nachdem er sich zurechtgesetzt hatte. Er hörte, wie er einen seiner Leibwächter rief, hörte dessen Schritte bis zum Kopfende des rechteckigen Tisches und dann ein Nichts, das noch sprechender war. Die Spanne zwischen dem letzten Schritt und dem »Ja, Herr« des Wächters war der Moment, in dem der König ihn verurteilte. Mach den Schwachkopf kalt, sagte er dem Wächter. Danach klang dieses Nichts. Entweder erriet der Künstler die Worte, oder ein Adrenalinstoß hatte seinen Instinkt geweckt, jedenfalls riss er seine Füße vom Boden los, sobald der Türknopf sich zu drehen begann, und schoss blindlings davon, doch mit einer Entschlossenheit, die er ebenfalls nicht an sich gekannt hatte.

KOPFLOS SCHOSS ER DURCH die Gänge und Zimmer, die wie ein Sturzbach an seinen Augen vorbeizogen, denn immer näher kamen die Absätze, tock, tock, tock, des Kerls, der ihm hinterherstürzte, und der Künstler trieb seine Beine an, blindlings oder mit einem inneren Kompass, der ihn ohne Vorwarnung zur Falle der Terrasse führte. Die Terrasse und dann: der Abgrund vor der Wüste. Oder: das Zimmer, das man nicht betrat. Und tock, tock, tock, tock, der Kerl hinter ihm. Ohne Hoffnung umklammerte er den Türknopf, und er drehte sich. Er trat ins Zimmer, blieb in der Mitte stehen, sah sich die Wände mit Bildern von Frauen an, die dem Blickenden mit dem Blick zu folgen schienen, allesamt, manche nackt, manche sitzend, manche liegend oder aufrecht wie eine Statue. Er hatte den König hineingehen und nicht wieder herauskommen sehen, es musste einen Geheimgang geben. Rasch spähte er im Zimmer umher und entdeckte hinter einem lebensgroßen Bild einen Spalt, eine senkrechte schwarze Linie. Jemand war wohl für einen Augenblick hinausgegangen und hatte deshalb nicht abgeschlossen. Tock, tock, tock, der Kerl war schon fast bei ihm. Er verrückte das Bild: tatsächlich eine Tür. Er schlüpfte hindurch, und als er sie hinter sich schloss, überflutete dichtes Dunkel alles um ihn herum. Er tastete sich an den Wänden entlang, stellte fest, dass er sich in einem Tunnel befand, und seine stolpernden Füße zeigten ihm, dass es in breiten, flachen Stufen abwärtsging. Als er weiter vordrang, wies ihm ein schwacher, orangefarbener Schimmer den Weg. Der Schimmer wurde zu einem flackernden Licht, und der Künstler gelangte in ein Zimmer, in jedem Winkel Kerzen, ein Altar, Ketten aus Agavendornen, Peyotl-Kakteen, blaue Federn mit blutbefleckter Kielspitze, ein Bild ihres Schutzpatrons Santo Bandido, auf dem Boden Steine, die die Umrisse eines Mannes nachzeichneten, Tongefäße, randvoll mit Wasser. Ganz langsam hob er die Hände, als habe er Angst, das Bild könnte zerplatzen. Da hörte er Schritte herunterkommen, aber es waren nicht die Stiefelschritte seines Verfolgers, sondern leichtere, weniger eilige.

Die Hexe erschien. Sie hielt in der Tür inne, zwei Kerzen in der Hand. Dann ging sie, den Künstler mit dem Blick durchbohrend, ihn durch und durch *erkennend*, zum Altar.

»Hast du meine Tochter gesehen?«, fragte sie.

»Sie ist nicht mehr hier.«

»Ist sie schwanger?«

Der Künstler schüttelte den Kopf. Die Hexe senkte den Blick, nachdenklich, zog eine Grimasse der Enttäuschung, die in bloße Resignation überging. Sie stellte die Kerzen auf den Altar, den sie eingehend musterte, dann die Umgebung, als suchte sie etwas Verlorenes.

»Wer hätte gedacht, dass so ein Kümmerling wie du einem so gewaltig die Tour vermasseln kann. Eine schöne Bescherung hast du angerichtet. Hilfst mir nicht mal, dass sie schwanger wird, und erzählst noch überall herum, dass er keinen Nachwuchs haben kann. Das hatte noch gefehlt, damit sie über ihn herfallen.« Und als spräche sie zu sich selbst: »... Hättest du nur meine Tochter nicht fortgelassen, vielleicht wär ja der andere Scheißkerl interessiert, jetzt, wo er sich nicht mehr hüten muss, als Bedrohung zu erscheinen, und selbst für Nachkommen sorgen kann.«

Auf einmal verlor die Hexe das innere Gerüst, das sie aufrecht hielt, der Künstler sah ihre uralte Müdigkeit, eine Mattigkeit, die er bei ihr nicht für möglich gehalten hätte. Sie fragte mit trauriger Stimme:

»Weißt du, wohin sie gegangen ist?«

»Nein.«

»Gut, ist ihre Sache, mal sehen, ob sie einen einfacheren Weg findet.« Sie drückte die Schultern durch, sammelte wieder Kraft und sagte: »Hier gilt nur weiterleben.«

Sie ging. Der Künstler folgte ihr kurz darauf. Geduckt schlich er hinaus in Richtung Ausgang, auch wenn es nicht nötig war: Der Palast war verlassen. Prächtig und eiskalt wie ein Königsgrab. Er beschloss, durch einen der hinteren Gärten zu fliehen, aber als er hinaustrat, stieß er mit dem Juwelier zusammen, der einen Dolch in der Hand hielt, mit Schlangenklinge, versteht sich, identisch mit dem des ersten Mords. Blut tropfte auf den weißen Marmor.

»Nichts hat es genutzt«, sagte der Juwelier unter Tränen, »niemand hat ihm geholfen. Was machen wir jetzt?«

Es gefiel dem Künstler gar nicht, dass der Mann die Waffe bei sich trug, nicht etwa, weil er ihn damit hätte verletzen können, denn sogleich war ihm klar, dass er keinen Angriff zu befürchten hatte, sondern weil er sie umklammerte, als wäre es das Letzte, was ihm blieb. Doch er ahnte, wenn er dem Juwelier zu helfen versuchte, würde der ihn schließlich begleiten. Vorsichtig schob er sich an diesem bewaffneten Keuchen vorbei und trat in den Garten.

Auch wenn er fast über ihn stolperte, achtete er kaum auf den Kadaver des Pfaus mit der durchtrennten Kehle, bevor er fortging.

WEIL ER NUN ALLE ZEIT der Welt zu haben schien, ließ er seine Sehnsucht nicht auf die x-Beliebige los, aber auch, weil er seit seiner Ankunft im Hotel stundenlang in der Betrachtung des neuen Glanzes versank, der von ihr ausging. Sie sagte nichts, die x-Beliebige, lächelte so friedlich wie ein Neugeborenes, und ihr ganzer Körper atmete eine Reinheit aus, deren Aura zu entweihen der Künstler Angst hatte. Sie war eine Blume, ein Etwas, das sich von dem unterschied, was auch immer er war, sie war ein Saft, der von sich selbst überquoll. Das ist schon was, eine Frau, dachte er, man muss nur gesunden, damit man sieht, wie sie glänzt.

Ein Wunder war es, spürte er, dass eine Frau wie diese stundenlang von jemandem wie ihm betrachtet werden konnte, Wunder nannte sich so was. Wunder, murmelte er, und dabei quälte ihn das Gefühl, dass etwas nicht stimmte, der beharrliche Kehrreim, seit wann er das Recht dazu habe, sich hier zu nehmen, was nicht ihm gehörte, sondern dem, der ihm geholfen hatte. Der

Gedanke hätte ihn einen Moment lang beinahe bezwungen, aber ein Knoten platzte und sandte seinen Lippen das Wort nein: Nein, er hat keine Macht über mein Leben, ich lasse mir nicht vorschreiben, was ich zu tun habe. Diese Wahrheit hatte schon in ihm geschlafen, nur hatte er sie bisher nicht benennen können. Die Erkenntnis zwang ihn, sich aufs Bett zu setzen. So verharrte er lange, spürte, wie der Raum um ihn herum anwuchs, ahnte, wie die x-Beliebige ihn mit jedem Herzschlag füllen konnte.

Als der Morgen dämmerte, schlich er sich aus dem Zimmer. Er ging zu der Kneipe, in der er den König kennengelernt hatte. Es war eine Spelunke wie jede andere, das Gros Laufkundschaft und ein paar Stammgäste, die das Geschäft aufrechterhielten. Dunkel schwitzten die Wände, und die Zigarettenstummel verloren sich im Sägemehl wie in dichtem Gras. Stetig zu erneuern schienen sich nur die Luftschlangen, immer abends, und den ganzen Tag über gab es Musik, sah man von der kurzen Spanne Benommenheit ab, während die Sonne senkrecht stand. Er sog die schwesterliche Verschworenheit der Animiermädchen zwischen den Liedern in sich auf, bewunderte die Kunden, die sich von den bloßen Saufbolden durch Höflichkeit unterschieden: Darf ich bitten? Und er erfuhr vom wahren Glück und Unglück der Männer aus dem Fußvolk:

Vom Wetback, den die Grenzbullen zurückgeschickt

hatten und den man auch auf dieser Seite nicht wollte, die Hymne sollte er singen, sollte sagen, was ein Molcajete ist, wie man Pipián-Soße zubereitet, wollten sehen, ob er auch wirklich bleiben durfte; vor Aufregung vergaß er alles, und so schickte man ihn auch hier wieder fort. Vom Capo-Anwärter, der die Kokspäckchen mit einer Schleuder hinüberbeförderte und sie dann drüben aufsammelte, bis er aus bloßer Lust und Laune einem Gringo treffsicher eine weiße Ladung quer über den Fluss an den Kopf schoss und ihm, obwohl es das Geschäft versaut hatte, doch die Befriedigung blieb, sich Rächer zu nennen. Von der Frau, die es ihrem untreuen Mann heimzahlen wollte und das Haus an einen gefürchteten Spekulanten verkaufte, damit er weder Frau noch Dach, noch Frieden mehr hatte. Vom Jungen, der seine eigene Entführung inszenierte, um den Eltern Geld abzuluchsen, die vertrauensselig erwiderten: Wissen Sie was? Wir haben die Nase voll von dem Nichtsnutz, warum bringen Sie ihn nicht um die Ecke? Sie bekommen auch die Hälfte vom Lösegeld. Und vor lauter Traurigkeit sagte er ja, nahm das Geld, gab es für Schnaps aus und erfüllte dann seinen Teil der Abmachung.

Wer war der König? Ein Allmächtiger. Ein Lichtstrahl, der den Rand erleuchtet hatte, den er bewohnte, weil es genau so sein musste, bis sich gezeigt hatte, was er wirklich war. Ein erbärmlicher, verratener Kerl. Ein Tropfen im Meer der Männer mit ihren Geschichten. Ein Mann ohne Gewalt über das strahlende Erfindungswerk im Kopf des Künstlers. (Der Künstler erlaubte es sich, diese Macht auszukosten, so anders als die am Hof: das Geschick, mit dem er die Wörter von den Dingen trennte und ein eigenständiges Gewebe, einen eigenständigen Körper schuf. Eine andere Wirklichkeit.)

KUMPEL, TRAUM, KRUG, Erde, Trommeln sagen. Egal was.

Die Summe allen Schweigens hören.
Die Weite benennen, die vielversprechende.
Und dann schweigen.

MAN MUSSTE NUR eins und eins zusammenzählen, einen Stein auf den anderen setzen, damit die Fragen Antworten fanden. Er konnte das tun und allen erzählen, aber ihn befiel Überdruss und die Erkenntnis, dass es ihn nicht im Geringsten interessierte, die Intrige aufzudecken, dass sie bloß ein Begleitumstand von etwas Endgültigerem war, das er inzwischen begriffen hatte.

Das dachte er, als er im ersten Licht einen Blick auf die Zeitung eines morgendlichen Gastes warf. Zwei Fotos waren auf der Titelseite: Auf dem einen der Leichnam der Hexe, über und über von Schusslöchern gesprenkelt, daneben der Leichnam des Verräters, dieser mit Genickschuss. Auf dem anderen der König, flankiert von fünf selbstzufriedenen Soldaten. Ihn schauderte, was die Fotos verbargen. Die Vehemenz, die der reglose Körper der Hexe nicht mehr zeigen konnte. Das verborgene Dickicht von Verwicklungen hinter dem besiegten Mann. Und etwas war seltsam am Gesicht des Königs, seltsam, da fremd: Auch er strahlte Befriedigung aus, die Eitelkeit unangetasteter Größe. Wie machte er das? Der Künstler las unter dem Foto, dass der König gefasst worden war, als er mit drei Frauen »intimen Umgang« hatte. Jawohl, dachte er. Das ist eine Geschichte für ein Lied, nicht diejenigen, die der König so gekonnt bis zum Ende dargestellt hatte, sondern die andere, die der Masken, des Egoismus, der Erbärmlichkeit. Eine Geschichte, sagte er sich dann, die jemand anders erzählen muss. Weshalb sollte er den Erfindungen der Zeitung widersprechen? Inzwischen zog er die Wahrheit der wahren Geschichte vor.

Plötzliches Schweigen in der Spelunke führte seinen Blick zwischen Tischen und Pärchen hindurch, auf der Suche nach dem Grund. Was er im Eingang sah, ließ ihn zusammenfahren, nicht etwa, weil es überraschend, sondern weil es vorhersehbar gewesen war und er nicht daran gedacht hatte. Da stand der Geschäftsführer in Begleitung zweier Leibwächter. Die Eleganz des einen und die Steifheit der anderen hoben sich nicht nur scharf vom Kneipenambiente ab, sondern standen für eine Macht, die das Publikum sofort anerkannte. Der Künstler ließ seine Mörder herankommen und fühlte weniger Furcht als Traurigkeit, da nun all das nicht mehr Wirklichkeit werden konnte, was er in den letzten Stunden erahnt hatte. Der Geschäftsführer blieb vor ihm stehen, schaute zu der Band und befahl: Spielt weiter. Sanft zog er den Künstler am Unterarm ans Ende der Theke.

»Was tun Sie hier, so weit weg von Ihren Freunden, Künstler?«

»Das hier sind meine Freunde.«

Der Geschäftsführer musterte spöttisch die Pärchen und Musiker, auf die der Künstler gedeutet hatte.

»Lassen Sie den Blödsinn«, er zeigte auf das Foto des Verräters in der Zeitung, »der hat so geendet, weil er eine verschossene Kugel war, aber Sie sind noch zu was nütze. Der Herr will, dass Sie für ihn arbeiten.«

»Der ... Herr? Welcher ...?«

»Na, welcher schon, der, der immer dazu bestimmt war.«

Der Künstler überlegte eine Sekunde, wusste aber sofort, dass er, selbst wenn er annähme, nichts Rühmliches über den Erben würde schreiben können. Der hatte zu viele Falten in der Seele, und seine Augen taugten nicht mehr für solche Leute. Wenn das alles gewesen war und er jetzt zum letzten Takt kam, nun denn, wenigstens hatte er vor dem Ende noch einiges begreifen dürfen.

»Sie müssen mich entschuldigen, Geschäftsführer, aber ich kann nicht bieten, was ich nicht habe. Ich bin nicht mehr nütze zu dem, was Ihr Herr will, ich gehe also, wenn's Ihnen recht ist, meinen Weg lieber allein.«

Der Geschäftsführer bohrte seinen Blick in ihn, als forschte er nach Aufrichtigkeit. Dann musterte er die Spelunke wieder mit einer Grimasse, als wollte er ausspucken, und spuckte. Das tat alle Welt, aber das Spucken des Geschäftsführers war hochmütig.

»Ist gut«, sagte er dann. »Ihr Pech. Denn jetzt wird alles laufen wie geschmiert, jetzt sind wir alle auf derselben Seite.«

Er warf dem Künstler einen letzten Blick zu, vielleicht in der Hoffnung, er könnte seine Meinung ändern, und ging zur Tür. Bevor er die Kneipe verließ, sprach er mit einem seiner Leibwächter. Der kehrte zur Theke zurück, schlug mit einer Hand seine Jacke auf und ließ eine Kanone sehen, die zwischen Wanst und Hose steckte. Aber er griff nicht danach, sondern die Hand fuhr weiter hinunter in die Tasche, holte einen Schein heraus und gab ihn dem Künstler.

»Das reicht für einen einzigen Zweck. Du steigst in einen Bus und kommst nicht wieder.«

Der Künstler sah den letzten Leibwächter fortgehen und spürte, dass die schwingenden Türen den letzten Strich an die Wand machten. Von jetzt an gab kein König seinen Monaten mehr einen Namen.

DAS RASIERMESSER DER MORGENSONNE fuhr ihm draußen in die Augen, und wieder hämmerte der Schmerz auf seinen Schädel.

Im Hotel saß sie, SIE, auf der Bettdecke, mit dem Rücken zum Licht. Sie schaute auf ihren reglosen Schatten. Lobo studierte sie vom Halbdunkel aus. Die Ruhe. Ein sanfter Rhythmus, den sie sich auferlegte. Aber auch eine Unruhe, die ihr eine Klage auf die Lippen schrieb. Was würde er ihr sagen? Sie solle sich keine Sorgen machen, alles werde gut? Nein. Aber wie ihr sagen, was er wusste. Er stammelte sich im Geist ein paar zurechtgestutzte Sätze vor und kam zu dem Schluss, dass man die schrecklichen Dinge auf diese Art nicht sagen kann. Er durchquerte das Zimmer und setzte sich neben sie.

»Deine Mutter ist tot.«

Sie schaute ihn eine Sekunde lang ungläubig an. Als ihr bewusst wurde, dass er nicht log, brach sie in einem Schluchzer zusammen und ließ sich rückwärts aufs Bett fallen, bedeckte ihr Gesicht mit den Händen und weinte zusammengerollt Tränen unendlicher Einsamkeit. Lobo streichelte sie, streichelte sie, als wollte er ihr Leid glätten. Er konnte das ganze Leben so weitermachen, ihr diesen Morgen erleichtern. Nach und nach flaute ihr Jammern ab, und sie schien einzuschlafen. Doch plötzlich richtete sie sich auf, wischte sich übers Gesicht und sagte:

»Gehen wir, gehen wir endlich.«

Sie packten ihre Sachen und gingen hinaus in die Stadt. Über Nacht war die Jahreszeit umgeschlagen, und ein dichter goldener Blütenstaub schwebte in der Luft, aber sie ging hastig, als flöhe sie vor früherem Staub, als miede sie alles, was sie festhalten konnte.

Er wartete, während sie die Fahrscheine kaufte. Sie liefen zum Bus, und dort vor dem Trittbrett hielt sie ihn zurück:

»Komm nicht jetzt mit«, sagte sie, »ich sage nicht, dass du auf mich warten sollst, ich verspreche nichts, komm nur bloß jetzt nicht mit.«

Sie küsste ihn lange, und da spürte es Lobo, sagte jedoch nichts, weil er wusste, dass er sie nicht zurückhalten würde. Er ließ zu, dass ihre Hand aus der seinen schlüpfte, und sah sie fortgehen.

Der Schmerz pochte in seinen Schläfen, doch er verfluchte ihn nicht. Es war seiner. Wenn es der Tod war, war es sein Tod. Er war Herr seiner selbst, jedes einzelnen

Teils, Herr seiner Worte, der Stadt, die er nun nicht mehr suchen musste, seiner Liebe, seiner Geduld und des Entschlusses, zurückzufinden zu ihrem Blut, in dem er wie einen Quell sein eigenes Blut gespürt hatte.

ZEICHEN,
DIE VOM WELTENDE KÜNDEN

Für Großmutter Nina, Tante Esther
und Onkel Miguel, auf dem Weg

1

DIE ERDE

ICH BIN TOT, sagte Makina, als alles sich aufbäumte. Ein Mann überquerte am Stock die Straße, da ging ein dumpfes Ächzen durch den Asphalt, der Mann hielt inne, als wollte er die Frage noch einmal hören, und unter seinen Füßen tat sich der Boden auf. Er verschlang den Mann, ein Auto, einen Hund, den gesamten Sauerstoff rundum, sogar die Schreie der Passanten. Ich bin tot, sagte Makina, doch kaum hatte sie das gesagt, da sträubte sich ihr ganzer Körper gegen das Urteil, verzweifelt stampften ihre Füße rückwärts, jeder Schritt einen Fußbreit hinter dem Erdrutsch, bis der Abgrund sich zu einem makellosen Kreis rundete, und Makina war in Sicherheit.

Verdammte, tückische Stadt, sagte sie, ständig dabei, sich in den Keller zu verabschieden.

Zum ersten Mal hatte sie der tellurische Irrwitz erwischt. Fünf Jahrhunderte Gier nach Silber hatten das Großstädtchen gründlich mit Schächten und Tunneln untergraben, und manch armer Teufel erfuhr am eigenen Leib, wie jämmerlich sie befestigt waren. Ganze Häuser waren in die Unterwelt umgezogen, ein Fußballplatz, ein halbes verlassenes Schulgebäude. So etwas passiert immer anderen, bis es einem selbst passiert, sagte sie sich. Sie warf einen Blick in den Abgrund, bemitleidete den armen Teufel auf seiner Unglücksfahrt. Glück auf dem Weg, sagte sie ohne Ironie und murmelte dann, jetzt aber schnell den Auftrag erledigt.

Ihre Mutter, die Cora, hatte sie zu sich gerufen und gesagt, geh, bring dem Bruder den Zettel hier, ich schick dich nicht gern, Mädchen, aber wem soll ich's auftragen, einem Mann? Dann schlang sie die Arme um sie und hielt sie fest auf ihrem Schoß, ohne Pathos, ohne Tränen, so war eben die Cora, selbst zwei Schritt entfernt war es so, als säße man auf ihrem Schoß, zwischen den dunklen Brüsten, im Schatten ihres breiten, stämmigen Halses, sie musste nur das Wort an einen richten, und man fühlte sich behütet. Sie hatte noch gesagt: Geh ins Großstädtchen zu den harten Kerlen, biet deine Dienste an, kann sein, sie helfen bei der Reise.

Sie hatte keinerlei Grund, als Erstes zu Herrn W. zu gehen, doch ihr Verlangen nach Wasser führte sie dem Dampf entgegen, in dem er weilte. Bis unter die Nägel spürte sie die Erde, als wäre auch sie in der Grube verschwunden.

Der Kassierer war ein hitziger, stolzer Junge, mit dem

Makina sich einmal aufs Pflügen eingelassen hatte. Es war auf die plumpe Art gewesen, in der so etwas gewöhnlich geschieht, aber da die Männer sich bei dem Gezappel allesamt für Meister halten und er sich bei ihr eindeutig verzappelt hatte, schlug der Junge jetzt die Augen nieder, wenn er sie traf. Makina ging schön langsam auf ihn zu, er beugte sich aus dem Kassenhäuschen, wollte schon sagen, halt, kein Durchgang, oder vielmehr, nicht für dich, du darfst nicht durch. Sein Schwung hielt drei Sekunden an, denn sie blieb nicht stehen, und er brachte kein Wort hervor, konnte nur noch gewichtig die Augen heben, als sie schon an ihm vorbei war, unterwegs zum Türken.

Herr W. war ein seliger Anblick bleicher Rundungen, gemasert von blauen Äderchen. Herr W. weilte im Saal der feuchten Hitze. Die Seiten der Morgenzeitung klebten an den Kacheln, und Herr W. pellte sie beim Lesen eine nach der anderen ab. Ohne Erstaunen blickte er Makina an. Was gibt's, fragte er. Ein Bierchen? Immer her, sagte Makina. Herr W. zog ein Bier aus der Eiswanne zu seinen Füßen, öffnete es mit der Hand und reichte es hinüber. Sie setzten steil die Flaschen an, leerten sie wie um die Wette, genossen schweigend das Geplänkel zwischen dem Wasser außen und innen.

Wie geht's der Frau Mutter, fragte Herr W.

Vor langer Zeit hatte die Cora Herrn W. beigestanden, Genaueres wusste Makina nicht, bloß, dass Herr W. damals auf der Flucht gewesen war und die Cora ihn versteckt hatte, bis der Sturm vorüber war. Seitdem war ihm heilig, was die Cora sagte.

Sie geht noch, wie sie immer sagt, Sie wissen ja.

Das wusste Herr W., und Makina fügte hinzu: Sie schickt mich mit einem Auftrag, und zeigte in eine Himmelsrichtung.

Du gehst rüber?, fragte Herr W. Makina nickte.

Schön, geh nur, ich geb Bescheid, meine Leute bringen dich.

Wer?

Er erkennt dich.

Sie schwiegen wieder. Makina war, als hörte sie das Wasser innen durch die Haut Richtung Oberfläche klettern. Es war angenehm, und schon immer hatte sie gern gemeinsam mit Herrn W. geschwiegen, seit sie ihn als dürres, verängstigtes Tier kennengelernt hatte, dem sie Pulque und Pökelfleisch ins Versteck brachte. Aber sie musste gehen, musste tun, was zu tun war, denn sie wusste, auf so vertrautem Fuß sie auch standen, sie durfte sich hier nicht aufhalten, eines waren die Ausnahmen, etwas anderes, die Regeln zu ändern. Sie sagte danke und Herr W. sein Aber-bitte-Kleine, und sie wandelte fort.

Sie wusste, wo Herr H. zu finden war, aber nicht, ob man sie vorlassen würde, auch wenn sie den Türhüter ebenfalls kannte, einen Schweinehund, dessen Süßholz sie verschmäht hatte, den sie aber dennoch bis unter die

Haut durchschaute. Es hieß, er habe einmal im Auftrag von Herrn H. eine Frau in einer Mülltonne am Straßenrand abgeladen. Makina hatte ihn zur Zeit seines Werbens gefragt, ob das stimme, und er geantwortet, spielt doch keine Rolle, Hauptsache, ich bring keine ums Vergnügen. Er sagte das, als wär's ein Scherz.

Da war sie. *Pulquería Raskolnikova* stand auf dem Schild. Darunter der Türhüter. An dem konnte sie nicht vorbeitänzeln, deshalb baute sie sich vor ihm auf und sagte: Frag ihn, ob er mich empfängt. Der Türhüter musterte sie mit eisigem Hass, nickte, rührte sich aber nicht vom Fleck, steckte einen Kaugummi in den Mund, kaute gemächlich, spuckte ihn aus. Noch ein Weilchen gaffte er Makina an. Dann drehte er sich lustlos um, als wollte er pinkeln gehen, bloß aus Langeweile, trat in die Pulquería, kam zurück und lehnte sich an die Mauer. Noch immer wortlos. Makina schnaubte, erst da sagte der Wächter: Gehst du nun rein oder was?

Drinnen waren nicht mehr als fünf Säufer. Genau ließ sich das nicht feststellen, denn oft verlor sich einer im Sägemehl am Boden. Der Laden roch, wie es sich gehörte, nach Pisse und Gegorenem. Hinten trennte ein Vorhang das Schmutzvolk von den Wichtigen: bloß ein Stückchen Stoff, doch ins Private wagte sich niemand ohne Plazet. Nun mach schon, hörte Makina Herrn H. sagen.

Sie schob den Vorhang beiseite und stieß auf Goldgefunkel und Papageienhemd: Herr H., der gerade mit drei seiner Gorillas beim Domino saß. Alle drei glichen sich, einen Namen hatte ihres Wissens keiner, dafür eine Kanone. Der 45er-Gorilla spielte mit Herrn H. gegen die beiden 38er-Gorillas. Herr H. hielt drei Steine in der Hand und warf einen Seitenblick auf Makina, ohne sie abzulegen. Einen Platz würde er ihr nicht anbieten.

Sie haben damals meinem Bruder gesagt, wohin er muss, um seine Angelegenheit zu regeln, sagte Makina, jetzt geh ich und suche ihn.

Herr H. schloss die Faust um die Steine und sah ihr in die Augen.

Du gehst rüber?, fragte er drängend, obwohl die Antwort auf der Hand lag. Makina bejahte.

Herr H. lächelte unheilvoll, so natürlich wie eine Schlange in Menschengestalt, die ihre Beine verflocht. Er rief etwas in einer Sprache, die Makina nicht verstand, und als der Wirt durch den Vorhang blickte, sagte er: Ein Gläschen Pulque für die Kleine.

Der Kopf des Wirts verschwand, und der Mann fuhr fort: Klar doch, Mädchen, klar … Du bittest mich um Hilfe, was?, bist ein bisschen stolz und willst es nicht aussprechen, aber bittest mich um Hilfe, und sieh da, ich sage *klar doch.*

Jetzt kam bestimmt der Nackenschlag. Herr H. musste einen Packesel nur sehen, schon juckte es ihn, etwas mitreiten zu lassen. Herr H. lächelte ohne Unterlass, blieb aber ein Reptil in Hosen. Wer weiß, wie der harte Kerl zu ihrer Mutter stand. Sie wusste, dass sie nicht miteinander sprachen, schrieb es aber der Arroganz der Macht zu. Jemand hatte ihr zugemunkelt, er sei mit der Cora verwandt, ein anderer, den beiden stecke ein Ärger im Hals, doch sie hatte nie danach gefragt; wenn die Cora nichts sagte, hatte sie ihre Gründe. Aber Makina spürte das Böse im Raum schweben. Nun kam der Nackenschlag.

Sollst bloß was mitnehmen, ein winziges Nichts, das gibst du einem Sozius, und der gibt dir Bescheid übers Brüderchen.

Herr H. neigte sich zu einem der 38er-Gorillas und flüsterte ihm ins Ohr. Der stand auf und entschwand dem Separée.

Der Wirt erschien mit einem Maßkrug, der von Pulque überlief.

Bringen Sie einen mit Nussgeschmack. Und schön kühl, dieser Mistgeifer hier geht zurück.

Vielleicht hatte sie den Bogen überspannt, aber eine kleine Unverschämtheit hatte sie sich leisten müssen. Der Wirt sah zu Herrn H., der nickte, und er zog mit dem Pulquekrug wieder ab.

Der Gorilla kam mit einem Päckchen zurück, in goldfarbenes Tuch geschlagen, so schmal, als enthielte es zwei Maispasteten, reichte es Herrn H., der mit beiden Händen danach griff.

Nur ein klitzekleiner Gefallen, puppenleicht, keine Angst, ja?

Makina nickte, griff nach dem Päckchen, aber Herr H. ließ nicht los.

Kipp deinen Pulque runter, sagte er und deutete auf den Wirt, der mit vorgehaltenem Krug hereinkam. Makina streckte langsam die Hand aus, trank das Gebräu bis zur Neige, der süße, erdige Geschmack wühlte ihre Eingeweide auf.

Prösterchen, sagte Herr H. Dann ließ er das Paket los.

Man wühlt nicht unter fremden Röcken.

Man hinterfragt keine fremden Aufträge.

Man entscheidet nicht, welche Botschaft man überbringt und welche man vermodern lässt.

Man ist die Tür, nicht die, die sie durchquert.

An diese Regeln hielt sie sich, und deshalb wurde sie im Dorf geachtet. Sie leitete die Zentrale mit dem einzigen Telefon kilometerweit. Es klingelte, sie nahm ab, wurde nach dem oder jenem gefragt, sagte, bin gleich zurück, ruf ein Momentchen später an, dann hast du ihn am Apparat, oder ich sage dir, wann du ihn antriffst. Manchmal riefen Leute aus Nachbardörfern an, und sie antwortete auf Einheimisch oder auf Latino. Manchmal, immer häufiger, riefen sie drüben von den Nordlern an; die hatten die Sprache der Hiesigen oft vergessen, und sie antwortete ihnen in der ihren, der neuen. Makina sprach alle drei, und in allen drei verstand sie zu schweigen.

Der Letzte der harten Kerle besaß ein Restaurant mit Namen Casino, das nur abends geöffnet und ansonsten leer war, damit sein Besitzer, Herr Q., mitten im Gastraum, hoch die Decke, hoch die Sprossenfenster, blitzend die Dielen, am einzigen Tisch die Zeitung lesen konnte. Mit Herrn Q. hatte Makina ihre eigenen Erfahrungen. Vor zwei Jahren hatte sie sich von ihm als Eilbotin anheuern lassen, für die Verhandlungen mit Herrn H. um die Bürgermeisterkandidaten, als es auf Macheten Schneide stand, ob beide Lager übereinander herfallen würden. Mitternächtliche Botschaften an einen Übereifrigen, der sich nicht an die Spielregeln hielt und sich nach Makinas überbrachten Worten (die sie nicht verstand, so gut sie auch verstehen mochte) plötzlich zum Rückzug entschloss. Ein Briefumschlag für einen Dorfbonzen, aus dessen Ablehnung eifrige Anlehnung wurde, nachdem er einen Blick hineingeworfen hatte. Über sie verteilten die harten Kerle Opfer oder Präsente, und so klärte sich alles diskret, aber wirksam.

Herr Q. griff niemals zu Gewalt – zumindest konnte keiner mehr davon erzählen –, und niemand hatte ihn je laut werden hören. Doch Makina machte sich nichts vor, hatte aber auch keine schlaflosen Nächte vor lauter Schuld, die Politik neu erfunden zu haben. Botschaften zu überbringen war ihre Art, in der Welt zu vermitteln.

Das Casino befand sich im zweiten Stock, die Tür im Erdgeschoss war nicht bewacht, wozu auch: Wer sollte sich hineinwagen. Makina hatte keine Zeit gehabt, sich anzumelden, doch wer sie kannte, wusste, dass sie nicht einfach so störte. Sie hatte nun geklärt, wie sie rüberkommen und ihren Bruder finden würde, jetzt musste sie sich Hilfe für den Rückweg sichern; weder wollte sie drüben bleiben noch das Schicksal eines Freundes teilen, der zu lange fortgeblieben war, vielleicht einen Tag zu lang oder eine Stunde, lang genug, damit sich bei seiner Rückkehr alles glich, doch alles anders war, alles das Gleiche, doch nicht mehr dasselbe. Seine Mutter war nicht mehr seine Mutter, seine Brüder waren nicht mehr seine Brüder, sondern Leute mit komplizierten Namen und übertriebenen Gesten, wie die Kopie eines Originals, das es nicht mehr gab; sogar der Wind, erzählte er, habe seine Brust anders als früher gekühlt.

Sie ging die Treppe hinauf, den Spiegelgang entlang und betrat das hohe Gewölbe. Herr Q. war wie immer bis unters Kinn in Schwarz gekleidet. Hinter ihm standen zwei Ventilatoren, und auf dem Tisch lag eine überregionale Zeitung, aufgeschlagen im Politikteil. Daneben eine makellos weiße Tasse mit schwarzem Kaffee. Herr Q. sah ihr in die Augen, kaum war sie vom Spiegelgang hereingewandelt, wie einem erwarteten Besuch, und als sie vor ihm stand, neigte er minimal den Kopf zum Zeichen des: Setz dich. Ein paar Sekunden später erschien wie von Zauberhand ein Kellner im Kasack mit einer Tasse Kaffee für sie.

Ich fahre in den Großmoloch, sagte Makina. Bei Herrn Q. waren Vorreden oder Reverenzen fehl am Platz. Er schien die Nachrichten nur zur Zerstreuung durchzugehen, doch da war die Welt und mittendrin seine Arbeit. Sie fügte hinzu: Ich nehme dort den Bus, ich muss eine Familiensache klären.

Du gehst rüber, sagte Herr Q. Das war keine Frage. Natürlich, zwecklos, zu ergründen, wie er das so schnell hatte erfahren können.

Du gehst rüber, wiederholte Herr Q., und jetzt klang es wie ein Befehl: Du gehst rüber, wirst dir einen nassen Rücken holen, dich mit allerlei Pack herumschlagen, wirst verzweifeln, logisch, die Augen werden dir übergehen, und am Ende wirst du deinen Bruder finden, und magst du auch traurig sein, du wirst gelangen, wohin du musst. Und dort wird sich jemand um alles kümmern, was du brauchst.

Das sagte er klar und deutlich, ohne Nachdruck, ohne einen Muskel zu viel zu rühren. Er schwieg, nahm Makinas Hand, drückte sie zu einer Faust und sagte: Hier hast du dein Herz. Gesehen?

Herr Q. zuckte nicht mit der Wimper. Das Licht fiel schräg durch den Dampf ihrer Kaffeetassen, die das Gewölbe mit bitterem Aroma erfüllten. Makina bedankte sich und wandelte fort.

Im Spiegelgang blieb sie stehen, um kurz darüber nachzudenken, was Herr Q. gesagt hatte. Manchmal waren ihr Herrn H.s kantige Worte lieber und erst recht Herrn W.s gemächlicher Frohsinn; aber bei Herrn Q. war alles streng gemeißelt, als sprössen nichts als Steine aus seinem Mund, doch was jeder einzelne zu bedeuten hatte, wusste sie nicht wirklich.

Sie blickte in die Spiegel. Vor ihr war ihr Rücken; sie blickte sich um und stieß nur auf die endlos sich krümmende Spiegelfront, deren Schwellen sie zu locken schienen. Würde sie alle überschreiten, gelangte sie vielleicht kurvenrundend wieder an denselben Ort. Aber diesem Ort misstraute sie.

2

DER ORT,
WO MAN DAS WASSER QUERT

SIE DURFTE NICHT verlorengehen. Fuhr sie in den Großmoloch, trat sie behutsam auf, denn an dem Ort wollte sie keine Spuren hinterlassen, ja, verloren durfte sie nicht gehen, wiederholte sie, und mit Verlorengehen meinte sie keinen Umweg, kein Verlaufen, sondern ein tatsächliches Verlorengehen, auf ewig zwischen den Bergen von Bergen, die den Horizont zupflasterten; oder verlorengehen im Staunen über all das lebendige Fleisch, das da Paläste errichtete. Deshalb fuhr sie lieber unterirdisch zum Busbahnhof. Die Züge durchliefen den gesamten Kreislauf, verließen jedoch nie den Körper; hier unten versehrte sie keine dicke Luft noch lief sie Gefahr, gebannt zu werden. Sie durfte nicht verlorengehen, sich nicht bannen lassen, zu viele Menschen warteten auf sie. In der Telefonzentrale sprang jemand für sie ein, aber nur sie sprach die drei Sprachen, nur sie beherrschte die steinerne Miene der schlechten Nachrichten oder die Beiläufigkeit, mit der man bestimmte Namen ankündigen musste, die lang, ach so lang erhofften.

Und vor allem erwarteten sie die, denen es einerlei war, was sie redete oder wie sie es mitteilte. Ihr Schwesterchen, das sich neben sie kauerte und den Erwachsenenkummer erahnte, die Augen rund vor Aufmerksamkeit, die Hände auf den Knien. Makina konnte spüren, wie sie die Welt in sich aufsog, wie sie in ihrem Innern einen Platz für all die Leidenschaften suchte, die über die Leitung kamen und gingen. *(Ja, ich liebe dich noch immer. Ja, bald. Ja, gleich. Ja, fast. Hast du's bekommen? Hat er's dir gesagt? Wann denn? Wie denn? Himmel, wie ist das möglich? Der Name lautet so. Oder so. Du verstehst nicht. Das hätte ich nie gedacht. Ich lebe nicht mehr hier.)* Sie wuchs und wuchs heran, dazu in einer Welt der Männer, und deshalb wollte Makina ihr das Nötigste beibringen, wie man sie einschätzt, wie man sie erträgt, wie man Gefallen an ihnen findet. Dass sie unverschämt sein mögen, doch zerbrechlich sind, dass sie wie Kinder sein mögen, dir aber die Eingeweide zerfleischen können.

Und ihr Freund. Ihr Freund, den sie so nannte, obwohl sie nie darüber gesprochen hatten und sie sich niemandem zugehörig fühlte; ihren Freund nannte sie ihn, weil er sich so sehr als Freund benahm, dass ihn anders zu nennen, und sei es nur im Stillen, verleugnet hätte, was ihm ins Gesicht geschrieben stand. Ihr Freund. Aufs Pflügen hatte sie sich mit ihm zum ersten Mal bei den Bürgermeisterwahlen eingelassen. Am letzten Tag war Makina nach einem Rausch gewesen, aber nicht nach Alkohol, es war bloß der Kitzel, ihren Körper auszuschütteln, und sie war so ungeschickt gewesen, ausgerechnet mit ihm zu pflügen, wie sie es mit anderen getan hatte, ein paarmal, wenn sie ins Großstädtchen fuhr; dazu noch aus purer Laune, nicht der Erinnerung wert. Zweifellos hatte sie ihre Erschöpfung nach all der Mühsal gründlich abgeschüttelt und wäre lieber nicht weiter beachtet worden, aber obwohl er bloß kurz hatte einspringen sollen, hatte der Mann sie mit einer Inbrunst gestreichelt, die ihm schon lange anhängen musste.

Er war ihr vor dem Tor der Grundschule aufgefallen, wo er arbeitete, sie hatte gesehen, wie er sie nicht anschaute: indem er alles um sie herum ansah. Da schnappte sie ihn sich, schob ein fehlendes Tuch vor, damit er sie umarmte, führte ihn spazieren, lachte närrisch über alles, was er sagte, besonders, wenn es gar nicht komisch war, und wickelte ihn sich auf, als hielte sie in ihrem Zimmer den Faden in der Hand. Der Mann schlief voll glühender Hingabe mit ihr, modellierte ihre Brustwarzen mit den Lippen, und beim Orgasmus verging er in jubelndem, traurigem Beben.

Danach fuhr er zum Arbeiten in den Großmoloch, und als er Monate später zurückkehrte, kam er zu ihr in die Zentrale, um ihr etwas zu sagen, und so herausgeputzt kam er an, mit so entschlossenem Blick, dass sie wusste, was es war, und dafür sorgte, nicht allein mit ihm zu bleiben. Stunden harrte der Mann dort schweigend aus, bis sie sagte, komm an einem andern Tag, dann reden wir. Doch als er wiederkam, überhäufte sie ihn mit Fragen zu seinem Job, seiner Reise, aber niemals zu etwas innen drin. Sie bat ihn, sie nicht mehr bei der Arbeit zu besuchen, sie werde zu ihm kommen. Und tatsächlich: Jedes Wochenende kam sie zu ihm. Sie pflügten wieder zusammen, und wenn Makina merkte, dass er sich erklären wollte, küsste sie ihn mit mutwilliger Lüsternheit, bloß um ihm den Mund zu stopfen. So gelang es ihr, das Festlegen hinauszuschieben, bis zum Vorabend der Reise, auf die die Cora sie schickte. Bevor sie ihn diesmal am Reden hindern konnte, schob er seine Arme dazwischen, und ihr war, obwohl er sie nicht berührte, als schleuderte er sie ans andere Ende des Zimmers.

Du hast Angst vor mir, sagte er, aber nicht, weil ich dir was getan hätte. Willst eben Angst vor mir haben.

Er war aufgesprungen, stand vor ihr, ordnete sein himmelblaues Hemd, wollte gehen, ohne mit ihr zu schlafen, doch Makina sagte nichts, weil sie merkte, wie schwer es ihm gefallen war, das Bett zu verlassen. Sie konnte die Ahnungslose spielen – ich verstehe kein Wort –, konnte fragen, was denn das für ein Rappel sei, aber das leichte Beben, das seine Lippen verrieten, der schwere Atem mühsamer Beherrschung flößten ihr einen Respekt ein, gegen den sie nicht ankam. Deshalb sagte sie: Das ist es nicht, und er blickte auf, schaute sie an, ganz leere Fläche, die von dem besiedelt werden wollte, was Makina sagen würde, doch sie stammelte, wenn ich zurückkomme, reden wir und ... Bevor sie zu Ende kam, hatte er schon genickt, zum Zeichen von, ja, ja, jetzt steckst du mir wieder die Zunge in den Mund, worauf er sich umdrehte und fortging, mit der Ohnmacht dessen, der weiß, dass man ihn belügt und er nichts dagegen tun kann.

Vor drei Jahren war einer von Herrn H.s Gorillas mit einem Bündel Papieren angekommen und hatte Makina gesagt, da stehe, sie hätten ein kleines Grundstück drüben, jenseits des Flusses, das habe ihnen ein Herr hinterlassen. Das Papier nannte einen Namen, womöglich den ihres Vaters, bevor er verschwunden war, lang war das her, aber Makina ließ ihn links liegen, ging die Cora fragen, was das sei und was es damit auf sich habe, und die Cora sagte: Nichts weiter, bloß krumme Touren von H. Aber der Gorilla hatte inzwischen Makinas Bruder auf eine Sauftour geschleppt und ihm das Hirn mit Pulque und einheimischem Gesäusel gewaschen, und nachts war der Bruder nach Hause gekommen und hatte gesagt, ich geh und verlange, was uns zusteht. Makina versuchte ihn zu überzeugen, dass es nichts als Worte waren, aber er ließ sich nicht abbringen, jemand muss kämpfen für das, was uns zusteht, wenn ihr keinen Mumm habt, ich zieh mir die Hosen an. Die Cora musterte ihn bloß voll Überdruss, ohne ein Wort, bis er in der Tür stand mit seinem Rucksack voller Krempel, und dann befand sie: Soll er gehen und sehen, wie er mit seinen kurzen Hosen zu Rande kommt; er zögerte einen Moment, bevor er fortging, und an dem Zweifel, der über seine Augen wanderte, konnte man sehen, dass er sein ganzes Leben lang Tränen daraus hervorgepresst hatte, aber bevor er sie hochkommen ließ, hatte er sich schon umgedreht und war fort, auf Nimmerwiedersehen, es sei denn in Form von zwei, drei knappen Nachrichten, die er lange Zeit später schickte.

Zwei Männer taxierten sie in der Schlange vor dem Fahrkartenschalter, einer schwenkte im Vorübergehen seinen Mund zu ihr und sagte: Nenn mich Spitzenkandidat! Er berührte sie nicht, grapschte aber mit dem Atem nach ihr, der Dreckskerl. Makina war so etwas nicht gewohnt. Erlebt hatte sie derlei, aber nicht zugelassen, sich daran zu gewöhnen. Entweder schickte sie die Kerle gehörig zum Teufel oder beschloss, ihre Zeit nicht mit armseligen Typen zu vergeuden; so auch diesmal. Aber nicht aus Gewohnheit. Sie kaufte ihre Fahrkarte und stieg in den Bus. Ein paar Minuten später sah sie die beiden Männer einsteigen. Im Grunde waren es bloß zwei Milchbärte im Rausch der ersten großen Fahrt. Da sie wohl kaum etwas von den Schrammen echter Abenteuer ahnten, kamen sie sich wie große Abenteurer vor. Sie schubsten einander zu ihren Sitzen, ein paar Reihen hinter Makina, aber der, der sie angesprochen hatte, ging zu ihrer zurück und sagte lächelnd, ich glaube mein Platz ist hier, und setzte sich neben sie. Makina antwortete nicht. Der Bus fuhr los, und fast im gleichen Moment spürte Makina die erste Berührung, ganz kurz, wie aus Versehen, aber sie kannte diese Art Versehen: eine millimetergenaue Ellbogenfühlung als Vorspiel gierigen Betatschens. Sie konzentrierte sich aufs seitliche Gesichtsfeld und rüstete sich für den Fall, dass der Idiot hartnäckig blieb. Er blieb. Allzu auffällig ließ er seine Linke auf sein linkes Bein fallen, matt rutschte die Hand weiter auf den Sitz, und als er sie wieder anhob, berührte er ihren Schenkel, ohne böse Absicht, versteht sich. Makina drehte sich zu ihm, sah ihm direkt in die Augen, damit er wusste, dass das Kommende kein Zufall war, legte den Zeigefinger an die Lippen, schön still, he, und mit der anderen Hand packte sie den mittleren seiner Grapschfinger und bog ihn zurück, bis er nur noch ein paar Zentimeter vom Handrücken entfernt war; all das in einer Sekunde. Vor Schmerz sank der Abenteurer im engen Raum zwischen den Sitzreihen auf die Knie und öffnete den Mund, um zu schreien, aber bevor der Befehl sein Hirn erreichte, hatte Makina wieder den Finger an die Lippen gelegt, schön still, he; sie gab ihm Zeit, sich an den Gedanken zu gewöhnen, dass eine Frau ihn fertigmachte, dann beugte sie sich zu ihm und flüsterte, ich werd nicht gern von Scheißfremden betatscht, ist das zu glauben?

Der Junge konnte es nicht glauben, das sagten seine aufgerissenen Augen.

Suchst du Arbeit drüben?, fragte Makina.

Der Junge nickte wild.

Dann brauchst du alle deine Fingerchen, was? Wirst wohl kaum mit den Füßen ernten oder kochen …

Der Junge schüttelte nicht weniger wild den Kopf.

Also, fuhr Makina fort, pass auf, ich lass dich los, du ziehst ab und kuschelst dich an deinen kleinen Kumpel hinten, und ich schwöre dir bei all dem Schmerz, den du jetzt spürst, wenn du auch nur an mich denkst, wird dir deine Hand bloß noch zum Hinternputzen nützen.

Der Junge öffnete den Mund, aber jetzt schüttelte Makina den Kopf.

Glaubst du mir?, fragte sie und bog den Finger noch ein Stückchen weiter. Du glaubst mir nicht. Glaubst du mir?

Etwas an den Tränen des Jungen verriet Makina, dass er ihr glaubte. Sie ließ los und behielt ihn im Auge, während er zu seinem Sitz wankte. Dort schluchzte er noch eine Weile, während sein Freund ein ums andere Mal wiederholte, hör schon auf, hör auf, hör auf. Sie ließ sich unterdessen vom grauen Schauspiel der Stadt einschläfern, die rückwärts floh.

Es war Nacht, als sie erwachte. Die Schluchzer des Jungen waren nicht mehr zu hören, nur das Motorbrummen und das Schnarchen mancher Passagiere. Nie war sie sich ihrer Träume sicher, ebenso wenig der Orte, sie musste erst die Stelle erreichen, die die Landkarte bezeichnete;

doch ihr war, als hätte sie von verlorenen Städten geträumt, buchstäblich: Städte, verloren in anderen verlorenen Städten, die allesamt über eine unergründliche Fläche irrten.

Sie betrachtete das Land, das endlos hinter der Scheibe wucherte. Sie kannte, was es dort gab, seine Farben, die Not und den Überfluss, die verblassten Spuren einer weniger zynischen Zeit, die Dörfer ohne Männer. Aber als sie in die gespannte Ruhe der Nacht blickte, in die Dunkelheit, hier und da flüchtig von Funken durchlöchert, überfiel sie in der schwermütigen Stille die Frage, was da zum Teufel gären mochte: Was wächst dort oder was verfault, während man wegsieht. Was wird da zum Vorschein kommen, fragte sie leise und spielte das Spiel, dass sie hinter dieser Laterne oder der nächsten oder der übernächsten entdecken würde, was sich im Dunkel vorbereitete. Vielleicht jede Menge Neues, vielleicht sogar Gutes darunter; oder auch nicht. Selbst im Spiel machte sie sich kaum Illusionen.

Während der Fahrt kamen ihr die Jungen nicht mehr nahe. Wenn der Bus an einer Tankstelle hielt, warteten sie, bis Makina ausgestiegen war, spähten dann vorsichtig hinaus wie Flüchtige und kehrten vor ihr wieder zu ihren Sitzen zurück. Sie reisten quer durchs Land ohne ein einziges Wort über den Ausblick.

Schließlich gelangte der Bus an die Stelle, wo die Erde

aufhörte, fast um Mitternacht des nächsten Tages. Hotels säumten den Fluss und mästeten sich am Massenexodus. Makina strich um sie herum und fragte sich, wie sie Herrn W.s Kontaktmann finden sollte, aber kein Blick wollte sie erkennen, und so ging sie in eines der Hotels. Sie verlangte ein Bett, zahlte, und man wies ihr eine Tür im ersten Stock an, gab ihr aber keinen Schlüssel. Beim Eintreten begriff sie den Grund. Es war ein riesiger Raum mit fünfzehn oder zwanzig Pritschen, auf denen sich Leute drängten, die in vielerlei heimischen Zungen sprachen: junge Mädchen, Familien, Alte, doch vor allem alleinstehende Männer, manche noch Kinder. Sie schloss die Tür wieder und suchte in einem anderen Zimmer nach einem Plätzchen, aber in allen herrschte das gleiche Gedränge.

Sie fragte nach dem Bad. Es gab nur zwei pro Etage, eines für Frauen, eines für Männer. Sie ging ins Frauenbad, um die Dusche zu nehmen, auf die sie während der langen Fahrt vom Großmoloch hatte verzichten müssen. Sie hatte nur Katzenwäsche in den Tankstellentoiletten gemacht. Hatte Achseln, Hals, Gesicht befeuchtet, sich die Hose ausgezogen und ausgeschüttelt. Einmal wäre sie beinahe zurückgelassen worden, weil sie zu lange unter dem Handtrockner gesessen hatte. Jetzt konnte sie sich endlich von oben bis unten waschen, und es kümmerte sie gar nicht, dass es kein Warmwasser gab, so war es auch in ihrem Dorf. Während sie sich schrubbte, hörte sie, wie jemand ins Bad kam, hörte, wie dieser Jemand zwei Schritte machte, stehen blieb, hörte, wie er grübelte, und hörte, wie er die Hände in ihren Rucksack steckte und in ihren Sachen wühlte. Sie schaute hervor. Es war eine Frau in ihrer zweiten Jugend, sie sah müde aus, in der Hand hielt sie Makinas Lippenstift, schminkte sich und hielt nicht inne, obwohl Makina sie beobachtete und die Frau das sehen konnte. Makina schaute zu, wie sie sich schönmachte. Sie tat es gemächlich und mit sicherer Hand, führte bei jeder Lippe den Stift von einer Seite zur anderen und hob ihn am Ende an wie vor einem Abgrund, presste den Mund zusammen, um die Masse zu verteilen, schürzte ihn zu einem Luftkuss. Als sie fertig war, sagte die Frau, ohne den Blick von ihrem Spiegelbild zu wenden: Na, ich geh's richtig an, mit dem rechten Fuß, wer weiß, ob's Anmalen hilft, aber keiner soll sagen, ich wär schludrig angekommen, was? Erst dann drehte sie sich zu Makina um. Hübsch bist du, sagte Makina, du hast Glück, wirst sehen. Die Frau lächelte, sagte, danke, Kindchen, steckte den Lippenstift wieder in den Rucksack und entschwand dem Bad.

Nach der Dusche streifte Makina wieder durch die Zimmer, in denen das Flüchtlingsvolk die Nacht verbüßte. Viele warteten wachend auf den Gewissen, der ihnen sagen würde, dass es so weit war. Einem steinalten Mann, der nicht lesen konnte, las sie einen Brief vor, in dem sein Sohn ihm beschrieb, wo er ihn drüben finden würde. Einem Jungen brachte sie bei, wie man in Nordlerzunge Seife sagte, und einer Frau erklärte sie, drüben dürfe man ihres Wissens nicht draußen auf dem Gehsteig kochen. Es gab auch Schmuggler, die gerade zurückgekommen waren und sich im Schlaf an die Kleider oder das Spielzeug klammerten, das sie hier verkaufen wollten.

Sie wandelte hinaus auf die Straße. Grüppchen gingen am Ufer entlang, entfernten sich vom Nordglanz der Stadt drüben, machten sich auf zur Stelle, wo es rübergehen sollte. Unter ihnen sah sie auch die beiden Jungen aus dem Bus, jeder handelte mit einem Mann den Preis fürs Passieren aus. Die beiden Männer zogen sich einen Moment zurück, um sich zu beraten, in Nordlerzunge, damit die Jungen sie nicht verstanden. Bringen wir sie gleich rüber?, fragte der eine, und der andere sagte, sollen sie warten, was schert uns ihre Eile; und mir haben sie grad zugezwitschert, dass die Wächter ganz schön scharf sind; tatsächlich?; tatsächlich; na, dann sollten wir sie rüberschaffen, das heißt, so tun, als ob: Ich hab ein andres Grüppchen, das zahlt mehr, wenn wir sie gleich rüberbringen; die hier können wir als Köder benutzen und dann die andern befördern; genau das denk ich auch. All das in Nordlerzunge, und Makina hörte es, als sie dicht an ihnen vorbeiging. Sie lief weiter, und auf Höhe der beiden Jungen sagte sie, ohne zur Seite zu blicken: Gauner. Der sie betatscht hatte, fuhr zusammen, aber der Freund schien zu merken, dass es anders gemeint war, nicht als Bosheit. Gauner, die wollen euch reinlegen, ich würd mir jemand andern suchen, sagte sie und ging weiter. Die Jungen schauten zu den Männern hinüber, die begriffen, dass Makina ihnen etwas gesagt hatte, und beide Seiten wussten, dass hier kein Geschäft mehr zu machen war; die Männer drehten um und suchten sich neue Kunden.

Sie ging am Flussufer auf und ab, bis die Nacht dahinsiechte; da setzte sie sich ans Ufer und beobachtete den Horizont, aß ihren letzten Erdnussriegel, süß und salzig zugleich, und gerade als die Sonne aufgehen wollte, sah sie drüben nachdrücklich ein Licht flackern. Im blanken Morgenglanz erkannte sie, dass da jemand stand und sie gemeint war, also hob sie den Arm und winkte. Der Mann machte die Taschenlampe aus und holte etwas aus einem Pick-up ein paar Meter hinter ihm. Mit einem Reifenschlauch kam er zurück, riesengroß, vielleicht von einem Traktor, warf ihn ins Wasser, stieg hinein und überquerte den Fluss mit Hilfe eines winzigen Ruders, das er ebenfalls mitgenommen hatte. Je näher er kam, desto deutlicher konnte Makina die Züge des halbierten Mannes erkennen: Seine Haut war von der gründlichen Dunkelheit derer, die viel Zeit unter der Sonne verbringen, ein knapper graumelierter Bart sorgte für etwas Sanftheit in einem Gesicht, aus dem eine riesige Nase ragte, leicht gebogen; er trug ein weißes Hemd, dunkel vom Wasser, das seinen Rumpf emporleckte, und einen

Rucksack. Er kam ihr klein vor, doch als er dem Wasser entstieg, überragte er sie um mindestens zwei Handbreit. Er war drahtig. Jeder Muskel seiner Arme, seines Halses schien für eine präzise, beschwerliche Aufgabe bestimmt.

Na, sagte er, kaum war er dem Wasser entwandelt, gehst rüber wegen einem Fleckchen Land, hör ich.

Von wegen, sagte Makina, Land gibt's hier im Überfluss, ich geh wegen meinem Bruder, und der ist wegen dem Fleckchen Land drüben, der Schwachkopf.

Chucho, sagte der Mann und streckte ihr eine Hand entgegen.

Makina, revanchierte sie sich. Obwohl gegerbt, fühlte sich die Haut des Mannes angenehm an und warm, obwohl er gerade erst dem Wasser entstiegen war.

Chucho holte eine Schachtel Zigaretten aus dem Rucksack, zündete zwei an und reichte eine Makina. Sie zog tief daran, hielt den Rauch in den Lungen zurück – sah im Geist die Spiralen tanzen – und stieß ihn wieder aus.

Wie hast du mich erkannt?, fragte sie.

Man hat mir ein Foto von dir geschickt, in ganzer Größe.

Makina sah schon eine Bemerkung über das Bild kommen: Siehst in natura noch besser aus, so eine süße Überraschung, glücklich, der da Augen hat; eine dieser Plattheiten, bei der die Männer sich originell vorkommen, aber Chucho rauchte bloß weiter und schaute in Richtung Morgen.

Warten wir nicht lieber, bis es wieder dunkel ist?, fragte sie. Wird man um die Zeit nicht leicht entdeckt?

Nee, die sind anderswo beschäftigt, erwiderte er und zwinkerte ihr zu. Ich habe meine Quellen.

Sie rauchten zu Ende, dann sagte er, jetzt aber los. Aus dem Rucksack zog er ein weiteres winziges Ruder und gab es Makina, warf den Reifen wieder ins Wasser, schlüpfte hinein und half Makina, sich vor ihm zu platzieren.

Die ersten Meter waren einfach. Makina konnte noch stehen und spürte, wie seine Beine sich beim Gehen mit ihren verhakten; bevor es beschwerlich wurde, merkte sie, dass er näher kam und ihr Haar beroch, war sogar noch froh, dass sie Gelegenheit zum Duschen gehabt hatte. Aber dann duckte sich der Flussgrund weg, und eine frostige Strömung zerrte an ihren Füßen wie etwas Lebendiges, Störrisches. Losrudern, sagte Chucho, was Makina bereits tat, aber der Reifen wurde zum Spielball der Strömung. Losrudern, wiederholte Chucho, sieht übel aus. Kaum hatte er das gesagt, da sprang ein Schwall sie an und kippte den Reifen um. Die Welt wurde eisig und grünlich, bevölkerte sich mit unsichtbaren Wasserschlangen, die sie aus dem Gummifloß rissen; sie schlug um sich, trat nach was auch immer sie da packte, fand aber weder die Oberfläche noch Chucho. Sie wusste nicht, wie lange sie blind kämpfte, doch dann ließ die Panik nach, und sie ahnte, dass es einerlei war, wohin oder wie schnell sie sich bewegte, am Ende würde sie gelangen, wohin sie gelangen musste. Sie lächelte. Spürte, wie sie lächelte. In dem Moment trat das Tosen schlagender Wellen an die Stelle des grünen Schweigens. Chucho zog mit beiden Händen an ihrer Hose. Sie hatten das andere Ufer erreicht, und der Reifen verlor sich in der Strömung, als hätte er einen dringenden Auftrag zu erledigen.

Keuchend blieben sie am Ufer liegen. Es waren kaum ein paar Dutzend Meter gewesen, aber als Makina zum Himmel aufblickte, kam er ihr bereits anders vor, ferner, weniger blau. Chucho richtete sich auf, blickte hinter sich in Richtung Stadt und sagte: Na, was jetzt kommt, wird einfacher.

3

DER ORT,
AN DEM DIE BERGE SICH BEGEGNEN

ZUERST WAR DA NICHTS. Bloß ein Asphaltband, das in der weißen Erde zerfranste. Dann machte sie zwei Berge aus, die in der Tiefe der Landschaft zusammenstießen. Als kämen sie von Gott weiß woher und gingen wer weiß wohin, trafen sie sich an diesem Brennpunkt des Nichts und stießen dort beharrlich tosend zusammen, so sehr ein Unaufmerksamer auch meinen mochte, dass sie vor sich hin schwiegen. Gleich dahinter wartet der Pick-up, mit dem du weiterfährst, sagte Chucho, aber vorher machen wir noch halt, damit du dich umziehst.

In der Ferne sah sie einen Baum und unter dem Baum eine schwangere Frau. Zuerst sah sie den Bauch, nicht Beine, Gesicht oder Haare, sah, dass sie im Schatten des Baumes ausruhte. Sie dachte, wenn es ein gutes Vorzeichen gab, dann dieses: ein Land, in dem man mit etwas Kleinem im Bauch durch die Wüste wandert, sich hinwirft und das Ding einfach wachsen lässt, ohne sich um sonst was zu scheren. Aber beim Näherkommen machte sie das Gesicht der Kreatur aus: keine Frau, der Bauch keine Schwangerschaft; es war ein armer Teufel, aufgebläht von der Verwesung, dem die Geier schon Augen und Zunge weggefressen hatten. Makina drehte sich zu Chucho um, wollte sehen, ob auch er sich getäuscht hatte, aber nein. Chucho erzählte, wie er einmal einen Kerl zurückbringen musste, weil seine Frau im Sterben lag, sie hatten sich verirrt – Chucho war noch neu im Fährbetrieb gewesen –, und ein Scheißrancher dachte, sie kämen aus der anderen Richtung, setzte ihnen nach und führte sie so wieder auf den richtigen Weg, doch es war zu spät. Der Kerl ging zurück, sagte Chucho, aber drüben lag sie schon unter der Erde.

Einer der Ersten, der abgehauen war und drüben ordentlich Reibach gemacht hatte, war einmal ins Dorf zurückgekehrt, kam sich ganz groß vor, ganz huiuiui, beladen mit Kleidern, Uhren und neuen Wörtern, die er in sein neues Handy würde sprechen können. Er bestellte die großäugigen Stauner in die Telefonzentrale, um Makina vor aller Augen eine Lektion zu erteilen, als hätte sie ihm früher mal eins ausgewischt, wenn er auch behauptete, er wolle es nur vorführen, sie sei ja vom Fach. Er zog zwei Handys hervor, gab eins seiner Mutter, da, nimm, Chefin, musst beim Klingeling bloß aufs Knöpfchen drücken und abwarten, geh ein Stück vor die Tür, und er zückte das andere Handy. Zweimal tätschelte er Makina gönnerhaft den Arm und sagte, tja, Kleine, dein Job war halt nicht für die Ewigkeit, sieh zu und lern was. Der Kerl drückte aufs Knöpfchen, wartete aufs Freizeichen, doch das kam nicht. Er lächelte, spielte es herunter, macht nichts, sagte er, bei dem hier hört sich's anders an. Er tippte die Nummer des Handys ein, das sich seine Mutter jenseits der Wand ans Ohr hielt. Das biep, biep, biep bei jedem Knopfdruck war deutlich zu hören, und die Großäugigen warteten mit seligem Idiotengesicht, dass etwas geschähe, nämlich das, was sie zwar erwarteten, sich jedoch, wer weiß, noch spektakulärer vorstellten, unheimlich irgendwie. Aber nach dem Biep-biep nichts als Stille, eine bleierne Stille, denn alle schienen den Atem anzuhalten, um das Wunder nicht zu verderben. Draußen stand die Mutter und sorgte sich in Wirklichkeit weniger um das, was ihr Sohn tat, als um den Topf, der auf dem Feuer stand, und so bat sie, das Handy noch immer am Ohr, lieber rasch die Nachbarin, sei ein Schatz, schau mir nach dem Essen. So ging es, bis der Kerl das Handy anstarrte, als könnte er es mit Blicken zum Funktionieren bringen. Makina wartete ein Weilchen, dann sagte sie, kann es sein, dass du auch die Masten hättest kaufen müssen? Der Kerl lief rot an, als er's begriff, und war auf einmal der einzige Großäugige im Raum. Makina sagte das, schämte sich jedoch, weil sie ihn auf die Schippe genommen hatte, gab ihm einen Kuss auf die Wange und sagte: Keine Sorge, Kleiner, die kommen schon nach.

Bevor sie die Hütte erreichten, in der sie sich umziehen sollte, geschah:

dass sie ein Lastwagen Richtung Berge einholte, schwarz und oben vier Frontleuchten; ein Nordler, Sonnenbrille und Hut mit Silberschnalle, steuerte ihn. Durch die geteilte Windschutzscheibe feuerte er Blicke auf sie ab, beschleunigte weiter, bedrängte sie;

und dass Chucho zu einem Handy griff und langsam eine Nummer eintippte, die er erst vervollständigte, als sie die Hütte am Fuß der Berge erreicht hatten; beim Aussteigen wählte er und sagte zu dem am anderen Ende in Nordlerzunge, hey, Officer, ich hab die versprochene Information, ja, genau, an der Stelle, die ich meinte, ja, aber Vorsicht, der ist schwer bewaffnet; dann legte er auf.

Der Nordler war vorgefahren und hatte ein paar Meter vor der Hütte geparkt. Er stand neben dem Laster, streichelte den Griff eines Revolvers, der ihm vorn in der Hose steckte. Drinnen sagte Chucho zu ihr: Mach schnell, wer weiß, was sich hier zusammenbraut, am besten, du lässt alles Hinderliche zurück. In der Hütte waren bloß eine Pritsche und ein Herd, auf der Pritsche eine Hose, ein T-Shirt im Nordler-Design und eine Jeansjacke; auf dem Herd ein Topf mit verbranntem Wasser. Makina begann sich mit dem Rücken zu Chucho auszuziehen, der rauchte und durch das Fenster den Schweinehund beobachtete, der draußen Wache hielt, und es kam ihr komisch vor, dass sie weder Furcht noch

Wut empfand, weil sie sich ohne Trennwand entblößen musste. Sie streifte die Bluse ab. Bevor sie die Hose auszog, hätte sie das T-Shirt überziehen können, aber sie tat es nicht. Sie zog die Hose aus. Ebenso Slip und Büstenhalter, obwohl Chucho davon nichts gesagt hatte, und so verharrte sie, musterte die Kleider auf der Pritsche, während ihr eine Art Lust zu pinkeln, eine Art fiebriger Atem den Körper anheizte. Mach schnell, wiederholte Chucho. Makina wusste, dass er immer noch aus dem Fenster sah, aber seine Stimme fiel über sie her. Diese Sekunde voller Spannung, doch ohne Furcht, schien kein Ende zu nehmen, und sie staunte, wie viel Zeit schon vergangen war und warum sie sich immer noch nicht schuldig fühlte, weil sie wollte, was sie wollte. Dabei schwor sie weniger ihrem Freund ab, als dass sie die Schuld ablegte wie jemand, der sich seiner Habseligkeiten entledigt. Doch auch diese endlosen Sekunden gingen zu Ende. Sie sagte, ja, zog sich an. Chucho drehte sich um.

Was hast du dem am Telefon erzählt?, fragte Makina.

Von meinem Verdacht. Er deutete mit dem Kopf nach draußen: dass der Rancher da nicht nur Patriot ist, sondern unter Wasser seine eigenen Geschäftchen macht; es stört ihn nicht so sehr, dass wir keine Papiere haben, sondern dass wir ihm in die Quere kommen.

Bist du sicher?

Chucho zog die Schultern hoch: Dreck am Stecken hat er jedenfalls, der Scheißkerl.

So verharrten sie einen Augenblick, Makina sah ihn an, Chucho hing seinen Gedanken nach und ließ das Fenster nicht aus dem Blick. Dann sagte er: Mag es läuten, was es will, wenn's heiß hergeht, nimmst du den Weg zwischen den Bergen, den Pfad entlang, die Sonne immer im Rücken.

Sie wartete, bis er Richtung Tür ging, holte aus dem Rucksack die Plastiktüte mit der Botschaft der Cora, und das Päckchen, das ihr Herr H. anvertraut hatte, steckte beides unter die Jacke und folgte ihm. Sobald sie hinausgewandelt waren, trat ihnen der Rancher entgegen, Revolver im Anschlag, auch wenn er nicht auf sie zielte.

Das war deine letzte Reise, Scheißschlepper.

Ich bin kein Schlepper, sagte Chucho.

Ha!, ich hab doch selbst gesehen, wie du Leute rüberbringst, sagte der andere, und dich grad auf frischer Tat ertappt.

Nein, die Tat bestreite ich nicht, sagte Chucho, aber ich bin kein Schlepper.

Bei einem so dunklen Rätsel verzerrte sich die Miene des Nordlers vor Unverständnis. Er musterte Chuchos Gesicht ein paar Sekunden lang, erwartete Aufklärung. Jetzt zielte er sehr wohl auf sie.

Bestreiten tue ich, fuhr Chucho fort, dass du uns erwischt hast.

Da merkten sie, dass sie Gesellschaft bekamen. Zwei

Polizei-Pick-ups kamen querfeldein heran, ohne Sirene, aber mit großer Geschwindigkeit. Als der Rancher sich umdrehte und abgelenkt war, sprang Chucho mit einem Satz zu ihm und packte den Arm, der den Revolver hielt. Der Rancher feuerte drauflos, wollte töten, doch seine Kugeln gingen ins Leere, da Chucho den Lauf von der Richtung fernhielt, wo sie auf Körper treffen konnten. Der Rancher war groß und kräftig, aber seine ganze Kraft reichte nicht aus, wieder ins Gleichgewicht zu kommen. Chucho brachte schließlich einen Beinhaken an, und beide fielen in den Sand. Die Polizeiwagen hatten an die zwölf Meter entfernt angehalten, und der Trupp zielte nun hinter geöffneten Türen auf sie.

Zieh ab!, sagte Chucho. Makina trat auf ihn zu, denn sie begriff zwar, dass er sie gemeint hatte, glaubte aber, dass er sie um Hilfe bat, *er musste sie doch um Hilfe bitten,* Makina war es nicht gewohnt, dass jemand zu ihr sagte: Flieh.

Ein weiterer Schuss löste sich aus dem Revolver. Makina sah direkt in den Lauf, sah, wie er sich beim Feuerspucken weitete und wieder zusammenzog, während die Kugel ihrer Körperseite entgegenflog. Der Schuss wirbelte sie einmal um sich selbst, brachte sie aber nicht zu Fall, und sie nutzte den Schwung, warf sich mit zwei Schritten nach vorn und trat dem Rancher in die Kinnlade. Der regte sich noch immer, hatte aber die Orientierung verloren. Er versuchte, wie zuvor mit den

Kugeln, Chuchos Hals zu erwischen, griff aber in die Luft. Chucho versetzte ihm noch einen Kinnhaken, der den Rancher zwar nicht in den Schlaf schickte, ihm jedoch jeden Elan nahm, und sagte, wobei er jedes Wort betonte: Ich werde damit fertig. Makina sah in Richtung der Pick-ups, dann wieder auf die beiden Männer im Sand, danach in Richtung der Berge, die immerwährend vor ihr zusammenstießen, und sie rannte los, inmitten der Waffen und wilden Kerle. Hinter sich hörte sie: Stehen bleiben, auf den Boden, aber sie drehte sich nicht um, nicht einmal, als sie einen weiteren Schuss hörte, der von den Polizisten kommen musste, denn er klang anders, weniger mächtig als der des Ranchers.

Sie rannte bergauf, bis sie die Schreie hinter sich nicht mehr hörte, dann drehte sie sich um. Die Polizisten zielten auf die beiden Männer, Chucho hatte die Hände im Nacken verschränkt, und der Rancher schien ohnmächtig zu sein. Ein Polizist blickte in Makinas Richtung, machte aber keine Anstalten, ihr zu folgen. Erst da untersuchte Makina ihre Seite. Die Kugel war zwischen zwei Rippen eingedrungen und dem Körper wieder entwandelt, ohne sich für die Lunge zu interessieren, als hätte sie sich an die Haut geschmiegt, um nicht stecken zu bleiben. Sie konnte ihre Bahn verfolgen, aber es tat nicht weh und blutete kaum. Wieder schaute sie in Richtung der streitenden Männer. Keiner der Polizisten achtete mehr auf sie. Chucho lag auf dem Boden und redete, die anderen standen im Halbkreis um ihn. Der Rancher lag immer noch bäuchlings da.

Makina sah Chuchos Mund vor sich, der sagte: Ich werde damit fertig. Sie ahnte, dass er vor allem von ihr redete, und beschloss weiterzugehen, den Berg hinan.

Rucksäcke. Was nehmen die mit, denen zu Hause das Leben zu Ende geht. Makina sah sich immer die Rucksäcke an, vollgestopft mit Zeit. Amulette, Briefe, mal eine Huapango-Geige, mal eine Jarana-Gitarre. Jacken. Wer fortging, nahm immer eine Jacke mit, denn es hieß, drüben sei der Frost allgegenwärtig, mochte die Reise auch durch eine Wüste nach der anderen führen. Sie steckten ihr bisschen Geld in die Unterhose und ein Messer hinten in die Tasche. Fotos, Fotos, Fotos. Sie nahmen die Fotos wie ein Versprechen mit, hatten es bei ihrer Rückkehr jedoch achtlos verworfen.

In ihren hatte sie, gleich nachdem sie mit der Cora beschlossen hatte, dass sie den großen Knirps holen würde, eingepackt:

eine kleine Taschenlampe in Metallic Blau, um gegen jedes Dunkel gefeit zu sein,

eine weiße und eine bunt bestickte Bluse, falls sie in eine Party platzen sollte,

drei Slips, damit sie immer einen sauberen hatte, auch wenn sie keine Gelegenheit zum Waschen fand,

ein Latino-Nordler-Wörterbuch (etwas von Alten für

Alte, diese Bücher, schon hinfällig, sobald sie die Druckerpresse verlassen, keine Frage, aber hilfreich wie die Leute, die nicht wirklich wissen, wo sich eine Straße befindet, und dennoch mit dem Finger in die richtige Richtung deuten),

eine Zeichnung von ihrer kleinen Schwester, auf der sie, Makina und die Cora in aufsteigender Reihenfolge standen, gemalt mit dickem, entschiedenem Strich,

eine Agavenseife,

einen Lippenstift, weniger grell als haltbar, und

als Proviant: Amaranthkekse und Erdnussriegel.

Sie wollte gehen und gleich wiederkommen, deshalb hatte sie nicht mehr dabei.

4

DIE OBSIDIANHÖHE

ALS SIE DEN SATTEL zwischen den beiden Bergen erreicht hatte, begann es zu schneien. Makina hatte noch nie Schnee gesehen, und als sie anhielt und diese federleichten Kristalle niederrieseln sah, war ihr erster Gedanke, dass etwas verbrannt wurde. Einer ließ sich auf ihren Wimpern nieder. Er war wie eine Summe von Kreuzen, der Plan eines Palasts, auf jeden Fall ein greifbares, kunstvolles Wunder, und als er gleich darauf zerrann, fragte sie sich, weshalb manches auf der Welt, manche Länder, manche Menschen, ewig zu sein schienen, wenn doch alles wie dieser winzige Eispalast war: einmalig, kostbar, zerbrechlich. Enttäuschung überfiel sie, doch verlor sie auch etwas von der Angst, die sich angestaut hatte, seit sie ihrem Zuhause entwandelt war.

Auf der anderen Seite stand unten am Hang der Pickup, von dem Chucho gesprochen hatte. Sie ging hin, öffnete die Beifahrertür und fragte: Schickt dich H.? Der Fahrer fuhr auf vor Schreck, versuchte aber die Miene des harten Kerls zu wahren, hob die Nase in die Luft als

Zeichen von: jawoll, und nickte dann, was hieß: Steig ein.

Unterwegs warf ihr der Fahrer immer wieder Seitenblicke zu, als wünschte er, sie würde ein Gespräch beginnen, dem er sich verweigern konnte, doch Makina reizte die Herausforderung nicht. Sie hätte erschöpft sein müssen, verspürte aber nur Ungeduld. Sie wandte sich zum Fenster und starrte mit leerem Blick hinaus. Wenn sie nicht bald zurückkehrte, was würde aus all denen werden, die nicht mehr mit den Ihren in Verbindung treten konnten? Sie musste zurück, die Cora rechnete mit ihr; und wie mochte die Telefonzentrale aussehen, sich anfühlen ohne sie. Ach, immer die Schuld, deren strenger Zeitplan die Wirklichkeit auf die Größe einer Faust zusammenquetscht.

Die Stadt war ein unruhiges Muster aus Zement- und gelben Farbpartikeln. Verbotsschilder sprossen straßauf, straßab, gaukelten den Einheimischen vor, sie wären stets behütet, geborgen, liebenswert, unschuldig, großartig, mal erstaunt, mal leichtherzig, mal überschäumend: Salz der einzigen Erde, die es zu kennen lohnte. Die Leute blühten auf in den Supermärkten, diesen üppigen Gärten, wo man mehr bekam als die Übrigen oder etwas anderes, eine neuere Marke, ein weniger kleines Brot. Makina drückte bloß an Dosen, roch an Flaschen und ging wieder hinaus, musterte die Nordler an den

Kassen, ihre schwermütigen Gesichter vor der Digitalanzeige, die ganz leicht zusammenzuckten beim tut! des Geräts, Produkt für Produkt. Und wenn sie wieder auf die Straße traten, wischten sie diese flüchtige Blüte rasch fort, dimmten die Miene herunter, um niemanden vor den Kopf zu stoßen.

Inmitten der Ebene aus Beton und Stahlstangen spürte sie jedoch bald eine andere Gegenwart, verstreut wie Nieten, die von einem Fenster gefallen waren: an den Ecken, auf den Gerüsten, den Gehsteigen, flüchtige Blicke des Erkennens, die sofort wieder abtauchten, sich tarnten. Die Landsleute, mit Lohnarbeit bewehrt: Maurer, Blumenverkäufer, Stauer, Fahrer. Sie perfektionierten ihre Unauffälligkeit, leugneten jede gemeinsame Absicht, waren nichts, rein gar nichts, waren bloß hier, um Befehle zu empfangen. Sie waren wie drüben, pfiffen einem aber nicht hinterher, und keiner bettelte.

Etwas Diffuseres umschmeichelte sie, als sie durch die Restaurants zog: ein unfassbares Allerlei aus Zucker und Chili, Kombinationen, die ihr noch nie unter die Nase oder über den Gaumen gekommen waren, Aberwitziges in Fett gebacken. Es waren Lokale mit wildfremder Küche, und doch lag etwas Vertrautes darin, etwas Altbekanntes in der Art, in der man den Gerichten die letzte Würze gab. Auch die Restaurants besichtigte sie in der Kürze, die ihr die wachsamen Geschäftsführer geboten, die sofort ahnten, die kommt nicht als Kundin, und erst im vierten Restaurant begriff sie, dass sie auch hier präsent waren, noch gründlicher mit Arbeit bewehrt als anderswo: Köche, Küchenjungen oder Tellerwäscher, die über die Speisen fernster Regionen regierten.

Die gesamte Küche hier ist mexikanisch, sagte sie sich. Und dann sagte sie: Ha! Auch wenn es nicht stimmte – es auszusprechen hatte sie genossen.

Der Fahrer schreckte mit aufgeworfenen Handtellern zurück, als er sah, dass Makina Herrn H.s Paket hervorzog. Doch nicht mir, weißt du das nicht? Er setzte sie in einer verlassenen Straße ab und sagte, hier erfährst du, wohin du's bringen sollst. Da niemand zu sehen war, spazierte sie durch einen Supermarkt und beschnupperte Restaurants. Als sie zurückkehrte, hatte ein Blumenladen geöffnet; ein alter Mann saß am Eingang, hielt in der einen Hand einen Stock und führte mit der anderen ein Stück Brot zum Mund. Makina baute sich vor ihm auf. Sie musterten einander. Wieder griff sie nach ihrem Paket, aber der Alte sagte, warte, geh rein und mach dich frisch, ein Momentchen, und ich bring dich hin. Mit dem Stock deutete er auf eine kleine Tür hinten im Laden. Makina ging hinein, wusch sich Hände und Gesicht, die Wunde an der Seite war getrocknet, und als sie mit der Seife darüberfuhr, stach sie kaum. Als sie wieder hinaustrat, war der Alte bereits aufgestanden. Komm mit, sagte er. Siehst du die Typen da? Makina sah zwei Kerle in einem schwarzen Wagen mit silbernen Felgen. Sind Bullen, die riechen schon, was du für eine bist, und er fuhr fort, wir gehen ein Stück, bis sie's überhaben. Sie zogen los. Der Wagen wich nicht von ihrer Seite, beschleunigte plötzlich und verschwand, kehrte aber bald zurück und folgte ihnen aus der Entfernung.

Ich bring dich ins Stadion, sagte der Alte, sobald wir sie abgeschüttelt haben, dort übergibst du alles, inzwischen erzähl ich dir von deinem Brüderchen.

Makina befiel eine Vorahnung: Hatten sie ihn getötet?

Aber nein, ach wo, ein Zahnschmerz könnte nicht lebhafter sein als der, wirst ihn kaum wiedererkennen, gut angekommen ist er jedenfalls. Wie du hatte er sein Päckchen von Herrn H. dabei, geriet ein bisschen ins Schleudern, aber dann ist er fort, um seine Sache zu regeln.

Wissen Sie, wohin?

Der Alte sagte, stütz mich beim Gehen. Makina nahm ihn beim Arm, und der Alte schob ihr mit der anderen Hand einen Zettel zu: Da hast du die Adresse.

Sie gingen weiter. Das schwarze Auto holte sie ein, die Insassen musterten sie ein paar Sekunden und fuhren davon.

War's das?, fragte Makina.

Wer weiß, aber jetzt müssen wir wirklich.

Das Stadion erhob sich vor ihnen. Und was findet da statt?

Spiele, sagte der Alte. Die Nordler spielen ein Spiel,

mit dem sie sich Woche für Woche selbst feiern. Er hielt an, hob den Stock und schwang ihn durch die Luft. Einer schlägt drauflos, dann macht er sich auf, durchläuft die Welt von Base zu Base, du weißt, die Nordler haben Bases auf der ganzen Welt, nicht wahr?, gut, der Schlagmann also läuft von einer zur anderen, während die Übrigen weiter den Schläger schwingen, um die Feinde abzulenken, und wenn niemand zurückschlägt, kehrt er nach Hause zurück, und seine Leute empfangen ihn mit offenen Armen und Partys.

Und das gefällt Ihnen?

Pfft, ich bin hier nur auf Durchreise.

Wie lange schon?

So an die fünfzig Jahre ... Hier ist es.

Sie standen vor einem der Stadiontore. Der Alte pfiff, das Tor ging auf, er sagte: Bring es schnell hinter dich, und drehte sich um.

Ein junger Mann, wie ihn Makina dunkler nie gesehen hatte, deutete auf einen Gang. Sie ging ihn hinauf, dem Licht entgegen. Am Ende überfiel sie mit einem Schwall das Bild einer Niederung voll konkurrierender Schönheiten: Der klaffende Abgrund war ein grüner Diamant, der im eigenen Abglanz wogte, oben umrahmt von Abertausenden schwarzer Klappsitze wie Obsidianhöhen, auf denen sich Feuersteine reckten, glänzend und spitz.

Da stand sie wie geblendet, als durch andere Tunnel um sie herum Männer auftauchten, zehn, fünfzehn, dreißig auf einmal, alle schwarz, manche schwärzer als andere, manche geschliffen schmal, als wären sie im schneidenden Bergwind aufgewachsen, andere aufgebläht wie Wasserwesen, viele kahl, manche auch mit verfilztem langem Haar, das bis zur Taille hing. Alle musterten sie, kamen näher, ruhig, sanft, aber eindeutig mit Kanaillenmiene.

Hab keine Angst vor meinen Kumpels, hörte sie plötzlich hinter sich, in Latinozunge. Das sind keine Dreckskerle, mussten nur lernen, wie welche auszusehen.

Im Gang, durch den sie gekommen war, hinkte ihr ein Mann entgegen, dessen Gesichtszüge sich erhellten, je mehr sie das Licht überflutete: In seinem blitzend blonden Haar schillerte es orangefarben, er hielt eine Zigarre in der Hand und trug eine Spiegelbrille. Makina hatte ihn noch nie gesehen, aber es bestand kein Zweifel, wer er war. Herr P., der vierte der harten Kerle, war nach einem Territorialkrieg mit Herrn H. aus dem Großstädtchen geflohen, und immer wieder hörte man, dass sie sich aus der Ferne das Leben schwermachten. Wo war Makina hineingeraten? Dachte Herr P., er würde Herrn H. eins auswischen, indem er ihr eins auswischte?

Auch vor mir musst du keine Angst haben, Mädchen, sagte Herr P., der ihr Magenflauen erriet. Und nicht, weil H. und ich inzwischen Freunde wären. Wir machen Geschäfte, das schon, aber wer weiß, vielleicht kann man auf die Art das Gericht kalt genießen.

Makina fiel ein langes, schmales Messer auf, das ihm vom Gürtel baumelte und das Herr P. unaufhörlich tätschelte. Ganz langsam zog sie nun endlich das Paket hervor, das für ihn bestimmt war. Herr P. griff danach, wog es in der Hand, fixierte Makina und reichte es einem seiner Kumpane. Unentwegt tätschelte er sein Messer, lächelte Makina an, während seine Kompagnons das Paket öffneten, wieder schlossen und in Nordlerzunge sagten: Frisch. Aber Herr P. hörte nicht auf, Makina zu fixieren, anzulächeln und sein baumelndes Messer zu tätscheln, sie wollte gehen, aber ihre Stimme schaffte es nicht einmal zur ersten Silbe.

Willst du nicht für mich arbeiten, Mädchen?, sagte Herr P., den Blick auf ihr Geschlecht gerichtet.

Ich komme wegen meinem Bruder.

Natürlich, der Bruder.

Herr P. wandte den Blick von ihr, kratzte sich am Kinn und wiederholte, der Bruder, der Bruder.

Leicht belustigt ließ er den Blick übers Stadion wandern, drehte sich um, und nach und nach entschwanden die Kumpel durch die Tunnel, und Makina blieb allein zurück.

5

DER ORT, WO DER WIND MIT MESSERN SCHNEIDET

SIE SIND LANDSLEUTE und sind Nordler, beides voll wilder Inbrunst; mit unterdrückter Leidenschaft können sie die zahmsten Bürger sein und zugleich die nörglerischsten, aber hinter vorgehaltener Hand. Gestik und Gusto verraten ebenso uralte Traditionen wie das Staunen des Neulings. Und plötzlich reden sie. Sie reden in einer Zwischensprache, die Makina sofort eingeht, denn sie ist wie sie selbst: biegsam, veränderlich, durchlässig, ein Scharnier zwischen zwei entfernten Ähnlichkeiten, die sich beständig ändern, nie dieselben bleiben, ein Etwas, das in Verbindung setzt.

Nicht nur ein Mittelwert zwischen Heimischem und Nordlerischem ist ihre Sprache, sondern ein nebelhaftes Niemandsland zwischen dem, was hinscheidet, und dem, was nie geboren wurde. Aber kein hereinbrechendes Unheil. Makina sieht nichts absterben in ihrer Sprache, sondern eine geschickte Metamorphose am Werk, einen Wandel aus Notwehr. Sie können vollendet auf Latino und gleich darauf vollendet in Nordlerzunge reden, können sich zwischen dem einen scheinbar Vollendeten und dem anderen in der Schwebe halten, von einem Tier ins andere verwandeln, bis sie plötzlich aus Nachlässigkeit oder mit voller Absicht aufhören, zwischen den Sprachen zu springen, und in dieser dritten reden. In ihr keimt die Sehnsucht nach dem Land auf, das sie verlassen oder nie kennengelernt haben, wenn sie die Dinge bei ihrem Namen nennen, die Handlungen dagegen mit Nordlerverb bezeichnen, im Latinostil ausgeführt, mit dem Klangschweif von drüben.

Wenn sie in der einen Sprache den Ausdruck benutzen, der dazu in der anderen dient, schwingt etwas von beiden mit. Wenn es bei ihnen heißt, gib mir Feuer, während sie hier sagen, gib mir ein Licht, was lernt man da nicht über das Feuer, das Licht und den Akt des Gebens? Es ist nicht bloß eine andere Art, von den Dingen zu reden: Es sind andere Dinge. Die Welt ereignet sich von neuem, spürt Makina: Sie verspricht anderes, bedeutet anderes, gebiert andere Dinge. Wer weiß, ob sie überdauern, wer weiß, ob ihre Namen von allen angenommen werden, denkt sie, aber hier sind sie und halten stand.

Auf dem Zettel, den ihr der Alte zugesteckt hatte, stand die Adresse einer anderen Stadt, doch offensichtlich musste man diese nicht verlassen, um dorthin zu gelangen. Man musste bloß Busse nehmen, Straßen überqueren, Einkaufszentren hinter sich lassen, und nach etlichen der einen wie der anderen und einigen der Letzteren würde sie ankommen.

Erst merkte sie gar nicht, dass sie schon da war, denn die Städte besaßen kein Zentrum, von dem Straßen ausschwärmten. Sie sah nur plötzlich, dass ein anderer Ortsname über den Läden und an den Feuerwehrautos stand. Sie folgte dem Weg, den ihr ein paar eingemeindete Landsleute gezeigt hatten, und je länger sie lief, desto röter wurde der Himmel, und die Luft wurde eisig.

Ihre Lippen waren aufgesprungen, und ihre Handteller wurden rissig, sobald sie sie aus der Jackentasche zog.

Achtmal fragte sie nach, bevor sie den Ort fand, und jede armselige Antwort bedeutete eine Öde, die in eine andere Öde führte:

Sie fragte nach der Stadt, und man sagte ihr: Da entlang (ein Finger, der in die Richtung zeigte, in der die Sonne aufgeht).

Sie fragte nach dem Vorort, und man sagte ihr, es gibt vier, die so heißen; vielleicht suche sie den bei der Brücke.

Sie fragte nach der Brücke, aber man sagte ihr, der Vorort, den sie suche, sei nicht hier, sondern beim Zoo.

Sie fragte nach dem Zoo, und man sagte ihr, der sei beim Denkmal eines Mannes im Gehrock.

Sie fragte nach dem Denkmal des Mannes im Gehrock, und man sagte ihr: Siehst du's nicht, es steht hinter dir.

Da fragte sie nach der Straße auf ihrem Zettel, und man sagte ihr: Das ist die hier.

Sie fragte nach ihrem Bruder, vielleicht allzu dringlich, denn nun zuckten sie mit den Schultern.

Schließlich fragte sie nach dem gelobten Land, und bevor der Angesprochene antwortete, zog er eine Grimasse des Überdrusses.

Es war noch hell, aber der Himmel wurde schon dunkel wie eine riesige Blutlache, die austrocknet.

Zwei, drei Nachrichten hatte ihnen das Brüderchen über zwei Grenzgänger zukommen lassen. Zwei, drei; nicht zwei, nicht drei. Makina konnte es nicht genau sagen, denn nach der ersten enthielt die nächste und womöglich eine übernächste nur die gleiche erbauliche Geschichte.

Die erste besagte:

Noch nichts vom Grundstück, aber dauert nicht mehr lang, ihr werdet sehen.

Hier drüben geht alles steifer zu, alles ist nummeriert, die Leute schauen sich in die Augen, sagen aber nichts dabei.

Auch hier wird gefeiert, aber ohne Tanz oder Gebet und niemandem zum Gedenken. Richtig wichtig ist bloß das Truthahnfest, das ist prima, denn da isst und isst man.

Man ist sehr allein, aber Sachen gibt es viele. Ich bringe euch welche mit, bald, wenn ich zurückkomme. Ich regle nur die Dinge hier und komme zurück, ihr werdet sehen.

Die zweite sprach weder vom Land noch vom Grundstück oder seinen Plänen. Sie besagte:

Es geht mir gut, ich habe jetzt Arbeit.

Und die dritte, wenn es denn eine gab, beharrte gewiss auf dem Gleichen, nämlich:

Ich hab doch gesagt, es geht mir gut, fragt nicht mehr.

Es war weit mühsamer für sie gewesen, als bloß acht Öden aufzuzählen. Einsam die Kälte durchpflügen, innerlich befeuert von ungetrübter Glut; von einer Straße zur nächsten gehen, ohne einen Unterschied zu erkennen; auf Bollwerke stoßen, die die Menschen um der Autos willen abwiesen. Oder auf Menschen, die keine der Sprachen beherrschten, die sie kannte: Stadtteile voller Sippen, die aus anderen Breiten hergebracht worden waren und ihr Worte zuriefen, die in die Luft geschrieben zu sein schienen. Die Müdigkeit angesichts all der Denkmäler einer fremden Geschichte. Die Verachtung, die argwöhnischen Blicke. Und wieder die Kälte, immer schlimmer, die unverfroren nach ihr griff.

Und als sie ans Ziel gelangte und erblickte, was sie suchte, war es nichts als ein großes Loch.

Aber noch arbeiteten Maschinen dort. Die sah sie als Erstes, nachdem man ihr den Ort gezeigt hatte: Bagger, die sich hartnäckig in den Boden wühlten, als müssten sie dringend die Erde entleeren; doch die Weite des Abgrunds und die sauber abgestochenen Wände passten nicht zum bescheidenen Fleiß der Maschinen. Was dort gewesen sein mochte, hatte man mit Stumpf und Stiel herausgerissen, hatte es aus dieser Welt geschleudert, es existierte nicht mehr.

Ich weiß nicht, was man euch erzählt hat, gab ein verärgerter Nordler von sich. Ich weiß nicht, was ihr glaubt, hier verloren zu haben, aber hier werdet ihr es nicht finden, hier war auch vorher nichts.

6

DER ORT,
AN DEM DIE FAHNEN WEHEN

ABSCHAUM DU, hörte sie bei der Erklimmung des achten Hügels, von dem aus sie, da war sie sich sicher, ihren Bruder erspähen würde. Willst wohl kriegen, was du verdienst, Abschaum du? Sie öffnete die Augen. Ein rothaariger Nordler, riesig, nach Tabak stinkend, musterte sie. Makina wusste, dass der Kerl sie zu gern getreten oder gefickt hätte, und sie stand langsam auf, ohne ihn aus den Augen zu lassen, denn wenn man aus Angst den Rücken wendet, riskiert man am ehesten einen Tritt in den Hintern; sie verließ den Raum des Geldautomaten und wandelte davon.

Rund um den Abgrund hatte sie nach ihrem Brüderchen gefragt. Sie trat näher, sobald sie Latinozungen hörte, malte ihnen mit Worten ein Bild von ihm, ahmte seinen Singsang nach, erwähnte seine Lieblingsfarben, wiederholte die Geschichte von dem Stück Land, auf das er Anspruch erhob, nannte seinen Herkunftsort, zählte seine Fertigkeiten auf, drang in sie, bitte, sie sollten ihr Gedächtnis anstrengen, vielleicht kannte ihn ja einer. Bis sie der Eiswind zum Geldautomaten trieb, neben dem sie sich zusammenrollte wie ein Hund, nach heftigem Knochenklappern endlich einschlief und träumte, dass sie einen, zwei, drei, sieben Hügel erklomm, und auf dem Gipfel des achten weckte sie die donnernde Verachtung des Rothaarigen.

Es war noch nicht hell geworden, der Himmel kaum mehr als ein inkarnatroter Hauch, der sich nicht entschließen konnte, über der Welt niederzugehen, aber es war bereits Zeit für die Leute, die ihr Auskunft geben konnten, ans Tagewerk zu gehen. Sie lief los, rieb sich die Hände rot, spitzte die Ohren. Als sie in einer Gasse an der Hintertür eines Restaurants vorbeikam, hörte sie nicht nur den vertrauten Singsang, sondern ein bekanntes Timbre. Sie blickte hinein und sah den Jungen aus dem Bus, der Mülltonnen neben eine Tür stellte; er arbeitete mit viel Schwung, pfiff ein altes Lied, ging nur in Hose und T-Shirt, schien die Morgenkälte nicht zu spüren. Er trug einen kleinen Verband um die Hand, an der Makina ihm den Denkzettel verpasst hatte. Er lächelte, als er sie sah, trat zu ihr, und sein Gesicht überzog sich weniger mit Furcht als mit Traurigkeit. Was muss ich wohl für eine Miene machen, dachte sie.

Job gefunden, was?, sagte Makina.

Klar, entgegnete der Junge. Und wie ist's dir gegangen?

Geht so, geht immer noch, aber ich suche jemanden, den ich nicht finde.

Deine Leute ackern auch hier drüben?

Hm, aber ich weiß nicht, wo.

Der Junge überlegte kurz, sagte dann: Komm mit.

Sie traten ins Restaurant. Makina folgte ihm, hindurch zwischen brodelnden Töpfen, Messern, Hackmessern, Beilen, Pfannen, Hühnern mit gebrochenem Genick und zappelnden Fischen, bis zu einem Winkel, in dem eine Frau einen Haufen roter Schoten häutete. Sie war weiß und schlank, hatte ein unendlich sanftes Gesicht und erinnerte Makina an die Cora, vielleicht wegen der Art, wie sie arbeitete, als entkleidete sie ihre Enkel fürs Bad, oder weil sie sofort, wie bei der Cora, Vertrauen zu ihr hatte. Die Frau hob eine Sekunde die Augen, ließ sie eine Sekunde auf Makina ruhen, ohne die Arbeit an den Chilis zu unterbrechen, senkte sie dann wieder.

Ich bringe Ihnen eine Freundin, Doña, sagte der Junge, sie sucht da jemanden von sich, und wo Sie hier so viele Leute kommen und gehen sehen …

Ja, ich weiß Bescheid, sagte die Frau, hielt es aber nicht für nötig, die folgende Stille zu füllen.

Was?, sagte Makina. Was wissen Sie, Señora?

Ich weiß, wer du bist.

Kennen Sie meinen Bruder?

Die Frau nickte.

Er kam hier an, mickerig und verschreckt wie ein kleiner Straßenköter, sagte sie, wir haben ihm Suppe und einen Pulli gegeben, und er durfte sich unter dem Büfett ausstrecken. Mag ein Jahr her sein, ein knappes. Damals kam eine Nordlerin vorbei, ganz verzweifelt, ob wir nicht einen jungen Mann hätten, sie brauche ihn dringend für eine Arbeit, sah gutherzig aus und so verzweifelt, da hab ich deinem Brüderchen gesagt, er soll schauen, ob's was für ihn ist, gutherzig wie sie aussah, und so verzweifelt dazu, doch wo genau sie der Schuh drückte, wusste ich nicht. Dein Bruder ging hin und ist nicht zurückgekommen. Ich glaube, es war was für ihn.

Wissen Sie, wohin er gegangen ist?

Da soll dich der Junge hinbringen, ich hab ihm das Viertel schon gezeigt.

Die Frau gab dem Jungen eine Adresse, und Makina zerrte ihn bereits zur Straße, als sie innehielt, zurückging und fragte: Woher wussten Sie, wer ich bin? Hat mein Bruder gesagt, wie Sie mich erkennen?

Ja, deswegen auch. Er hat mir erzählt, dass er eine Schwester hat, die müsse man nur sehen, da merke man schon, wie klug und gebildet sie sei, sagte die Frau: Auch deswegen.

Noch vor der nächsten Ecke kam der Junge nicht mehr nach und überließ Makina die Adresse, bei der ihr Bruder gelandet war. Makina flog, spürte buchstäblich, dass ihre Füße den Boden nicht berührten, dass ihre Beine sie luftquirlend zu ihrem Bruder schweben ließen, dass sie ihn nach Hause bringen würde, ohne noch einmal den Fuß auf fremde Erde zu setzen.

Das Haus war schön, groß, rosafarben, und ein Holzzaun grenzte es ein. Makina öffnete die Pforte, ging zur Haustür, klingelte, wartete. Sie hörte Männerschritte und gab sich der Hoffnung hin, dass er es war, dass er selbst ihr öffnete und man ihr das Wiedersehen nicht weiter hinauszögerte. Die Tür ging auf, und ein kleiner Mann mit Brille erschien, in einen purpurnen Bademantel gehüllt. Er war schwarz. Nie zuvor hatte sie so viele Schwarze aus der Nähe gesehen, und auf einmal schienen sie der Schlüssel für ihre Suche zu sein. Makina sah ihn an, als machte sie es ihm zum Vorwurf, dass er dünner, dunkler und älter als ihr Bruder war, als gäbe der Mann sich für einen anderen aus. Sie wollte etwas sagen, aber er kam ihr zuvor: Ich kann mir eine blonde Perücke aufsetzen, wenn du willst.

Makina war erst verblüfft, dann lachte sie, beschämt.

Verzeihung, entgegnete sie in Nordlerzunge, ich dachte bloß, mir würde jemand anderes öffnen.

Ein Weißer? Hältst du das für das Haus eines Weißen?

Nein, nein ...

Nun, du hast recht, das ist das Haus eines Weißen, kann auch nichts dran ändern, kann mich höchstens wie ein Weißer anziehen. Gefällt dir mein Bademantel?

Nein ... Ja ... Ich meine, ich hatte jemand anderen erwartet.

Einen anderen Schwarzen. Bin ich dir nicht schwarz genug?

Makina lachte. Der Mann lachte. Auf einmal fiel die Beklemmung von ihr ab. Zum ersten Mal hier drüben fühlte sie sich willkommen, auch wenn sie noch niemand hereingebeten hatte.

Nein, weder einen Schwarzen noch einen Weißen, ich suche meinen Bruder, man hat mir gesagt, er sei hier angestellt.

Wie schade, sagte der Mann übertrieben enttäuscht, ich dachte mir schon, dass meine Gebete so schnell nicht erhört werden würden … Gestern Nacht habe ich Gott auf Knien angefleht: Lieber Gott, schick mir eine Frau, die mich aus dem Elend holt.

Es tut mir leid …

Ja, ich weiß, der Bruder. Er ist nicht hier. Ich bin hier. Die Familie, die hier gewohnt hat, ist weggezogen. Auf einen anderen Kontinent. Sie haben das Haus verkauft, und ich habe es erworben. Ich weiß nicht, warum sie gegangen sind, die Dinge ändern sich, und das hier ist ein herrlicher Ort zum Bleiben.

Makina spürte, dass all die Kräfte sie verließen, die sie aus ihrer eigenen Asche gesammelt hatte, dass sie erlosch und dieser letzten Sackgasse nicht mehr entwandeln konnte, dass ihr Glück sich nun doch erschöpft hatte. Zur Hölle mit allem, dachte sie, mit dem einen wie dem andern, zur Hölle mit dem ganzen Mist, ich hänge mich an einem Mast auf, soll mich der Wind beuteln wie einen Fetzen Stoff, ich weine, was das Zeug hält, und dann fahr ich ebenfalls zur Hölle. Sie winkte dem Schwarzen zum Abschied und machte kehrt.

Aber einer ist geblieben, sagte der Mann.

Makina fixierte ihn, als läse sie von seinen Lippen.

Was?

Sie haben den ältesten Sohn zurückgelassen. Er ist Soldat. Du findest ihn sicher in der Militärbasis.

Makina war es schleierhaft, was die Leute, die sich für anständig hielten, unter »Familie« verstanden. Kennengelernt hatte sie geteilte Familien, erweiterte, verbitterte, herzliche, hinterhältige, schwermütige, gastliche, ehrgeizige, aber niemals diese glückliche, von der so viel die Rede war und die so viele zu verteidigen schworen; alle Familien waren mehreres auf einmal oder glichen sich höchstens auf eine völlig andere Weise: keine war bloß ausgelassen oder bloß geizig, und die Geschichten, die zwei von ihnen fröhlich machten, hatten nichts gemeinsam.

Manchen hatte sie fortgehen sehen, um die Familie zu retten, und manch anderen, um sich vor ihr zu retten. Familien mit endlosen Gesprächen nach Tisch, die ebenso heil waren wie Familien, die sich ohne Worte liebten. (Ihre bestand zur Zeit nur aus drei Frauen. Ihr Herz zog sich zusammen, als sie an ihre kleine Schwester dachte, und weitete sich erst wieder mit der Zuversicht, dass sie ebenso gut auf sich würde aufpassen können wie sie selbst.)

Jede Familie entstand auf geheimnisvolle Art – um wieder das Land zu bevölkern, aus Nachlässigkeit, durch Gewalt, aus Langeweile –, und immer blieb es ein Geheimnis, in was jede einzelne sich verwandelte. Einmal war sie in den Streit eines unverheirateten Pärchens geraten. Die Frau war bis zur Telefonzentrale gelaufen, hatte sich hinter Makina verschanzt und parierte von dort aus die Anwürfe des Mannes. Es war ein stures, blindes Scharmützel, bis Makina begann, die jeweiligen Klagen zu übersetzen: Wenn dir meine Cousine besser gefällt, geh doch zu ihr. Sie sagt, ist ja wohl das Allerletzte, dass du's mit ihrer Cousine treibst. Was beklagst du dich, bin nicht anders, als du mich kennengelernt hast. Er sagt, er ist so, wie du ihn haben wolltest. Na, dann mach du dir auch nicht ins Hemd, deinen Freund kannte ich ebenfalls vorher. Sie sagt, glatt ist glatt, hat keine Beulen. Aber ihr hattet nichts miteinander, deine Cousine und ich dagegen, wir waren zusammen. Er sagt, eins ist eins und zwei ein Paar. Es geht nicht drum, dass ihr zusammen wart, sondern dass ihr's *seid.* Sie sagt, stell dich nicht blöd. Aber es war doch nur ein Küsschen, ein letztes. Er sagt, es war bloß zum Abschied. Ach, bei mir war's auch bloß zum Abschied. Sie sagt, warum soll sie's sein lassen, wenn du immer noch tüchtig auf die Pauke haust. Du sollst doch nichts sein lassen, es hat mich bloß getroffen, dass alle Welt davon erfährt. Er sagt, so eifersüchtig ist er gar nicht, aber du sollst es nicht übertreiben. Da schwiegen beide, und Makina stellte abschließend fest: Ich glaube, beide sagt ihr, dass ihr diskreter sein könntet. Eine Zeitlang dankten sie ihr für die Versöhnung, wann immer sie sie trafen. Dann verlor sie die beiden aus den Augen.

Auf dem Weg zur Militärbasis kam Makina an einem Gebäude vorbei, auf dessen Freitreppe viele Leute mit bunten Fahnen standen; ihr Schwung und ihre Eile waren verraucht, und so hielt sie an, um zu sehen, was es damit auf sich hatte. Da standen Pärchen Hand in Hand Schlange vor einem sehr feierlichen Mann, der zu ihnen sprach, und wenn er fertig war, weinten alle, und es regnete Reis, Beifall und Gejubel. Sie schlossen die Ehe. Makina war überwältigt von dem Ritual und seiner Schönheit, und so fiel ihr erst nach einer Weile auf, dass die Pärchen entweder aus Männern oder aus Frauen bestanden, nicht aus Mann und Frau, und als sie das bemerkt hatte, rührte es sie, wie viele Tränen da wie Blumen aus ihren Augen sprossen, so schwierig musste es gewesen sein, bis hierher zu gelangen, und sie dachte, so glücklich hätten die Leute sein sollen, die ich bei dieser Zeremonie gesehen habe. Sie verstand allerdings nicht, weshalb Ring, Standesbeamter und Trauzeugen so wichtig waren. Makina hatte immer bewundert, wie ungezwungen ihre so veranlagten Freunde waren, verglichen mit dem langweiligen Dünkel der vorgeblich normalen Ehe. Sie hatte geheime Botschaften weitergegeben, hatte ihre Wohnung für unstatthafte Liebschaften und ihre Kleider für Befreiungsmärsche zur Verfügung gestellt, hatte andere Arten von Liebe gesehen … Und jetzt waren sie beim Gleichen gelandet. Sie fühlte sich ein wenig verraten, aber was wusste sie schon davon. Womöglich, sagte sie sich, führen sie andere Ehen, gute Ehen, die halten, in denen die Väter nicht weggehen oder die Paare niemals aufhören, miteinander zu reden. Womöglich sind sie deshalb so glücklich und es macht ihnen nichts aus, die nachzuahmen, von denen sie immer verachtet wurden. Oder nein, sagte sie, womöglich brauchen sie bloß Papiere, irgendwelche, auch wenn sie damit nur den anderen gleichen wollen, womöglich werden die Leute es müde, anders zu sein.

Sie setzte ihren Weg Richtung Westen fort, und viele Ecken weiter machte sie noch eine Ansammlung von Fahnen aus, ebenfalls hübsch, aber schön in Reih und Glied und alle von gleicher Größe. Sie war bei den Soldaten.

7

DER ORT, AN DEM MAN MENSCHENHERZEN ISST

WARTE HIER, sagte der Soldat.

Während sie im Wachhaus am Tor auf den Nordler wartete, dessen Namen ihr der Schwarze gegeben hatte, fragte sich Makina, was sie tun würde, wenn man ihr die Nachricht überbrächte, dass ihr Bruder gestorben sei oder man keine Vorstellung habe, wo er sich aufhielt. Herr H. würde ihr vielleicht im Tausch gegen einen weiteren Gefallen unter die Arme greifen, aber das hieß, sich wieder auf Kanaillen einzulassen, im Tausch gegen eine unsichere Fährte. Und wozu die Polizei einschalten, bemaß sich das Glück doch daran, wie wenig die ahnte, dass man existierte.

Der Soldat kam ins Wachhaus zurück und setzte sich hinter den Schreibtisch. Er schlug eine Akte auf und vertiefte sich wieder in die Papiere, die er vor Makinas Ankunft gelesen hatte. Rasch schien ihm jedoch einzufallen, dass sie noch da war. Er blickte auf und sagte, der Soldat werde gleich kommen, dann las er weiter.

Ein paar Minuten später öffnete sich die Tür, und da stand in Uniform ihr Bruder.

Keiner von beiden erkannte auf Anhieb das Gespenst, das er vor sich hatte. Makina erhob sich, begrüßte ihn und setzte sogar schon zu Dankesworten und einer Frage an, bevor ihr auffiel, wie ungewöhnlich ähnlich der Soldat ihrem Bruder sah und wie eindeutig er sich von ihm unterschied; er war wie er selbst, die fliehende Stirn, die starren Haare, doch bleicher, kräftiger. Im selben Bruchteil einer Sekunde begriff sie, dass es ein Irrtum war und da ihr Bruder stand, aber auch, dass damit das Missverständnis nicht aus der Welt geschafft war. Sie hielt einen Moment lang den Atem an, stützte sich mit den Fingerspitzen einer Hand am Schreibtisch ab, um nicht das Gleichgewicht zu verlieren, und hob die andere, um die Erscheinung zu berühren, diesen Mann, nach dem sie nicht gefragt hatte. Er nahm sie beim Arm, sagte zum anderen Soldaten, bin gleich zurück, und trat mit Makina hinaus auf die Straße.

Eine Weile gingen sie schweigend. Sie wandten einander die Köpfe zu, mal er, mal sie, dann blickten sie wieder nach vorn, trauten ihren Augen nicht. Sie kämpften noch eine Zeitlang damit, was der eine dem anderen sagen sollte. Schließlich, den Blick nach vorn gewandt, begann er das Gespräch:

War es schwer, mich zu finden?

Einigermaßen, ich hab dich gefunden, als ich es nicht mehr drauf angelegt hatte.

Wie geht's der Cora?

Sie geht noch, sagte Makina. Ihr fiel die Botschaft für ihn ein, doch sie fragte stattdessen: Und das Stück Land?

Ihr Bruder lachte: Du warst schon dort, was?

Makina nickte.

Danach ging's von Gasse zu Gasse, von Keile zu Keile, sagte er, bis ich die Alte im Restaurant kennengelernt habe. Die hat mich mit Bouillon aufgepäppelt, damit ich wieder zu Kräften komme, für die Rückkehr.

Aber du bist nicht zurückgekehrt.

Nein, sagte er, ich bin nicht zurückgekehrt.

Der Bruder erzählte Makina eine unglaubliche Geschichte. Nach dem Reinfall mit dem Grundstück hatte er sich geschämt, zurückzugehen, und die Arbeit angenommen, die sich ihm bot. Die Frau hätte alles, ja mehr noch gegeben, damit er ihr half. Sie beherrschte die Latinozunge und erschöpfte an ihm alle Vokabeln des Flehens, die sie im Wörterbuch gefunden hatte. Sie nahm ihn mit nach Hause, stellte ihm ihren Mann vor, ihre kleine Tochter und, nachdem er endlich seine Zimmertür aufgemacht hatte, einen unwirschen jungen Kerl.

Ihm sollst du helfen, sagte die Frau. Aber du solltest erst die ganze Familie kennenlernen, die du retten wirst.

Er war ungefähr im selben Alter, gerade mal erwachsen. Auch er hatte, ohne die Familie zu befragen, etwas tun wollen, um sich als Mann zu beweisen, hatte sich von der Armee anwerben lassen, und in ein paar Tagen sollte er ans andere Ende der Welt geschickt werden, um gegen wer weiß was für Leute zu kämpfen, die wer weiß was für schreckliche Arten zu töten kannten. Er war volljährig, gebärdete sich jedoch wie ein Kind. Während der gespenstischen Stunde, die das Gespräch dauerte, presste er immer wieder Fäuste und Lippen zusammen und blickte erst auf, als alles geregelt war. In den nächsten Tagen sprach er Makinas Bruder mehrmals an, fragte ihn, wer er sei, woher er komme, ob er keine Angst habe, doch der beherrschte die Sprache nicht gut genug, um antworten zu können, nannte nur den Namen seines Dorfes oder das Wort, mit dem man dessen Bewohner bezeichnete und das nicht einmal ansatzweise sein voriges Leben erklärte, oder er sagte, nein, er habe keine Angst. Der Junge nickte und entfernte sich zögernd, als wollte er etwas sagen, wagte es aber nicht.

Die Abmachung war folgende: Makinas Bruder solle sich für den anderen ausgeben. Bei seiner Rückkehr werde die Familie ihm Geld bezahlen. Viel Geld, um genau zu sein. Außerdem dürfe er die Papiere des Sohnes behalten, samt Namen und Nummern. Sollte er nicht zurückkehren, würden sie das Geld seiner Familie schicken. Und dich, hätten sie dich auch zurückgeschickt?, fragte Makina. Davon war nicht die Rede, entgegnete er.

Er akzeptierte, ohne zu feilschen. Er würde mit dem mächtigsten Heer der Welt ziehen, das hielt er für eine ausreichende Garantie, heil zurückzukommen. Die Tage vor der Abreise verbrachte er bei der Familie. Sie ließen ihn die Antworten auswendig lernen, die er bei seinem Einstand zu geben hatte, brachten ihm die Unterschrift des Jungen bei, er prägte sich dessen Sozialversicherungsnummer ein, man setzte ihm Pfannkuchen und warme Milch vor, behandelte ihn gut. All die Tage schlief er im Zimmer des Jungen und fragte sich, weshalb jemand ein so weiches Bett verlassen wollte, sagte sich aber sogleich, dass wohl ein jeder etwas auf eigene Faust tun musste.

Im Morgengrauen, bevor es zur Kaserne ging, empfand er beim Erwachen entsetzliche Furcht, dachte daran, dass er an dem Tag in den Krieg ziehen würde, wusste jedoch, dass es kein Zurück gab, und er ging hin, antwortete auf das, was man ihn fragte, unterschrieb mit der Unterschrift, die er gelernt hatte. Die Militärs, die ihn prüften, bemerkten zweifelnd die Diskrepanz zwischen seinem Gesicht und dem Namen, zwischen seiner Furcht und seiner Verpflichtung als Freiwilliger, doch sie akzeptierten ihn. Und er zog in den Krieg.

Wie war es?, fragte Makina. Der Krieg.

Ihr Bruder wich der Frage mit einem Schulterzucken aus, doch die Geste verriet ihn: Als die Schultern wieder abwärtssanken, schienen sie das gesamte Skelett mit sich zu ziehen, und sein Blick bohrte sich spitz nach innen.

Wozu willst du das wissen, sagte er, du würdest es nicht verstehen.

Um dich zu verstehen.

Er holte Luft, hob plötzlich eine Hand und verwuschelte Makinas Haar, ließ die Hand wieder sinken und knetete sie mit der anderen, er nickte.

Es ist nicht wie im Kino, sagte er. Ich weiß schon, hier wirkt alles wie im Kino, aber dort ist es anders. Tag um Tag bist du eingesperrt, und nichts scheint zu passieren, bis du eines Tages hinausgehst, aber nicht weißt, gegen wen du kämpfst oder wo du ihn findest. Du erfährst nur plötzlich, dass dein Kumpel am Morgen gestorben ist, niemand wusste, woher die Kugel kam, oder dich erwischt halt eine Bombe, und niemand hat sie kommen sehen, sie war einfach da, hat auf dich gewartet. Dann muss man losziehen und die anderen suchen. Aber wenn man auf sie trifft, tun sie gar nichts, und man muss dran glauben, dass sie die Schuldigen sind, sonst dreht man durch.

Bist du verwundet worden?, fragte Makina.

Er schüttelte den Kopf und schürzte die Lippen, ohne Stolz, ohne Erleichterung.

Äußerlich habe ich keinen Kratzer abbekommen, sagte er. Als es zum Kampf kam, habe ich selbst massakriert, statt massakriert zu werden ... Manche finden schnell Geschmack daran. Ich nicht. Aber du weißt ja: Geweint wird besser drüben als hüben ...

Nach den Monaten, die sein Einsatz gedauert hatte, fand er sich wieder bei der Familie ein. Er verlangte nichts, ging nur hin, klopfte und ließ sich hereinbitten. Sie schauten ihn mit großen Augen an, erstaunt, dass er da war, lebendig und dekoriert: lebendig. Er merkte, dass es sie verstörte, ihn wieder vor sich zu sehen, als wäre er ein Fremder, der sie auf etwas ansprach, was nichts mit ihrem weißen Geschirr zu tun hatte, mit ihren weißen Laken, ihrem Familienwagen. Der Vater beglückwünschte ihn, bot ihm ein Bier an, dankte ihm im Namen des Vaterlandes und sagte dann stammelnd, wie schwierig es sei, das Geld aufzubringen, und wie kompliziert, die Identität des Sohnes zu benutzen, und ob Makinas Bruder nicht besser bei ihnen arbeiten wolle, um auf die Weise seine Papiere in Ordnung zu bringen, wenn das sein Wunsch sei. Doch die Mutter ließ ihn nicht ausreden. Sie sagte: Nein. Sagte: Wir halten, was wir versprochen haben. Aber jeder kennt ihn hier, entgegnete der Vater und meinte den Sohn. Dann ziehen wir woanders hin, sagte die Mutter. Wir ändern unseren Namen, erfinden uns neu, sagte sie.

Da sie geglaubt hatten, er würde nicht wiederkommen, hatten sie das versprochene Geld nicht parat; sie gaben ihm etwas, weniger, als er erwartet hatte, aber viel mehr, als er in der Zeit tellerwaschend oder tischabräumend hätte verdienen können. Und sie zogen fort.

Da kam ihnen ein Soldat entgegen, der Makinas Bruder ansprach.

Heute Abend werde ich in die Bar gehen, die man uns empfehlen wird, sagte er in Nordlerzunge.

Ach ja? Und wie war's?, züngelte ihr Bruder zurück.

Viele Frauen wird es da geben, hübsch werden sie sein, und alle werden auf die Uniform abfahren.

Wirklich? Hast du mit einer geredet?

Das werde ich, werde die ganze Nacht lang reden, sie wird mir ihre Nummer geben, ich werde sie ein wenig küssen.

First base, was? Schön für dich!

Danach werde ich mich ordentlich besaufen. Sie wird gehen, wird aber versprechen, dass wir uns wiedersehen werden.

Makinas Bruder lachte, klopfte dem anderen auf die Schulter, und der setzte seinen Weg zum Kasernentor fort.

Was war das?, fragte Makina.

Ein Landsmann, sagte er. Er hat sich auch anwerben lassen, spricht aber noch nicht die Sprache. Ich dagegen schon, jetzt übt er immer, wenn wir uns sehen. Einen Tag redet er nur in der Vergangenheit, einen Tag in der Gegenwart, einen Tag in der Zukunft, damit er die Verben lernt. Heute war die Zukunft dran.

Da war er. Eine unglaubliche Geschichte, aber da war ihr Bruder, kriegserprobt in Uniform, heil und lebendig. Auf einmal hatte er Geld und einen neuen Namen, aber keine Ahnung, was er anfangen, wohin er gehen sollte, welcher Weg der Person dieses Namens bestimmt war.

Ein Grundstück für uns gab es nicht, das weißt du schon, sagte er. Also hing ich in der Luft.

Er blieb stehen und dachte kurz nach.

So geht es, glaube ich, allen, die rüberkommen, fuhr er fort. Wir haben vergessen, weshalb wir hier sind, werden aber diesen Reflex nicht los, so zu tun, als müssten wir eine Absicht verbergen.

Warum kommst du nicht zurück?

Nein, jetzt nicht mehr. Ich habe für die hier gekämpft. Da muss etwas sein, wofür sie so verbissen kämpfen. Deshalb bin ich bei der Armee geblieben, ich versuche herauszufinden, was es ist.

Aber werden sie dich nicht ein zweites Mal losschicken?

Er hob Schultern und Hände: Wer weiß, wir werden sehen.

Sie waren wieder ans Kasernentor gelangt. Dort blieben sie schweigend stehen, bis er sagte: Ich muss rein.

Makina nickte. Sie wusste nicht, was sie noch sagen sollte.

Hast du genug für die Rückkehr?, fragte er nervös. Er zog die Brieftasche heraus, griff sich ein paar Scheine und gab sie ihr. Makina nahm sie mechanisch entgegen.

Ich muss gehen, wiederholte er.

Er beugte sich zu ihr und sagte, während er sie umarmte: Gib der Cora einen Kuss von mir. Diese Worte waren wie seine Umarmung, als umarmte er nicht seine

Schwester, sandte den Kuss nicht seiner Mutter, als wäre es bloß eine höfliche Floskel. Als risse, als operierte er ihr fein säuberlich das Herz heraus, um es in einer Plastiktüte im Kühlschrank aufzubewahren und später zu essen.

Ja, sagte Makina. Das sage ich ihr.

Ihr Bruder sah sie ein letztes Mal an, wie aus weiter Ferne, drehte sich um und ging in die Kaserne. Makina starrte noch lange auf das Tor. Dann zog sie den Umschlag hervor, den ihr die Cora gegeben hatte, nahm das Blatt heraus und las es.

Komm endlich nach Hause, stand dort in der Krakelschrift der Cora. Komm endlich nach Hause, wir erwarten nichts von dir.

8

DIE LAUERNDE SCHLANGE

SIE HATTE DIE KASERNE bereits hinter sich gelassen, da hörte sie: Du auch! Reih dich ein! Du auch! Sie wandte den Kopf und sah, dass ein entsetzlich bleicher Polizist mit dem Finger auf sie zeigte. Bist du taub? In die Reihe mit dir.

Auf einem leeren Grundstück, schwarz befleckt von Pfützen, kniete ein halbes Dutzend Männer und blickte zu Boden. Alle waren Landsleute oder schienen welche zu sein. Makina nahm ihren Platz neben ihnen ein.

Ihr denkt wohl, ihr könnt kommen und es euch gemütlich machen, ohne was dafür zu tun, sagte der Polizist. Dann will ich euch was verraten, wir Patrioten, wir passen auf, wir werden euch eine Lektion erteilen. Die erste lautet: Gewöhnt euch dran, euch einzureihen. Wollt ihr herkommen: angestellt und um Erlaubnis gefragt; wollt ihr zum Arzt: angestellt und um Erlaubnis gefragt; wollt ihr das Scheißwort an mich richten: angestellt und um Erlaubnis gefragt. Stellt euch an und fragt um Erlaubnis. So macht man das unter zivilisierten Leuten! Hier werden keine Mauern übersprungen oder Tunnel gegraben.

Aus dem Augenwinkel sah Makina, wie beim Sprechen die Zunge des Polizisten hervortrat, ganz rosig und spitz. Sie sah ebenfalls, dass er die Hand nicht vom Futteral nahm, auch wenn er die Pistole nicht zog. Auf einmal wandte sich der Polizist an den, der neben ihr kniete.

Was hast du da?

Er machte zwei Schritte auf ihn zu und wiederholte: Was hast du da?

Der Mann hielt ein winziges Buch in Händen und drückte es an sich, als der Polizist herankam. Ein wenig leistete er Widerstand, ließ es sich am Ende jedoch entreißen.

Ha, rief der Polizist, nachdem er einen Blick hineingeworfen hatte, Gedichte. Von wegen Facharbeiter, kein Geld, keine Papiere, aber Gedichte. Bist wohl ein Romantiker? Ein Dichter? Ein Schriftsteller? Werden ja sehen.

Er riss eine der hinteren Seiten heraus, legte sie auf den Einband, zog einen Bleistift aus der Brusttasche und gab alles dem Mann.

Schreib.

Der Mann blickte auf, begriff nicht, was man von ihm verlangte.

Schreiben sollst du, nicht mich anglotzen, Scheißkerl. Guck aufs Papier und schreib auf, warum du in der

Scheiße sitzt, warum dein Arsch in der Gewalt eines patriotischen Polizisten ist. Oder weißt du nicht, was du falsch gemacht hast? O doch, das weißt du. Schreib.

Der Mann setzte den Bleistift an und begann, einen Buchstaben zu malen, zitterte jedoch zu sehr. Der Bleistift fiel zu Boden, er hob ihn auf, versuchte es erneut. Er brachte kein einziges Wort zustande, nur ein fahriges Gekritzel.

Da riss ihm Makina Bleistift und Buch aus der Hand. Der Polizist schrie: Wer hat dir gesagt, dass ... Aber er verstummte, als er sah, dass Makina geradewegs losschrieb. Er wandte nicht den Blick von ihr, lächelte die ganze Zeit über hämisch, konnte seine Verblüffung jedoch nicht verbergen.

Makina schrieb, ohne lange nachzudenken, welches Wort besser passte oder wie die Botschaft klang. Sie schrieb zehn Zeilen, legte dann den Bleistift aufs Buch und ließ ihren Blick darauf ruhen. Der Polizist wartete ein paar Sekunden, sagte dann, gib her, nahm das Blatt und begann, laut vorzulesen:

Wir sind schuld an dieser Verheerung, wir, die wir eure Sprache nicht sprechen und nicht zu schweigen wissen. Wir, die wir nicht mit dem Schiff gekommen sind, die wir eure Hauseingänge verdrecken, die wir euren Stacheldraht durchbrechen. Wir, die wir euch die Arbeit wegnehmen, die wir begierig sind, eure Scheiße wegzuputzen, die wir so liebend gern Überstunden machen. Wir, die wir eure blitzenden Straßen mit Kochdünsten überfluten, die wir eine Gewalt hergebracht haben, die ihr nicht kanntet, die wir eure Heilmittel transportieren, die wir es verdienen, an Hals und Füßen gebunden zu werden; wir, denen es nichts ausmacht, für euch zu sterben, wie auch nicht? Wir, die wir weiß Gott was erwarten. Wir, die Dunklen, Gedrungenen, Schmierigen, Stummen, Dicken, Blutleeren. Wir, die Barbaren.

Der Polizist hatte mit tragender Stimme zu lesen begonnen, wurde jedoch immer kleinlauter in seiner Rolle, je näher er der letzten Zeile kam, die er fast in einem Flüstern las. Am Ende wandte er den Blick nicht von dem Blatt, als hätte er sich im letzten Punkt verheddert. Als er schließlich aufsah, schien seine Wut verraucht zu sein oder sein Interesse an den Gefangenen. Er zerknüllte das Papier und warf es hinter sich. Dann blickte er in eine andere Richtung, drehte sich um, sprach mit jemandem übers Funkgerät und zog ab.

Makina stand auf, sobald der Polizist fort war, aber die anderen hatten noch nicht begriffen, dass man sie nicht abführen würde. Sie blickten einander an, teils froh, teils argwöhnisch, sahen dann zu Makina, konnten ihr aber nichts mehr sagen, weil sie bereits losgegangen war, nur noch ihre Gestalt hob sich vor der Sonne ab.

9

DER ORT AUS OBSIDIAN, WO ES WEDER FENSTER GIBT NOCH LÖCHER FÜR DEN RAUCH

SIE KONNTE NICHT INNEHALTEN, musste weitergehen, auch wenn sie nicht wusste, wie sie zurückkehren sollte. Der Rhythmus, ihr bürdeloser Körper, ihr sanftes Schnauben trieb sie voran. Sie schritt schneller aus. Vor sich die fahle Sonne, lief sie durch graue Straßen, vorbei an Häusern, die sich alle glichen wie Schächtelchen in einem Schaufenster.

Sie gelangte zu einem Park, strotzend von Vögeln vor dem Schlafengehen; durchquerte ihn, nahm nicht den Gehweg, der ihn umrundete, und beim Laufen hinterließen ihre Füße – tapp, tapp, tapp – Spuren auf der Erde. Der Abend verschleierte sich, bis man nur noch bis zum nächsten Schritt sah, doch Makina hielt nicht inne: Sie lief schnell – tapp, tapp, tapp –, ließ sich von den Bäumen leiten, schwellend von Gezwitscher. Auf einmal hörte sie: Geh schön im Schatten, Schätzchen.

Sie drehte sich nach dem um, der da sprach, denn er hatte es in Latinozunge gesagt, und entdeckte auf einer Bank, ganz er selbst und doch so anders, irgendwie massiger, noch durchtriebener oder noch großnasiger, Chucho, der sie anlächelte. Zuerst sah sie die Glut, dann den Mann, der sie anfachte. Makina spürte, wie sie lächelte, verspürte aber kein Gefühl dazu, hatte die Empfindungen irgendwie abgeschüttelt.

Was tust du denn hier?, fragte sie.

Meine Arbeit, mich um dich kümmern.

Arbeitest du nicht für H.? Hier drüben sollte mir doch Herr Q. helfen.

Ich arbeite für den, der Jobs zu verteilen hat. Ich hab dich nicht aus den Augen gelassen, weiß, wo du warst, wie schlimm es dir ergangen ist.

Schlimm ergeht es einem überall, aber hier bin ich fremd, verstehe diesen Ort eben nicht.

Sei nicht traurig. Die hier verstehen ihn ebenso wenig, sie leben in ständiger Angst, dass ihnen das Licht ausgeht, als hingen wir nicht zwischen Blitzschlag und Blackout. Sei nicht traurig. Die brauchen uns. Sie wollen ewig leben und haben noch nicht gemerkt, dass sie dafür ihre Farbe und Zahl ändern müssen. Aber das geschieht bereits.

Chucho zog tief an seiner Zigarette. Dann sagte er: Und jetzt bist du hier, komm mit. Er stand auf, und Makina ging neben ihm her. Sie verließen den Park, drangen in ein kleines Gassenlabyrinth vor, das zu einer anderen Stadt zu gehören schien, und hielten vor einer engen, niedrigen Tür, hinter der nichts zu sehen war.

Geh rein, forderte Chucho sie auf.

Und was soll ich dort?

Da greift dir jemand unter die Arme.

Makina duckte sich, um hineinzupassen, und spürte beim ersten Schritt einen kalten Luftzug, der von unten kam, verspürte jedoch keine Kälte; drinnen begann, wie sie erkannte, eine Wendeltreppe. Sie machte sich an den Abstieg, drehte sich um, ob Chucho ihr folgte, aber der war am Eingang zurückgeblieben, schickte ihr einen Kuss hinterher, verschwand aus dem Türrahmen, und Makina erreichten noch die letzten Sonnenstrahlen. Dann stieg sie tiefer hinab. Nach vier Windungen gelangte sie zu einer weiteren Tür, vor der eine alte, hübsche Frau saß, ihre endlosen Fingernägel weißlackiert, das Gesicht bepudert, der Stoff ihres Kleides von einer Brosche in Schmetterlingsform zusammengehalten. Über der Tür befand sich ein Schild mit der Aufschrift *Entwandlung*. Sie versuchte sich zu erinnern, wie man in einer ihrer Sprachen für Entwandlung sagte, doch es fiel ihr nicht ein. Nur dieses Wort lag ihr auf der Zunge. Entwandlung. Die Frau zog zwei Zigaretten aus einem schwarzen Etui, zündete sie gleichzeitig an und reichte ihr eine. Makina nahm sie und ging durch die Tür.

Das Gewölbe wirkte wie das Zimmer eines Schlafwandlers: zugleich greifbar und fern, fast unwirklich, doch lebensnah. Viele Menschen waren dort, alle ruhig, alle rauchend, und obwohl man weder Luken sah noch einen Luftzug spürte, stank es nicht. Wie ein Lied aus früherer Zeit überkam sie die plötzliche Furcht, dass gleich etwas Schreckliches passieren würde. Etwas passiert gleich, etwas passiert gleich. Alles an ihr verkrampfte sich, aus Liebe zu ihrer Haut, doch bald löste sie sich wieder, eingelullt von diesem einen, deutlich hörbaren Klang im Gewölbe. Erst jetzt fiel ihr das auf: Es gab keine Musik, keine Gespräche, nur den Klang fließenden Wassers, nicht wie das in den Rohren, sondern wie das mächtige Strömen unterirdischer Flüsse, was ihr in Erinnerung rief, dass sie sich schon lange nicht mehr gewaschen hatte, und doch war sie nicht schmutzig, roch nicht schlecht – roch nach gar nichts.

Was passiert gleich, fragte sie sich.

Da sah sie, wie in der Menge ein großer, schlanker Mann in einer weiten Lederjacke auf sie zukam. Seine vorstehenden Zähne vergilbten ein mächtiges Lächeln. Vor ihr blieb er stehen.

Da, nimm, er hielt ihr eine Akte hin: Alles ist geregelt.

Makina nahm die Akte und sah hinein. Da war sie, mit anderem Namen, anderem Geburtsort. Ihr Foto, neue Nummern, neuer Beruf, neues Zuhause. Man hat mich gehäutet, murmelte sie.

Als sie aufblickte, war der Mann nicht mehr da, und kurz überfiel sie Panik, sie spürte eine Sekunde lang – oder viele: das konnte sie nicht wissen, denn sie hatte keine Uhr, niemand hatte eine Uhr –, dass das Aufbegehren all der Dinge, die mit all dem Neuen zusammenstießen, zu viel für sie war; doch eine Sekunde später – oder viele – spürte sie die Schwere der Ungewissheit und der Schuld nicht mehr. Sie dachte an die Ihren wie an die Umrisse einer lieblichen Landschaft, die verblasst, dachte an das Dorf, an das Großstädtchen, den Großmoloch, an ihre Farben, und sie begriff, dass das, was mit ihr geschah, kein Weltbeben war, begriff es mit ihrem ganzen Körper, ihrem ganzen Gedächtnis, begriff es wahrhaftig und sagte schließlich: Ich bin bereit. Und alle Dinge der Welt schwiegen still.

KÖRPERWANDERUNG

Für meine Mutter,
Irma Eugenia Gutiérrez Mejía

1

EIN PERFIDER DURST weckte ihn, er stand auf, wollte Wasser holen, aber der Spender war leer, dem Hahn entwich nur ein Fädchen feuchte Luft. Verdrossen blickte er auf den Drittelrest Mezcal auf dem Tisch und ahnte, dass der Tag furchtbar werden würde. Wie furchtbar er schon seit Stunden war, konnte er nicht wissen, furchtbarer als die kleine Privathölle, die er sich ersoffen hatte. Er beschloss, vors Haus zu gehen. Öffnete seine Wohnungstür, wunderte sich, dass auf dem Gang nicht die Ñora herumwirtschaftete, diese Señora, die hier lebte, seit die Villa noch Villa gewesen war und nicht zwei Etagen winziger Wohnungen für gestrandete Leute, öffnete die Haustür und trat hinaus. Ein einziger Schritt, und schon warnte ihn ein Stich im Rücken, dass etwas nicht stimmte.

Er wusste, dass er nicht träumte, denn seine Träume waren höchst gewöhnlich. Wenn er es schaffte, ein paar Stunden am Stück zu schlafen, hatte er Träume, aber so lebensechte, dass sie nicht zum Ausruhen taugten, schwache Abwandlungen seiner gewöhnlichen Wege, seiner gewöhnlichen Unterhaltungen, seiner ewigen Ängste. Manchmal fiel ihm das Gebiss heraus, der Rest war gewöhnlich. Nicht wie das hier.

Ein Summen, dann eine kompakte Masse Mücken, die eine Pfütze umwand, als wollte sie sie in die Lüfte heben. Nichts und niemand war zu sehen, keine Stimme, kein Geräusch auf der Straße, die zu dieser Zeit von Autos hätte überschwemmt sein müssen. Dann sah er genauer hin. Die Pfütze befand sich am Fuß eines Baums, als hätte sich jemand dort abgestützt und übergeben; die Mücken saugten kein Wasser auf, sondern Blut.

Auch Wind ging keiner. Meist blies er einem abends tüchtig um die Ohren, ein Lüftchen hätte schon jetzt wehen müssen, doch da war nur geballte Trägheit. Die Dinge wirkten gegenwärtiger, sich selbst überlassen.

Er schloss die Haustür, blieb einen Augenblick stehen, wusste nicht, was tun. Kehrte in sein Zimmer zurück, blieb auch dort stehen, musterte den Tisch, musterte das Bett, setzte sich darauf. Am unheimlichsten war, dass er nicht wusste, wovor er Angst haben sollte; er war es gewöhnt, mit Unerwartetem fertigzuwerden, aber auch das Unerwartete hatte seine Grenzen, man konnte darauf bauen, dass sich die Welt morgens beim Türöffnen nicht von Menschen entleert hatte. Als wäre er in einem Aufzug eingeschlafen und beim Aufwachen in einem Stockwerk gelandet, von dessen Existenz er nichts geahnt hatte.

Eins nach zwei anderen, dachte er, nachher sehen wir schon, was zum Teufel. Zuerst Wasser. Wasser. Er hob das Kinn, musterte wieder eingehend die Wohnung und sagte laut: Aber ja. Stand auf, ging mit einem Glas ins Badezimmer, hob den Deckel des Spülkastens und sah, dass er nur drei Fingerbreit voll war. Nachts war er zum Pinkeln aufgestanden, und der Tank hatte sich nach dem Ziehen nicht mehr gefüllt. Er kratzte am Boden herum, bekam aber nur ein halbes Glas zusammen. Der letzte Tropfen Wasser im Leib hatte sich gerade einen Punkt an der Schläfe gesucht, an dem er sich nach draußen bohren konnte.

Mist, sagte er, seit wann trau ich dieser Scheißbande?

Vor vier Tagen war die Litanei noch ein Scherz gewesen, jemand, der einen hinter der Tür erschreckt und gleich sagt: Keine Angst, ich bin's doch. Alle wussten Bescheid: Wenn überhaupt, war es bloß Kleinvieh, das diesen Mist machte. Die Krankheit hatte mit einem Viech zu tun, und das Viech beschränkte sich auf ungesunde Viertel. Das Problem löste sich per Zeitungsschlag gegen die Wand. Bei wem es nicht zur Zeitung reichte, der nahm die Schuhsohle, man musste den Leuten nicht bei jeder Lappalie unter die Arme greifen, sonst bildeten sie sich noch etwas drauf ein, beschissen dran zu sein. Das ist nur der Hunger!, hielt man inzwischen jedem vor, der nieste, hustete, Übelkeit spürte oder auch nur aua sagte.

In der Villa war nur das untere Stockwerk bewohnt und nur der anämische Student wirklich erschrocken. Nach den ersten Warnungen hörte man ihn zur Tür laufen, wo er durch den Spion spähte, wenn jemand das Haus betrat oder verließ. Die Ñora ging sehr wohl hinaus, um die Nachbarn im Auge zu behalten. Auch die Dreimalblonde war an einem Morgen mit ihrem Freund ausgegangen. Der Gedanke verstörte ihn, dass die Dreimalblonde so nah war, dass sie nur eine Wand und ein paar Fliesen entfernt schlief, aufwachte und duschte, dass sie ihren Leib in winzige Größen zwängte und der Sliprand ihm zulächelte, wenn sie sich entfernte. Die Dreimalblonde nahm nie Notiz von ihm, auch nicht, wenn sie einander an der Haustür begegneten und er Entschuldigung oder Nach Ihnen oder Bitte sagte, außer ein einziges Mal, als sie mit dem Freund zusammen gewesen war, da hatte sie sich kurz umgedreht, ihn sogar angelächelt.

Aber was konnte er schon erwarten, wenn er doch jeden Anzug ruinierte, kaum hatte er ihn angezogen. So hübsch er im Schaufenster ausgesehen hatte, sobald er an seinem Gerippe hing, verknitterte er, wurde schlaff, verlor jeden Reiz; der Geruch nach Arrestzelle ruinierte ihn. Oder die Dinge begriffen rasch, dass sein Leben wie eine Bushaltestelle war, einen Moment lang willkommen, aber keine dauerhafte Bleibe. Und ihr gefielen Lover wie der, der sie besuchen kam: ein nach hinten geschniegelter Angeber, vier Hemdknöpfe offen, damit man die goldene Madonna baumeln sah. Der Lover grüßte ihn, wie jemand, der beim Betreten einer Bar ein Trinkgeld gibt, damit man ihm extra starke Drinks mixt.

Während der letzten vier Tage hatte die Botschaft gelautet: Nur die Ruhe, alle die Ruhe, wird schon nicht schlimmer. Diese angespannte Ruhe des Argwohns hatte er selbst in einem Bus miterlebt. Ein fliegender Händler war eingestiegen, um Gel für Luftblasen zu verkaufen. Er blies die Flüssigkeit durch einen Ring, und kleine Sonnensysteme schwebten durch den Bus, zitterten, hingen in der Luft, ließen sich auf einem Körper nieder, ohne zu zerplatzen. Blasen aus Gel, sagte er, halten länger als einfache Seifenblasen, man kann mit ihnen spielen, und er fischte sich mit den Fingerspitzen mehrere Blasen, schwenkte sie, machte ein Büschel daraus und blies. Einem Kerl zerplatzte eine an der Stirn, und in dem Moment, schien es, fiel bei allen der Groschen, dass die Blase voll Luft und Speichel aus fremdem Mund war. Eisige Panik verzerrte die Gesichter im Bus, der Kerl stand auf und sagte: Verpiss dich. Der Verkäufer stammelte: Was ist, mein Freund, nun hab dich nicht so, aber der andere hatte ihn schon beim Wickel, zerrte ihn am Pullover, der Fahrer drosselte die Geschwindigkeit – ein klein wenig – und öffnete die Tür, damit der Mann den Verkäufer samt Fläschchen auf den Gehweg befördern konnte. Dann machte er zu und beschleunigte. Niemand sagte etwas. Auch er nicht.

Da hatten sie sich noch einreden können, einer Gefahr entronnen zu sein. Doch die Nachrichten von gestern Abend waren keine bloßen Schreckschüsse mehr. Von einem zum andern sprang die Geschichte, dass in einem Restaurant zwei Männer, die sich nicht kannten, Blut gespuckt hatten und fast gleichzeitig über dem Tisch zusammengebrochen waren. Die Regierung fühlte sich zu folgender Erklärung bemüßigt: Wir glauben, dass die Epidemie – das Wort fiel jetzt zum ersten Mal – eine Spur aggressiver sein könnte als angenommen und dass sie nur über einen Moskito – einen *ägyptischen* Moskito, betonten sie – übertragen wird, doch in einigen wenigen Fällen lief es anscheinend auf anderem Weg, und um ausschließen zu können, was sich nur ausschließen lässt, machen wir lieber alles dicht, aber, Leute, kein Grund zur Sorge, die klügsten Köpfe haben wir angesetzt auf was immer es sein mag, und dann gibt's ja noch die Krankenhäuser, aber na ja, für alle Fälle bleibt lieber brav zu Hause, küsst niemanden, berührt niemanden, haltet Mund und Nase schön bedeckt und meldet jedes Symptom, aber vor allem: keine Sorge. Was vernünftigerweise so verstanden wurde: Wer sich nicht einschließt, ist im Arsch, da scheint jemand richtig sauer auf uns zu sein.

Er öffnete wieder die Haustür der Villa, trat zwei Schritte hinaus, und wieder stieß ihn die Straße zurück, die geballte Leere. Millimeter für Millimeter bog sich sein Skelett nach vorn, voll Beklemmung, Mist Mist Mist, was mach ich jetzt, als er etwas am Hals spürte, zuschlug und auf seiner Hand Insektenblut sah. Er wich zurück. Warf die Tür ins Schloss und starrte auf seinen Handteller, fasziniert.

Was ist los?, hörte er hinter sich. Er drehte sich um und sah die Dreimalblonde am anderen Ende des Gangs. Sie beugte sich aus ihrer Wohnung, hielt sich mit einer Hand am Türrahmen fest.

Er machte zwei Schritte in ihre Richtung und wischte die Hand an der Hose ab.

Was ist das?, fragte sie.

Schmiere.

Die Dreimalblonde entspannte sich leicht und fragte noch einmal.

Was ist draußen los?

Nichts, entgegnete er. Und zwar buchstäblich.

Sie nickte. Wahrscheinlich hatte sie die Nachrichten gesehen und nicht gewagt, ihnen Glauben zu schenken.

Guten Morgen, sagte er.

Der Morgen ist vorbei, erwiderte die Dreimalblonde. Sie blinzelte den Boden an, vollführte eine Geste stummen Unmuts und sagte: Mein Handy hat kein Guthaben mehr.

Ich übertrage dir was von meinem, sagte er sofort, als triebe ihn die Schwerkraft dazu, derlei Dinge zu sagen, sobald er eine Frau vor sich hatte.

Die Dreimalblonde trat zur Seite, und obwohl sie die Transaktion im Gang hätten erledigen können, wies sie mit einer Kopfbewegung in ihre Wohnung. Die strotzte nur so vor gutem Geschmack: ein dunkelviolettes Zweiersofa, ein Poster mit noch einer Blonden auf einem Sessel, der dem Sofa glich, ein blauer Teppich. Er bat sie um ein Glas *mit* Wasser, bestimmt gehörte sie zu denen, die Wert auf solche Details legten, aber sie sah ihn nur verwundert an, als er das sagte.

Sie erledigten ihren Zeit-Deal, sie wandte ihm den Rücken zu und telefonierte.

Der Dreimalblonden kniff die Hose in jede Hautfalte. Er starrte sie an wie ein Schaufenster, mit der verdammten Gier, sie verschlingen zu wollen, sich mit Schenkeln, Rücken, Zunge vollzustopfen und die Knöchelchen einpacken zu lassen. Zitternd zog er ihr in Zeitlupe die blauen Pants herunter, aber nein, er rührte keinen Finger, er beroch ihren Nacken, küsste die dreimal blonden Nackenhaare, aber nein, er hielt immer noch die Hände verschränkt, wie der Kavalier mit dem schlaffen Grünzeuggesicht, den er zu geben verstand. Sie sagte ins Telefon: Was wird schon passieren, sterben wir etwa alle oder was? Warum kommst du dann nicht? Du hast doch ein Auto, bist mit keinem in Kontakt … Ach, und niemand kann bei ihnen bleiben? Hör zu, du musst jetzt kommen, später wird's nur noch schlimmer, dann bist du auf immer und ewig mit deiner Mama und deinen Schwestern eingesperrt, ja, ich weiß, ich weiß, ja, es ist bald vorbei, na gut, ja, ich liebe dich auch, Küsschen.

Sie drehte sich um und sagte: Er kommt nicht.

Nun hätte er sich verabschieden müssen, sagen: Gern geschehen, obwohl sie sich nicht bedankt hatte, und gehen. Aber seinen Willen hatte er sich nur gepumpt.

Sehen wir fern, sagte sie und ging ins Schlafzimmer.

Er warf einen Blick hinein, wagte sich nicht über die Schwelle. Das Zimmer war sehr rosa, sehr kissengepolstert. Sie setzte sich auf den Bettrand, schaltete den Fernseher ein und klopfte auf die Decke. Komm.

Auf einmal lief ihm der Speichel zusammen, sein Mund war nicht länger eine Wüste mit kreisenden Geiern über der Zunge, sondern eine überschwemmte Straße, ein überlaufender Rinnstein. Er gehorchte und schärfte sich ein, stockstill zu bleiben. In den Fernsehnachrichten war vom Luftmonster die Rede. Dessen Körper war eine schwarze Kugel, schillernd gestreift, sechs endlos lange, haarige Beine krümmten ihn zum Buckel, dahinter ein rundes Köpfchen mit Fühlern, die in den Raum griffen, zwei schlauchförmige Münder. Ein echter Scheißkerl, hieß es.

Sieht wildentschlossen aus, was?, sagte sie. Er nickte und schluckte den angestauten Speichel hinunter. Dann sagte er: Aber wer weiß, ob sie den Richtigen erwischt haben, kann sein, die haben sich nur einen zum Herzeigen geschnappt und halsen ihm die Toten eines andern Viechs auf.

Es war ein Scherz, aber die Dreimalblonde sah ihn mit aufgerissenen Augen an und sagte: Mann, du hast recht, da kam ein wahres Wort aus deinem Mund.

Sie war restlos überzeugt. Womöglich hatte er tatsächlich recht.

Da fiel der Strom aus. Wie bei ihm drang in die Wohnung der Dreimalblonden kein Licht von der Straße, sie wohnten hinten in der Villa, und auf einmal war es stockfinstere Nacht. Sie sagte: Huch, und schwieg dann, beide schwiegen sie, ein sinnliches, stillschweigendes Schweigen. Du musst nichts tun, musst nicht posieren, sie auch nicht von der Seite ansehen wie durch die angelehnte Tür, bleib einfach nur sitzen, im Bewusstsein, dass du sie auf Kussweite hast, auch wenn es niemand erfährt und du es nicht beweisen kannst, reine Glaubenssache.

So war es also, nicht immer den nächsten Augenblick im Sinn zu haben, immer den nächsten und nächsten, so war es also im Mutterleib, zusammengerollt, ohne darauf zu warten, dass das Licht kam. Erschreckend wie ein Wunder sagte sie: So müssen wir gewesen sein, bevor wir Babys waren, was? Stumme Larven im Dunkeln.

Er antwortete nicht. Ihre Stimme hatte ihn zurück auf

die Bettdecke des kissengepolsterten Schlafzimmers gebracht. Wieder wollte er sie berühren, und wieder fehlte ihm jemand, der ihm den Willen lieh.

Willst du was trinken?

O ja, ein Wodka wäre prima.

Ich habe Mezcal.

Er ahnte, dass sie die Lippen verzog.

Na gut. Man muss alles mal probiert haben, was?

Sie standen vom Bett auf, und sie fasste ihn mit einer Hand am Arm, mit der anderen am Rücken.

Fall ja nicht hin, wer soll dich hochkriegen, wenn du mir umkippst? Er ließ sich langsamer als nötig führen, um sie länger zu spüren. Sie öffnete, und am Ende des Gangs erschien das Lichtrechteck des Haustürfensters.

Bin gleich wieder da.

Ohne zu taumeln, erreichte er in seiner Wohnung den Tisch, griff sich die Flasche und fand mit der Geübtheit dessen, der oft mit Blähungen nach Hause kommt, die Tequilagläser. Bevor er zurückkehrte, ging er ans andere Ende des Gangs und blickte hinaus. Die Moskitos hatten von der Pfütze abgelassen, und was er für Blut gehalten hatte, war in Wirklichkeit ein schwarzer Film darauf. Ihm fiel ein, dass er an den Tagen zuvor mehrere Pfützen mit einer weißlichen Membran gesehen hatte, das hier war die erste in Schwarz.

Die Stadt lag immer noch stumm, besetzt von hinterhältigen Insekten.

Auf dem Rückweg orientierte er sich an der kleinen Hölle des Gasherds. Die blauen Umrisse zeigten die Dreimalblonde dabei, wie sie Käse, Tomate und Chipotle-Schoten schnitt.

Essen wir einen Happen, sonst rede ich beim Trinken noch Unsinn.

Sie wendeten die Tortillas hin und her, rollten sie, aßen im Stehen. Dann gingen sie zum Trinken über.

Warum besucht dich nie jemand?, fragte sie.

Sollen sie alle draußen bleiben, entgegnete er, der Mezcalito und ich hier drinnen, wir reden nicht über den Job.

Einsame werden verrückt, erwiderte sie.

Es war ihm immer wie ein Wunder vorgekommen, wenn jemand seine Gesellschaft suchte. Vor allem Frauen, Männer halten sich sogar an Steine. Als er mit dem Vögeln angefangen hatte, konnte er es kaum fassen, dass die Frau nicht irrtümlich in seinem Bett lag. Manchmal verließ er das Zimmer, sah hinein, wieder und wieder, konnte nicht glauben, dass eine nackte Frau dort drinnen war und auf ihn wartete. Weshalb nur. Mit der Zeit fand er heraus, dass es sein Dreh war, unter der Flagge des Schwachkopfs zu segeln und dann sein Mundwerk einzusetzen. Schwatz und Schwanz, Schwatz und Schwanz, jawohl. Einmal hatte ihm ein Mädchen etwas gestanden, was seine Freundin Vicky, die Krankenschwester, ihr als Warnung vorausgeschickt hatte, bevor sie sie einander vorstellte: »Schau ihn dir an, und wenn er dir nicht gefällt, sprich nicht mit ihm, sonst willst du doch mit ihm vögeln.« Das Beste, was man je über ihn gesagt hatte. Es war ihm einerlei, wenn sie nachher nicht wiederkamen oder selten. Es störte ihn nicht, zum Wegwerfen zu sein.

Die Dreimalblonde erzählte ihm von ihrer Familie, von einem Bruder, den sie nie sah, weil er soff, schnupfte und schreckliche Dinge sagte, wenn er zugedröhnt war; von ihrer Mutter, die ihr Jungs aus der Arbeit vorstellte, Kanaillen allesamt. Leute gab's, die gab's gar nicht, und sie beschrieb ihm die entscheidenden Details: ein Anwalt aus dem Büro, der sich nach dem Essen die Serviette in den Mund steckte, sich über dem Zahnfleisch putzte, dann die Serviette zurück auf den Tisch legte, oder ein Kerl, der einfach nicht ruhig dasitzen konnte, sie sich alle naselang umpackte und sagte: Was hab ich für ein stolzes Paar Eier.

Kannst du dir das vorstellen?, sagte sie. Leute gibt's, die gibt's nicht.

Seine Art Leute, mit denen er tagtäglich zu schaffen hatte, seine Leute untereinander, seine Leute. Was für ein Wunder also, wie seltsam, so nah bei ihr zu sein, wo wir von so unterschiedlicher Gemeinheit sind, dachte er. Während die Dreimalblonde sprach, entschlüpften mangels Straßenlärm dem Haus überall Echos, und zeitweise hatte er das Gefühl, dass es nun wirklich nichts anderes mehr gab als Zeit, ein wohliges Kribbeln fuhr ihm in den Bauch, und eine Geduld überkam ihn, die er nicht von sich kannte. Aber dann erzählte sie von ihrem Freund, als wäre das ein Mann, der ganz anders war als alle anderen: Wenn du nur wüsstest. Er nahm ein Geräusch draußen zum Anlass, um zu sagen, bin gleich wieder da, und sich zum Gang aufzumachen.

Er öffnete die Tür. Da war der anämische Student, geduckt, bleich, die Stirn permanent mit Haaren verklebt, als wüsche er sich mit Schmutzwasser. Bestimmt war er seit Tagen nicht draußen gewesen, und jetzt hatte ihn der Geruch der Quesadillas erreicht. Er überlegte kurz, ob er ihm sagen solle: Immer herein, mein Freund, gleich machen wir dir was, aber dafür hätte er ein anderer Typ sein, in einem anderen Moment auftauchen müssen, und so sagte er bloß: Ab nach Hause, Sie holen sich noch den Tod. Er schloss die Tür und ging zurück zur Dreimalblonden. Haha.

Die Dreimalblonde hatte ein paar Duftkerzen hervorgeholt und es sich im kleinen dunkelvioletten Wohnzimmer bequem gemacht. Er goss ihr noch einen Mezcal ein, sie stießen an, den Blick aufs Tequilaglas gerichtet, wie es sich gehörte – was sollte das In-die-Augen-Schauen, als hätten wir einander bereits weh getan –, und er kippte ihn in einem Zug hinunter. Loyal, der Mezcal, das destillierte Dreckszeug wusch einem das Dreckszeug innen aus. Er füllte das Glas auf dem Couchtisch erneut und nahm den dritten. Der Schnaps machte ihn zu einem besseren Mann: Seine Zähne wurden weiß, sein Knochengestell robust, sein Haar glatt, als wäre es nicht steif und stur. Sie brauchte ihn nicht, sie war rotwangig und anmutig ohne Getrickse, doch auch sie stürzte ihn in einem Zug hinunter. Ich dachte, das sei so ein seifiges Gesöff, wo man es doch aus toten Würmern macht, sagte sie, und er: Nein, den Wurm tun sie rein, damit der Schnaps Leben bekommt.

Das ist wohl wie die Nase vom u, sagte sie.

Hhmm?

Das u hat doch zwei Punkte, wenn es nach e klingt, oder?

Der Umlaut.

Die Nase vom u. Nach einem q zum Beispiel atmet das u nicht, bloß, wenn es weit weg vom q ist, bei ihm braucht es keine Nase. Aber ich tupfe sie ihm immer drauf.

Sie malte den Buchstaben in die Luft und die Pünktchen darüber.

So.

Er schenkte ihr nach, und diesmal blickten sie einander vor dem Prösterchen an. Sie funkelte wie nasses Pflaster. Vielleicht war sie die letzte Frau seines Lebens. Das sagte er sich immer, weil er wie alle Männer nie genug bekommen konnte und, wie alle Männer, überzeugt war, dass er es verdient hatte, noch einmal zu vögeln, bevor er starb.

Von draußen drang stumpfes Schweigen herein. Auf der Straße walzte die Leere die Stunden platt, die im Haus trieben Mezcalblüten, doch der Mezcal ging zur Neige.

In seiner Wohnung war noch eine Notflasche. Aber was, wenn sich der anämische Student neben der Tür zusammengerollt hatte, in der Hoffnung, dass man ihm eine Tortilla hinwarf. Er beschloss, zu warten, bis sich der Scheißkerl in seine Hundehütte verzog.

Manchmal schaue ich um Mitternacht auf die Straße, sagte die Dreimalblonde. Wenn wenig Lichter an sind, kann man die Sterne sehen. Jetzt ist ans Rausgehen nicht zu denken.

Auch er blickte oft nach oben, in den Nächten, die dann im Suff über einer verlassenen Stadt dämmerten. Aber er sprach es nicht aus, sie hätte ihm nicht geglaubt.

Wie war das doch gleich mit deinem Herzallerliebsten, sagte er, und sie: Nun sei nicht gemein.

Er ist anständig, sagte sie, mein erster echter Freund.

Sie erzählte, wie sie ihn auf einer Party kennengelernt hatte, er hatte gerade die Ehre eines Mädchens verteidigt, das von ein paar Besoffenen belästigt wurde, und sie hatte sich vom Fleck weg verliebt. Ja, er war schon ein kleiner Aufschneider, ja, manchmal wurde er laut mit ihr, und ja, er war ziemlich eifersüchtig, trank bisweilen zu viel und hegte zu sehr seinen Bronco.

Wer ist sein Bronco?

Sein Auto, was sonst, stell dich nicht dumm.

Sein Auto hat einen Namen?

Aber ja, er hegt und pflegt ihn. Doch wenn wir allein sind, ist er die Zärtlichkeit selbst; wenn du wüsstest.

Du liebe Güte, kleines Großmaul alias Zartfinger.

Etwas tastete in der Luft nach einer Kerze, beleuchtete auf einmal die Schulter der Dreimalblonden, und er sah, dass sie sich pellte. Unwillkürlich streckte er die Hand aus und zog sanft an einem Hautfetzen.

Letzte Woche waren wir am Strand, sagte sie und ließ es geschehen, als berührte er sie gar nicht.

Mit der anderen Hand drehte er sie ein wenig zu sich und zog ganz langsam Schuppen welker Haut ab.

Hui, wie gut sich das anfühlt, sagte sie. Immer weiter.

Er machte weiter, innerlich immer schneller, äußerlich immer hingebungsvoller, mit einem leichten Zittern, das er bezähmte, indem er die nächste Hautkrone fixierte. Dann aß er sie auf. Er zog einen Fetzen ab und steckte ihn in den Mund. Sie wandte leicht den Kopf, musterte ihn aus dem Augenwinkel, und sagte: Ganz schön durchgeknallt, was? Er sagte: Hhmm, und machte weiter.

Auf dem linken Schulterblatt entdeckte er eine Narbe, eine beidseitig nach oben gekrümmte Linie, recht tief. Er fuhr sie mit dem Finger entlang.

Woher kommt die?

Mein blöder irrer Bruder ist mal durchgedreht, als wir klein waren, wollte mich mit einem Löffel erstechen.

Mit einem Löffel?

Ich sag ja, ganz schön irre.

Er nahm vorsichtig den Finger von der Narbe, als fürchtete er, sie abzulösen, und küsste sie. Sie bog den Rücken. Er streifte ihr die Träger von den Schultern, und bevor er weiter an ihr pellte, fuhr er mit zwei Fingerspitzen über ihren Wirbelgrat. Er beugte sich nicht mehr vor, um die Hautfetzen abzuziehen, rückte so nah heran, als hätte er winzige Ärmchen und müsste sich an sie drängen, um sie zu erreichen. Während er einen weiteren Fetzen abzog, fast schon den Rücken umrundet hatte, schob er die Hand hinab zu ihrer Hüfte und zog sie sanft näher. Zum ersten Mal spürte er, wie sie sich anspannte.

Wir kennen uns kaum.

Er hielt die Hände still, nahm sie jedoch nicht weg, minderte auch nicht den Druck an ihrer Hüfte.

Das ist ja das Gute, sagte er.

Noch bevor er weitersprach, spürte er schon wieder die Kanaille in sich: die Kanaille alias den Romantiker.

Das ist ja das Gute, denn solche Zärtlichkeit braucht man, stell dir vor, wie die Welt aussähe, wenn wir uns alle streicheln würden anstatt einander umzubringen. Wie viele Leute fügen sich Böses zu, ohne zu wissen, wem sie einen Schuss verpassen?

Das glaubte er, glaubte es tatsächlich, und doch war er eine Kanaille, weil die Worte wie Schmiergeld waren, das man einem Bullen bezahlt. Aber die Gelegenheit durfte er sich nicht entgehen lassen. Dennoch war er eine Kanaille.

Die Dreimalblonde wandte sich zu ihm und sah ihn an, als hätte er etwas Unverzeihliches gesagt. Zitternd musterte sie ihn ein paar Sekunden, zog ihn am Nacken und küsste ihn, steckte ihm die Zunge hinein, ließ sie über seine gleiten, als prüfte sie einen neuen Besitz, es war mehr das Markieren eines Terrains als ein Kuss, und er, der schon auf hundert war, wusste nicht, was tun, doch seine linke Hand, die sich zusammen mit ihrer Hüfte gedreht hatte, und seine rechte Hand, die auf ihrem Bauch zu liegen gekommen war, halfen seinem taumelnden Willen auf die Beine. Er schob die Hände unter den Stoff und entdeckte die Titten. Sie waren nicht, wie er sie sich vorgestellt hatte, mit Hand und Hirn, so oft, nie sind sie, wie man sie sich vorstellt, sie waren kurz und spitz, eine leicht nach innen geneigt, als verlangte sie, von ihm gesaugt zu werden, und während er gehorchte, wurde er überrascht davon, dass die Dreimalblonde ihm das Hemd auszog. Dass auch sie wollte.

Er wechselte von einer zur anderen, verzweifelt, nicht an beiden zugleich saugen zu können, begann, weiter unten zu lecken, den fast unsichtbaren dreimalblonden Flaumpfad entlang, der in der Hose verschwand; er knöpfte sie auf, aber bevor er ihr die Hose auszog, wanderte er mit der Hand unter den Tangabund, um den Kräuselflaum zu spüren. Er stand auf, voll Angst, dass sie im Bruchteil einer Sekunde zögern könnte, und zog sich ebenfalls die Hose aus, doch da streichelte sie schon seinen Magen mit der Fußspitze. Er legte alles ab bis auf die derben Unterhosen, kniete sich hin, und als er ihren Slip zur Seite schob, hörte er die Dreimalblonde fragen: Wie heiße ich?

Er blickte auf, jonglierte blitzschnell mit einem halben Dutzend schwachsinniger Antworten.

Du weißt auch nicht, wie ich heiße.

Das ist nicht das Gleiche, du Böser.

Er war so geistesgegenwärtig, seine Finger während der Debatte weiter zu bewegen, und am Ende sorgte sich die Dreimalblonde nicht länger um Namen, er ließ seine Zunge spielen, wie die Zunge spielt, wenn man keine Worte von ihr verlangt. Sobald er spürte, dass er nicht mehr um Erlaubnis bitten musste, streifte er ihr den Tanga ab, zog sich ganz aus und schob sie an den Hüften näher, doch sie sagte: Und das Kondom?

Das verdammte Scheißkondom. Er selbst hatte sich das gefragt und geantwortet: Jetzt nicht, jetzt nicht nerven.

Er fuhr wieder in die Hose, sagte: Rühr dich nicht.

Barfuß trat er auf den Gang. Der anämische Student war nirgends zu sehen.

Er ging in seine Wohnung und wiederholte dabei das Mantra des fleißigen Geilen:

Bitte, bitte, bitte
Dieses trunkene Ich
Dieses schwachsinnige Ich
Dieses Ich, das nie nie nie weiß, wo es was hingetan hat
Soll eins aufgespart haben
Eines wenigstens
Ob geschmiert oder geriffelt
Farbig oder mit Geschmack
Extralang, extraeng
Bitte
Heiliger Heiliger der Geilen
Gib mir ein Kondom

Doch er wusste, da war keins. Er hatte das Gebet schon letztes Mal angewendet, vor Monaten, und hatte noch eins unter dem Bett gefunden, strahlend wie ein Volksheld. Das letzte. Die Zeit der Helden oder Wunder war vorüber. Der Schrecken, der ihm so viele Stunden der Intimität geschenkt hatte, zeigte nun die böse Seite seines Gesichts. Los, lauf zum Laden, du Casanova.

Fast gegenüber war eine Apotheke, die ein älteres Pärchen führte, das Kondome und Monatsbinden immer noch in Packpapier einwickelte, damit der Kunde sich auf der Straße nicht zu schämen brauchte, aber auf dem geistigen Schnappschuss dieses Morgens war der Metallrollladen geschlossen. Trigonometrisch vermaß er im Kopf das Viertel, ortete die Läden und Apotheken der Nachbarschaft und sagte sich: Ich spring schnell raus, wär ja noch schöner, verdammt. Er verließ seine Wohnung, und bevor er die der Dreimalblonden betrat, sah er, dass aus der Tür am Ende des Gangs der anämische Student aus leuchtend-glasigen Glupschaugen nach ihm sah.

Die Dreimalblonde lag immer noch auf dem Zweiersofa, betrachtete die Schatten der Kerze an der Decke. Er wiederholte, was er sich selbst gesagt hatte:

Ich spring schnell raus, um die Ecke ist eine Apotheke.

Sie richtete sich auf dem Polster auf.

Nein, nein, nein, du wirst doch nicht rausgehen, bei dem Mist da draußen, so dringend ist es auch wieder nicht.

Offensichtlich kannte sie ihn nicht. Unter anderen Umständen hätte er nicht auf sie gehört, aber augenblicklich war der Umstand weniger die Epidemie, sondern die Dreimalblonde, die nackt vor ihm lag und darauf bestand: Komm. Damit hatte er zu tun, nicht mit Apotheken oder Kondomen: mit dem Eingeschlossensein und einer Frau, die ihn rief.

Ich ergebe mich, wie die Ringkämpfer, sagte er. Er trat näher und stürzte sich heißhungrig über ihre Zunge, und während er sich wieder auszog, sagte sie: Hier ist es unbequem, und nahm ihn mit ins Schlafzimmer, wo sie ihn erst nur ihre gepellte und dreifach straffe Haut anbeten und er die Lippen über sie wandern ließ und die Finger ins Innere, doch dann bot auch sie jede Menge Mund für seinen Schwanz, ganz ohne Schwatz; sie wälzten sich, kneteten knochige und fleischige Rücken, runde und schmale Hintern, bis sie sich, wie er da mittendrin lag, so warm und bereit anfühlte, dass er eindrang. Es war der Mühe, jeder Mühe wert, zu spüren, wie sie vom Zentrum ihres Körpers aus an seinem Schwanz zog, wenn auch nur für einen Augenblick. Er tat es schnell, und doch konnten in der Zeit eine Million Epidemien über verlassene Städte hinwegziehen, in denen nur ein tiefes Stöhnen zu hören war, und wieder sah sie ihn an, als hätte er etwas Unverzeihliches getan, dem sie für einen ewigen Augenblick keinen Einhalt gebieten wollte. Sie hielt ihn fest mit Schamlippen, Beinen, Fingernägeln und sagte dann mit kaum hörbarer, doch fester Stimme: Raus.

Er glitt hinaus und rollte neben sie. Bestimmt würde sie ihn vor die Tür setzen, und er sagte sich, was er bei anderer Gelegenheit schon oft gedacht hatte: Alles Gute ist ein Stück von etwas Schrecklichem. Aber anstatt ihn anzuschreien, streckte sie die Hand aus, nahm seinen Schwanz, drückte und streichelte ihn gründlich, bis er kam, obwohl er bat: Warte, halt still. Wer weiß, was er sich erhofft hatte.

Er träumte. Im Reigen der Traumbilder, die seinen verkaterten, schummrigen Tag wiederholten, kam wie so oft ein schwarzer Hund vor, zottelig und nass schüttelte er jetzt energisch den Rücken, schleuderte Wasser um sich wie ein zersplitternder See, und mit jeder davonschießenden Wassernadel spürte er, wie das Tier, das zugleich er selbst war, immer leichter und leichter wurde, bis er aufwachte, so schwerelos, dass er das Gefühl hatte, die Zimmerdecke zu berühren.

Sie lag noch immer neben ihm. Die ganze Nacht über hatte er gewusst, dass sie bei ihm war. Nicht einmal als Tier, das Wassernadeln abschoss, nicht einmal im wiederkehrenden Licht am Gangende, im Gesicht des anämischen Studenten, der ihn ein letztes Mal ansah, hatte ihn das Bewusstsein verlassen, dass sie da war, eingelöffelt in seinen Körper. Trotzdem sagte er es sich noch einmal: Hier waren sie zu zweit, hinter ein und demselben Schloss.

Er begann, sie Kurve für Kurve zu streicheln. Hinter der Tür brummte der Kühlschrank los, und Panik ergriff ihn, denn der Strom war wieder da, und er fürchtete, sie könnte das Licht einschalten und ihn sehen: ein Häufchen Elend, das ihre Matratze verhunzte, wie er es mit den Anzügen tat, und als er spürte, dass sie aufwachte, sagte er, scht scht, und steckte ihr die Hand zwischen die Schenkel, um ganz sanft ihr Geschlecht zu wecken, das sich nur ein wenig recken und strecken sollte. Fast unmerklich fuhr er fort, die Hand zu bewegen, etwas mehr, wenn sie stöhnte, und da spürte er, wie die Qual von ihm abfiel, spürte, dass er die Bemerkung bezwang, mit der sich seine fiesen Vettern über ihn lustig gemacht hatten, wenn sie ein Klasseweib sahen: Der, was kann der schon damit anfangen.

Er spürte, wie sich ihr Leib zusammenzog und wieder dehnte, dann erneut erschlaffte, nun wohlig wach.

Wetten, das kannst du nicht, sagte sie nach einer Weile.

Was?

Ich sehe Farben. In meiner Kindheit war's bloß ein starkes Licht, aber jetzt sehe ich farbige Lichter.

Welche hast du gesehen?

Ich weiß nicht. Es sind Pastellfarben. Wenn sie erlöschen, vergesse ich sie.

So wollte er verharren. Sollen sie mich so begraben, mich zuschaufeln, mit offenem Mund, zusammengerollt, sagte er sich. Sollen sie mich verscharren, verschlingen, verbrennen, brandzeichnen, verscherbeln, verstecken, vernichten, bloß so wie jetzt soll es sein.

Auf einmal, als unfreiwillige Geste, die Schuld.

Das gestern war ernst gemeint, stieß er hervor. Ich habe es gesagt, um dich rumzukriegen, aber es war ernst gemeint.

Sie antwortete nicht.

Bist du böse?

Von wegen wie die Welt aussähe, wenn wir uns alle Streicheleinheiten verpassen würden?

Ja.

Pft, weiß ich doch. Was hast du gedacht? Dass ich blöd bin? So flirtet man eben, oder? Weshalb fängst du jetzt damit an? Dummkopf.

Weshalb? Sie hatte recht.

Ich bin dran gewöhnt, so ist mein Job, aber bei dir wollte ich es anders machen. Du weißt, als was ich arbeite?

Ja.

Er richtete sich auf, knipste nun selbst die Nachttischlampe an, um sie zu sehen:

Ja? Im Ernst?

Klar. Du erledigst hintenrum Dinge fürs Gericht.

Ihm blieb die Luft weg. Dass sie ihn auf die Art beschrieb, inmitten von so viel Kuss.

Einmal habe ich die Ñora sagen hören: Der Hauswirt meint, ich soll den Herrn in Nummer 3 nicht drängen, wenn er mit der Miete im Rückstand ist, der kennt viele Leute, und er will keine Schwierigkeiten.

Er wollte nichts erwidern, unterbrach jedoch das Schweigen, weil sein Handy klingelte. Er ging ran, als verdrückte er sich zur Toilette, um die Rechnung nicht bezahlen zu müssen.

Hallo. Keine Antwort, aber er erkannte das Keuchen der halben Lunge, die dem Scheißkerl am anderen Ende geblieben war, und er wusste, wenn er ihn anrief, obwohl die ganze Stadt darniederlag, brauchte er ihn. Und er konnte sich nicht weigern.

Wer ist da?, hörte er den anderen fragen, als wüsste er nicht, wen er angerufen hatte.

Wer schon, entgegnete der Alfaki. Ich bin's.

2

DIE TIERE BENEHMEN sich ganz ungezwungen, dachte der Alfaki, als er vor der Tür eine Reihe Katzen entlang der Dachgeländer laufen sah sowie eine kleine, fröhliche Meute mitten auf der Straße; die Hunde wedelten mit dem Schwanz, stellten die Ohren auf, niesten laut, und wenn doch einmal ein Auto vorbeifuhr, machten sie in präziser Formation Platz, hetzten ein paar Meter hinterher, bellten die Reifen an. Wenn ihnen nichts in den Weg kommt, sind sie cleverer, dachte er. Auch die Luft rebellierte mit ihren Gerüchen. Mangels Abgasen konnte sich im Pestilenzschwall der Duft der Jacarandabäume durchsetzen, den der Tropensturm, wie nie zuvor, bis hier nach oben geweht und den der Wind dann, wie nie zuvor, verwirbelt hatte, so dass die Gerüche nicht vergingen, sondern gärten.

Auch Leute gab es, doch eher wie Würmer der Saison, nicht wie die Herren der Erde: ein paar wenige im Auto, die Fenster dicht geschlossen; der Herr, der immer in einem Park drei Block weiter das Weltende predigte, jetzt allein, stumm und verblüfft; ein Mann in weißem Kittel, der raschen Schritts die Straße überquerte. Und da waren die Apotheken, zwei, drei geöffnet. In einer kaufte der Alfaki Gesichtsmasken und eine Flasche Wasser. Die Verkäuferin bediente ihn auf Ekeldistanz und nahm die Münzen einzeln mit dem Taschentuch entgegen.

Für den Anfang gar nicht übel, dachte der Alfaki, fast zufrieden. Sofern es schnell vorübergeht. Auf einmal hasste er den Delphin nicht mehr ganz so sehr, weil er ihn aus dem Bett der Dreimalblonden geholt hatte, die hatte fragen müssen: Wer kann von dir verlangen, an so einem Tag loszustürzen? Sie deutete auf die Straße. Er sagte: Ein Scheißkerl mit unfehlbarem Timing. Und sie: Du bist echt nicht zu retten, während sie ihm beim Ankleiden zusah und hinzufügte: Da hatten wir's so gut zusammen, und jetzt kann ich dich nicht mehr reinlassen, wenn du wieder klopfst. Der Alfaki hielt einen Moment beim Hemdzuknöpfen inne, musterte sie, ob es ihr ernst war, und obwohl er sah, dass es ernst war, knöpfte er weiter und sagte: Ich weiß nicht, was du machst, aber ich verdiene mir mein Geld, weil es Orte gibt, die andere nicht verlassen können.

Er wollte nicht hinaus, doch seine Reflexe waren erwacht, seit das Telefon geklingelt und der Delphin gesagt hatte: Du musst bei einem Austausch helfen.

Wem?

Mir.

Was ist passiert?

Ich weiß nicht, ganz blöde Sache, gestern Abend, jemand hat meinen Sohn entführt.

Romeo?

Ja.

Mit Sicherheit wusste er, wer ihn hatte, deshalb rief er bei ihm an, er sollte ihn nicht finden, sondern dafür sorgen, dass man ihn herausrückte. Und wen hatte der Delphin? Gegen wen wollte er ihn austauschen?

Wo ist es passiert?

Im Kose-Korridor, sagte der Delphin.

Sein Käfer sah ihn seelenruhig an, als wollte er sagen: Epidemien sind mir scheißegal. Kein Auto blickt dir so direkt ins Gesicht wie ein Käfer, dachte er. Es war das ausdrucksvollste Wesen in der ganzen Straße. Der Alfaki stieg ein und fuhr ans andere Ende der Stadt, mal sehen, was er aus Óscar herausbekam, ein Kumpel von ihm, der an der Bar eines Puffs arbeitete. Der Kose-Korridor beherbergte acht Puffs, die die Bedürfnisse verschiedener Gruppen abdeckten: einen Edelpuff für Capos und Kanaillen mit Geld, sogar Champagner wurde dort serviert, Fräulein bedienten, die angeblich schon in Telenovelas zu sehen gewesen waren; zwei weitere für all jene, die sich als Straßenbummler aufführten, aber fern der Straße lebten, zwar keine teuren Getränke oder feinen Püppchen bezahlten, sich die Fassade jedoch leisten konnten; vier

Schmalspurpuffs im klassischen Dekor, Rotlicht und Betonboden für die breite Meute mit ihrem Recht aufs Vergnügen; und ein Großpuff für Frauen, die über eine eigene Lohntüte geboten: mit Spiegelkugel an der Decke, getigerten Sesseln, Tänzern mit reichlich Muskeln, knappem Tanga und der Bereitschaft, für einen Preis nach Vereinbarung einen ordentlichen Ritt hinzulegen. Óscar arbeitete im Metamorfosis, wo sich die Jungs aus potenten Familien sammelten, damit ihnen Haare auf der Brust sprossen; neben dem Metamorfosis befand sich das Íncubo, der Damenpuff, und so war Óscar immer auf dem Laufenden, was da so hin und her schwappte im Kose-Korridor.

Óscar stand neben dem Eingang des Metamorfosis, strich sich den Schnurrbart und blickte auf die verlassene Straße. Der Alfaki schämte sich, dass er mit Mundschutz ankam, und erwog kurz, ihn abzunehmen, entschied sich aber dagegen.

He Óscar, was gibt's?

Nichts gibt's, Meister, siehst ja.

Er war einer der wenigen, von dem er sich so ansprechen ließ.

Der Alfaki wurde ernst: Sagt dir Romeo Fonseca was, Óscar?

Der Sohn vom Delphin?

Hm.

Óscar hatte dem Alfaki in die Augen gesehen, blickte

jetzt wieder auf die Straße und strich sich den Schnurrbart in der angestrengten Haltung des Ich-weiß-von-nichts, denn offensichtlich wollte der Alfaki etwas von ihm wissen, was er erzählen würde, aber nicht als Informant.

Er war gestern Abend hier, was?

Óscar nickte beiläufig, als wäre es eine natürliche Bewegung beim Schnurrbartzupfen.

Der war aber woanders. Er zeigte in Richtung Íncubo. Danach ist er hier gelandet, dann weiß ich nicht.

Der Alfaki ließ die entscheidende Frage in der Stille der Straße reifen.

Du hast nicht gesehen, wohin, aber mit wem.

Óscar hielt zum ersten Mal im Schnurrbartstreichen inne, um auf einen Punkt auf dem Gehweg zu zeigen, als würde er den Bart mit zwei Fingern von sich werfen.

Ich hab ihn bloß da liegen sehen, und ein paar Jungs, die ihn in einen Wagen gehievt haben.

Was für Jungs?

Die Castros.

Die Castros, dachte der Alfaki. Mist.

Und wie hat der Delphin davon erfahren?

Machst du für den Scheißkerl immer noch die Drecksarbeit?, fragte Óscar.

Bei seinem Job zeigten sich die Leute übertrieben dankbar, wenn er ihre Probleme löste, weinten fast vor Freude, wenn er es ihnen ersparte, gewisse Dinge selbst anzupacken, sie schickten ihm kleine Schecks und große Pullen; später wollten sie ihn nicht mal mehr grüßen, weil er sie an den Morast erinnerte, in dem sie einmal gesteckt hatten. Vielleicht war es zwischen ihm und dem Delphin ähnlich, denn immer, wenn er seinen ersterbenden Atem hörte, musste er an diesen Teil von sich selbst denken, der ihn definierte. Doch am Ende hatte der Alfaki immer wieder selbst dafür bezahlen müssen, dass er ihm in schweren Zeiten unter die Arme gegriffen hatte.

Immer noch.

Hm … Na gut. Er hat's wohl erfahren, weil das Mädchen dabei war.

Der Alfaki sah ihn beunruhigt an.

Die Tochter? Die Unregierbare?

In Person und vollgetankt bis obenhin, kam aus dem Íncubo, hat alles gesehen, aber nichts gesagt, bis man ihr Brüderchen mitgenommen hat, dann hat sie losgebrüllt, aber niemand hat auf sie geachtet.

Der Alfaki nickte. Er zog die Packung mit dem Mundschutz aus der Tasche, behielt einen zur Reserve und gab die anderen Óscar.

Kannst du die gebrauchen?

Hier kann man alles gebrauchen, entgegnete der.

Er fuhr ans andere Ende der Stadt zurück, wo auch die Fonsecas wohnten, an die sechs Block entfernt, hangaufwärts. Unterwegs sah er einen Zug vorüberfahren. Züge fuhren so gut wie nie, seit man sie vor Jahren privatisiert hatte. Dieser Zug hatte acht versiegelte Waggons und schlich langsam über die Gleise. Transportierte er die Gesunden oder die Kranken?

Er parkte vor dem Blechtor und trommelte zehnmal mit der Hand dagegen, damit man ihn auch im Haus hinter dem Hof hörte, den sich der Delphin für seine Partys angelegt hatte. Niemand kam. Er prügelte weitere zehn Mal gegen das Tor und wartete. Nichts. Er wollte schon mit den Schlägen fortfahren, als er den Riegel auf der anderen Seite des Garagentors hörte.

Wer da?, hämmerte eine weibliche Stimme los. Sie.

Ich bin's, sagte er.

Die Unregierbare erwiderte nichts, doch der Alfaki hörte sie durchs Blech hindurch atmen.

Dein Vater hat mich herbestellt.

Das Mädchen hob einen zweiten Riegel und zeigte durch den Schlitz ein Stück finsteres Gesicht mit steiler Braue, gekräuselter Nase, verzogenem Mund. Sie sagte nichts. Der Alfaki ließ nicht locker: Dein Vater hat mich herbestellt. Geh und frag ihn.

Sie haben mir nicht vorzuschreiben, was ich zu tun oder zu lassen habe, schoss es aus der Unregierbaren heraus. Sie fixierte ihn noch einmal, schloss dann das Tor. Nach fünf Minuten kam sie zurück. Sie sollen später kommen, sagte sie, nicht jetzt.

Der Alfaki schnaubte, ging aber nicht, und die Unregierbare schloss auch nicht das Tor.

Wen habt ihr euch geschnappt?, fragte er. Bitte nicht, was er vermutete, bitte nicht.

Die Unregierbare verengte die Augen und sagte.

Die Puppa.

Verdammt. Aber das sagte er nicht. Er sagte: Wo habt ihr sie?

Die Unregierbare lächelte schief, was heißen sollte: Mann, bist du ein Schwachkopf.

Weshalb ruft ihr mich, wenn ihr mir nichts an die Hand gebt, beharrte er. Ich tu ja nichts, denke bloß nach, was getan werden muss.

Die Unregierbare legte ihr Gesicht an den Schlitz. Sie roch nach Brandy.

Gleich ums Eck, in der weißen Riesenvilla gegenüber der Grundschule.

Seltsam. Der Alfaki bildete sich ein, in der Stadt über fast jede krumme Tour Bescheid zu wissen, über jede Transaktion oder Machenschaft, die ihren Namen verdiente, aber hier war er ratlos: Wem gehörte die Villa Las Pericas? Weshalb hielt der Delphin dort die Puppa fest?

Also gut, sagte er, ich bleib in der Nähe, sag deinem Vater, er soll mich anrufen.

Die Unregierbare schmetterte das Tor zu, er hörte, wie sie fortging.

Auf seinem Handy kam eine Nachricht von der Regierung an, die versicherte, bald schon werde das Leben seinen gewohnten Gang gehen, man müsse vorsichtig sein, aber nicht in Panik verfallen. Ein Kopftätscheln mit der Versicherung: Diese Stille ist bloßer Zufall. Wissen Sie, wie das ist? Sie plaudern mit jemandem, und ein Engel geht vorüber, nichts anderes; aber mit dem Unterton: Besser, sich dumm stellen, als dumm sein.

Die Puppa. Der Alfaki erinnerte sich, wie er die Puppa kennengelernt hatte, bei einem Job, den er für ihren Vater erledigen sollte: halbe Portion, still, schöne Augen, aber traurig, langes Haar, immer sorgfältig gebürstet. Spontan wollte man sie gern haben, doch irgendwie verflog diese Lust. Sogar in der Familie war es so, der Alfaki hatte es selbst erlebt, bei einem Fressgelage nach dem besagten Job, wo sie wie ein Möbel aus anderer Zeit gewirkt hatte, das herumsteht, ohne seinen Platz zu finden. Die Castros spielten sich seit ein paar Jahren als feine, vorzeigbare Pinkel auf, aber die Puppa verdarb ihnen den Stil. Auch die Fonsecas waren zu Geld gekommen, doch ihnen war der Stil egal. So ähnlich, so verschieden waren die Castros und die Fonsecas, vor ein paar Jahrzehnten noch Kirchenmäuse, heute Großkotze, dabei hatten beide nie das Viertel verlassen, sie hatten nur Tore, Stockwerke und Unmengen Zement hinzugefügt, die einen mit mehr Kacheln als die anderen. So ähnlich, so fern. Eigentlich, dachte der Alfaki, sind sie sich in den letzten Jahren niemals in die Quere gekommen. Bis jetzt. Merkwürdig, dass sie gerade aneinanderrempeln, wenn Platz genug da ist.

Aber er hatte schon erlebt, wie alter Groll wieder hochkam. Sogar in dieser Stadt mit ihrem Jedem-das-Seine, wo man sich nicht in die Angelegenheiten der anderen einmischte. Der Geist dahinter schien der folgende zu sein: Alle sind wir gleich viel wert, einerlei, ob du brennende Büsche, brünstige Vögel, vergrabene Bücher, das Moos, das Schwatzen oder den Schwanz anbetest, alle haben wir Platz hier. Aber nein, er wusste, die Regel war: Mir ist scheißegal, was du treibst, aber bleib mir von der Pelle, du Mistkerl. Immer wieder rückten die Leute einander auf die Pelle oder erinnerten sich daran, wie man ihnen auf die Pelle gerückt war. Aber dass es ausgerechnet jetzt passierte, da alle Welt unters Bett gekrochen war.

Er kam wieder am Park seines Viertels vorbei. Das Gras auf den Mittelstreifen schien gewachsen zu sein, nach nur zwei Tagen Vernachlässigung. Im Park, bei einem kleinen Brunnen, wo sich sonst eine Kolonie Frösche tummelte, war nichts zu sehen; das Wasser war starr, verwaist, kein Kräuseln; einen Moment lang kam ihm in den Sinn, sich hinabzubeugen und einen Schluck zu trinken, denn er hatte bloß eine einzige Flasche gekauft, die er unterwegs schon geleert hatte, aber lieber ging er einen Block weiter zur Apotheke.

Die war geschlossen. Auf dem Metallrollladen klebte ein Zettel: MUNDSCHUTZ AUSVERKAUFT.

Damals war er gebeten worden, die Puppa aus einem Kramladen herauszuholen, in einem Viertel oben am Hang, denn sie hatte mit einem Freund durchbrennen wollen, aber an einer Ampel war die Puppa aus dem Wagen gestiegen und zu dem Lädchen gelaufen. Der Freund folgte ihr, aber als er an ihr zerrte, setzten ihn die Ladenbesitzer vor die Tür und riefen einen von Puppas Brüdern an – ja, die ganze Mistwelt kennt sich hier. Aber als die losziehen wollten, um den Freund aufzuschlitzen, hielt der Vater sie zurück und rief den Alfaki, damit sie nicht noch tiefer in die Scheiße gerieten. Der Freund war weder betrunken noch high oder mit Tabletten zugedröhnt, er konnte bloß nicht ertragen, dass die Puppa plötzlich hochnäsig geworden war und nicht mehr mit ihm weggehen wollte, obwohl sie sich doch schon entschieden hatte. Der Alfaki fuhr zum Laden, vergewisserte sich, dass es der Puppa gutging – und es ging ihr gut: Die Blässe und das Hecheln eines angebundenen Lämmchens gehörten zu ihr wie die Augenfarbe –, und er redete dem Freund gut zu.

He, Kumpel, pass auf … Also, der Schlamassel hier geht mich nichts an, ich will dir bloß was sagen, dann zieh ich ab, kommst du raus? Hör mal, Kumpel, ich bin auf deiner Seite, ich weiß, wie das ist, wenn man nicht mit dem nötigen Respekt behandelt wird, und dann verstecken dir die dummen Drecksäcke auch noch die Freundin, deine nämlich, nicht ihre, stimmt's? Aber Respektlosigkeit sticht umso mehr ins Auge, wenn man sie ausposaunt. Manchmal übersieht man sie besser und zeigt sich als Mann von Welt. Oder? Nicht der ist der tollere Kerl, der lauter schreit, sondern der, der gar nicht schreien muss; ich will bloß, dass du's dir überlegst. Und der Freund überlegte nicht nur, ja er dankte ihm sogar mit schallendem Handschlag, bevor er in den Laden rief: Wir sehen uns noch! Und tatsächlich, nach zwei Wochen waren sie wieder zusammen, aber das war nicht mehr sein Problem, der Alfaki ließ die Zunge spielen, damit die Leute sich wieder von neuem das Leben schwermachen konnten, wie sie wollten, er wäre längst arbeitslos, wenn er angefangen hätte, über die Fehler eines jeden zu urteilen. Als er die Puppa am selben Abend nach Hause brachte, antwortete sie auf seine wiederholten Fragen, was der Freund ihr getan habe: Gar nichts, ehrlich, aber heute wollte ich nicht mit ihm gehen.

Er half dem, der sich helfen ließ. Oft warteten die Leute nur auf jemanden, der ihre Wut dämpfte und ihnen ein Türchen zeigte, wo man dem Streit entschlüpfen konnte, und dafür war es nützlich, das Wort zu justieren. Das Wort ist ergonomisch, sagte er immer, man muss nur wissen, wie man es einem jeden anpasst. Einmal war eine Bande Jugendlicher vors Haus gegenüber gezogen, sie warfen die Fenster ein, traten gegen die Tür und brüllten: Komm raus, damit wir dir die Fresse polieren, Scheißkerl, eine halbe Stunde lang, ohne dass die Bullen sich dazu herabgelassen hätten, in Erscheinung zu treten. Das war eines der ersten Male, dass der Alfaki seinen Job erledigte. Er ging hinaus, fragte erstaunt, warum sie es noch nicht geschafft hätten, die Tür niederzureißen, und fügte hinzu: Wenn ihr wollt, bring ich eine Axt, und schon beruhigten sich alle, denn das eine ist das eine, aber die Brücken abzubrennen, ist etwas ganz anderes, und sobald er das sah, fügte der Alfaki hinzu: Aber wozu eigentlich, stimmt's?, der Blödmann drinnen hat sich bestimmt schon tüchtig die Hosen vollgeschissen, und alle lachten und zogen ab. Dabei hatte der Alfaki gelernt, dass sein Ding weniger die Verwegenheit war, als zu begreifen, welche Art von Kühnheit jede Zwickmühle erforderte. Zurückhaltend sein, damit der andere dachte, die Worte, die er sagte, wären seine eigenen. Bei anderen funktionierte es, bei ihm selbst nicht. Er hatte Politiker gekannt, die tatsächlich glauben konnten, was sie erzählten, wenn ihnen nur die anderen glaubten. Das wollte er lernen, vergaß die Lügen jedoch nie, vor allem nicht die eigenen.

Er vertraute dem Delphin – zumindest so weit, wie man jemandem vertrauen kann, der fünfundzwanzig Jahre lang als Polizeispitzel gearbeitet hat –, aber das mit Las

Pericas gab ihm ein mulmiges Gefühl. Was sollte das? Er beschloss, Gustavo zu fragen, einen Anwalt mit Spürnase, der seit Jahrzehnten die Geheimnisse der Stadt erschnüffelte. Er rief an, und eine Frauenstimme erwiderte, er sei nicht da, ungewiss, wann er zurückkomme.

Er brauchte jemanden, der ihm den Rücken deckte. Er rief den Neuandertal an, stieg wieder in den Käfer, um ihn abzuholen.

Der Neuandertal war Businessman. Alles war Geschäft für den Neuandertal. Wo du auch hinschaust, sagte er, schau dir die Dinge an wie in einem Ladenregal. Er kaufte alte Handys und verkaufte sie zum Neupreis an seine naive Kundschaft, organisierte Sparvereine in Büros, in denen er nicht mal arbeitete, und hielt das Geld zurück, um andere Deals zu finanzieren: Er schmuggelte Waren, verkaufte Informationen, vermietete sein Haus für kleinere Delikte. Und niemals war er flüssig, mit all seinen Geschäftchen wollte er sich eher beweisen, dass er besser Bescheid wusste als andere, wollte sich einen Euphorieschub gönnen, auf den Zeiten stummer Wut folgten. Der Neuandertal war ein mächtiger, umwerfender Kerl und bewegte sich fort, als käme er gerade aus der Intensivstation, verlagerte jeden Muskel in Zeitlupe.

Vor Jahren war dem Neuandertal ein Bruder in den Armen gestorben, auf dem Rückweg von einem Dorf in der Umgebung. Ein Knirps war auf die Straße gelaufen, der

Neuandertal hatte scharf gebremst, der Bruder war durch die Windschutzscheibe geflogen, der Pick-up hatte sich überschlagen, und als der Neuandertal herausklettern konnte, lag der Bruder auf dem weißen Mittelstreifen im Sterben und starb weiter, während der Neuandertal ihm ins Gesicht weinte und sagte: Halt durch, Brüderchen, ein Momentchen noch, als hätte das sein Leben verlängern können, aber nein. Schließlich kam der Krankenwagen und nahm den Leichnam mit, der so lange gewiegt worden war, dass er fast friedlich aussah.

Dem Alfaki schien, dass sich der Neuandertal seit langem schon per Koks umbringen wollte, und seit der Sache mit dem Bruder versuchte er es offensiver, provozierte Polizisten, fing auf der Straße Schlägereien an, bis er sich einmal im Halbsuff kurzerhand auf Höhe des Herzens eine Kugel verpasste.

Man hatte sich gerade bei ihm zu Hause betrunken, da war er einfach aufgestanden, ins Schlafzimmer gegangen und hatte geschossen. Sein Pech wollte, dass in der Brusttasche eines der Kärtchen, mit denen er immer das Koks zerkleinerte, die Kugel ablenkte, die knapp am Herzen vorbei und am Rücken wieder hinausflog. Man fand ihn aufrecht, taumelnd, mit leerem Blick. Auch heute gibt's kein kaltes Fleisch, sagte er und lächelte nach eigenen Worten dabei.

Der Alfaki hatte niemals daran gedacht, sich umzubringen, nicht einmal damals, als der Delphin ihn aus dem Loch gezogen hatte. Immer wenn er erfuhr, dass sich jemand selbst den Faden abschneiden wollte, war er erstaunt, vor allem, wenn bei dem Fraglichen der Körper noch mitmachte. Es erstaunte ihn nicht aus moralischen Gründen, sondern weil ihm auf einmal klarzuwerden schien, dass dieser Mensch einer anderen Spezies angehörte, und er sich wunderte, dass sie auf demselben Planeten lebten. Leute, die Entscheidungen treffen konnten, auf die sie nicht vorbereitet waren. Du schnüffelst also Ammoniak? Echt? Keine Antwort.

Er traf beim Neuandertal ein, klingelte und wartete im Käfer.

Ein Trödler zog seinen Karren mitten auf der Straße hinter sich her. Er sah den Alfaki mit seinem Mundschutz, lächelte verächtlich und hustete theatralisch, dann schüttelte er den Kopf und zog weiter.

Die Tür ging auf.

Was gibt's, Nan?, fragte der Alfaki.

So ein Mist, keine zum Knutschen da, sagte der Neuandertal und blickte durchs Käferfenster auf die verlassenen Straßen.

Der Alfaki kreuzte eine breite Querstraße, auf der hinten zwei Militärlaster zu sehen waren, und änderte die Route.

Da ist mal kein Verkehr, und trotzdem muss man den Umweg nehmen, sagte er.

An der nächsten Querstraße erblickten sie einen ultrakurzen Leichenzug: einen Bestattungswagen mit zwei Autos im Gefolge, in einem davon saßen drei, im anderen ein Einziger.

Uiuiui, sagte der Neuandertal: Kommen sich wohl mächtig viel vor mit ihrem blöden Toten.

Als sie an dem Zug vorbeifuhren, beugte sich der Neuandertal aus dem Fenster und rief, als meinte er den Leichnam im Wagen: Böser Irrtum, böser Irrtum.

Das sagte er bei jeder Gelegenheit, ob es um Politik ging, um ein Liebesbekenntnis oder ein Fußballspiel. Anschließend folgte dann eine Bemerkung, in diesem Fall, den Kopf bereits wieder im Käfer: Wenn deine Eingeweide wenigstens vakuumverpackt wären …

Verlässlich wie die Schwerkraft, so war der Neuandertal. Immer musste er anderen auf den Geist gehen, musste Dreck verspritzen, als wäre das seine Aufgabe. Warum war der Neuandertal sein Kumpel? Weil sie früher echte Freunde gewesen waren? Weil er mit ansah, wie er immer unglücklicher wurde? Oder weil er in ihm den eigenen schwarzen Hund sah? Deshalb werden die Freunde zu Feinden, sobald wir uns von ihnen lösen, dachte er, die Fehler gehören ihnen dann allein, nicht mehr beiden. Vielleicht bekommen einem kurze Freundschaften am besten; wenn man sich schnell genug aus dem Staub macht, kann man sie mit den Fehlern sitzenlassen.

Als der Alfaki schon in der Nähe seines Viertels um die Ecke bog, fand er sich vor einem weiteren Militärlaster. Dem konnte er nicht mehr ausweichen, bremste langsam und setzte zum U-Turn an, aber ein Soldat zeigte ihm mit einer Geste, wo er zu halten hatte. Er parkte den Käfer und wartete. Der Soldat kam aufs Auto zu, sah sich den Rücksitz an, dann den Alfaki und zuletzt den Neuandertal, der sagte: Was denn? Wann war gleich noch Sperrstunde? Kann man nicht mal mehr auf die Straße, ohne genervt zu werden?

Der Soldat ging ums Auto herum, auf die Seite des Neuandertals, und musterte ihn ausdruckslos, ohne sich zu ihm zu beugen. Dann sah er in Richtung Laster und deutete mit dem Kopf auf den Käfer. Ein Offizier mit Mundschutz kam heran und befahl dem Alfaki mit dem Zeigefinger, auszusteigen. Das tat er. Ein Soldat filzte einen jungen Punk, der die Hände an den Laster gelegt hatte.

Guten Morgen, Hauptmann, sagte der Alfaki.

Der Hauptmann zog unmerklich die Brauen hoch, wohl eine Art Respekt gegenüber der Kenntnis der Ränge, die der Alfaki bewiesen hatte. Aber er sagte: Der Morgen ist vorbei.

Der Hauptmann fixierte ihn, als kaute er dabei auf einem Stöckchen, geduldig, nachdenklich. Der Alfaki wusste, dass er zu schweigen hatte, und legte sich im Stillen die beste Haltung zurecht, die bedeuten sollte: Sie sagen, wie ich helfen kann, Hauptmann. Der sah aus dem Augenwinkel zum Neuandertal: Ganz schön hochnäsig, was?

Der Alfaki senkte die Lider als Zeichen der Entschuldigung.

Nicht auszudenken, was Sie alles durchmachen in so einer Lage, Hauptmann, wir sind eben alle nervös, kein Wunder, wir wollen bloß nach Hause und uns einschließen.

Einer der Soldaten drüben drückte den Punk jetzt mit dem Rücken gegen den Laster und schnauzte ihn an: Was trägst du da für ein Scheißzeug?, und schlug ihm auf Ohren und Lippe, überall, wo er Ringe trug. Der Junge ließ die Schläge über sich ergehen, ohne die Hände zu heben.

Ich werde euch mitnehmen müssen, für weitere Ermittlungen, sagte der Hauptmann.

Aber auf einmal wandte er sich vom Alfaki ab, drehte sich zum Soldaten beim Laster und sagte: Nehmt ihm das blöde Zeug ab. Einer der Soldaten band dem Jungen die Hände hinten zusammen, der andere fing an, ihm die Ringe abzureißen. Der Punk wand sich stumm, Blut rann ihm von Brauen, Nase, Mund. Der Alfaki spürte, dass das der Augenblick war, ein Loch in die Mauer zu graben und abzuhauen. An einem anderen Tag hätte er vielleicht versucht, dem Jungen zu helfen, aber heute: keine Chance.

Könnten Sie nicht eine Ausnahme machen, Offizier? Ich will Ihnen nicht noch mehr Zeit stehlen.

Er zog eine Visitenkarte hervor, auf der er einen Titel zur Schau stellte, den er nie erworben hatte, und sagte: Falls ich Ihnen einmal von Nutzen sein kann.

Der Hauptmann nahm die Karte, sah sie aber nicht an. Er ließ sich ein paar Sekunden Zeit, dann wies er ihn mit dem linken Zeigefinger an, in den Wagen zu steigen, und mit dem rechten die Soldaten, den Punk in den Laster zu stecken. Danke, Hauptmann, sagte der Alfaki. Er stieg in den Käfer, ließ den Motor an.

Schweigend fuhren sie ein paar Blocks weit, bis der Neuandertal sagte: Er hat's drauf angelegt, oder? Wenn du den starken Mann markierst mit so viel Bimmelzeug im Gesicht, musst du's hinnehmen.

Halt den Mund, sagte der Alfaki.

Fahr zu Las Pericas, besagte die Nachricht auf seinem Handy von einer unbekannten Nummer, aber sie konnte nur vom Delphin stammen.

Bei manchen ließ sich der Feingehalt erst bestimmen, wenn sie in der Klemme steckten. Beim Delphin war nicht viel zu ergründen. Ehemaliger Polizeispitzel, geschieden, Vater von Sohn und Tochter. Den Spitznamen trug er, weil er sich ein Loch in die Nase gekokst hatte, und nicht genug damit, er hatte später eine Kugel in die Brust bekommen, so dass er nur noch mit einer Lunge atmete. Trotzdem trat er weiterhin auf wie damals, als er noch Polizeimarke und Pistole getragen und sich die Leute per Ohrfeige auf der Straße geschnappt hatte. Und doch verblüffte den Alfaki, was er aus seinem Mund hörte, als er sich schließlich die Puppa ansah.

Er hatte mit dem Neuandertal Las Pericas erreicht, und draußen hatte sie die Unregierbare bereits erwartet.

Rein kommt bloß einer, sagte sie, als sie den Neuandertal sah. Und der da soll sich einen Mundschutz aufsetzen oder verpissen.

Der Alfaki gab dem Nan einen Mundschutz, welcher sich damit den Mund abwischte und ihn dann zu Boden beförderte. Die Augen der Unregierbaren glänzten, als lächelte sie.

Immer herein, sagte sie zum Alfaki.

Die Villa Las Pericas war weiß, geräumig und besaß eine Holzveranda, als hätte jemand nicht auf sein Haus in den Tropen verzichten wollen, obwohl er sich in den Bergen befand, Tausende Kilometer vom Meer entfernt. Der Alfaki betrat es zum ersten Mal. Kaum war er durch die Tür, blendete ihn ein riesiger Saal, der von einem Dutzend hoher Fenster erhellt wurde. In der Mitte befand sich ein Tisch, auf dem Tisch die Puppa.

Er musste nicht näher treten, um zu erkennen, dass die Puppa nicht mehr anwesend war, kam aber nicht umhin, es zu tun, er musste sich um die Hülle kümmern. Lustlos ging er hin, mit langsamen Schritten, als wären nicht seine Glieder, sondern seine Seele aus Draht. Die Puppa sah blass aus, aschfarben, Blut zwischen Nase und Mund, die Hände verkrampft, das Gesicht traurig. Sie war so klein und still, und doch schien sie das kalte Herz des Hauses zu sein, als hielte sie es selbst jetzt noch aufrecht. Wer weiß, die wievielte Leiche seines Lebens sie war, aber sie erinnerte ihn so sehr an die andere, an die seine.

Da tauchte hinter dem Alfaki der Delphin auf und sagte dort, im hellsten Zimmer der Welt, indem er auf die einsamste Frau auf Erden zeigte: Wer mich verarscht, dem kann ich's immer noch besorgen.

Der Job wäre einfach, wenn wir bloß mit den Freunden zu ringen hätten, sagte der Alfaki immer, doch jetzt dachte er: Ich will dem Scheißkerl nicht zuhören, will nicht dran denken, was da Zahn um Zahn, Auge um Auge draufgehen wird. In ähnlichen Fällen hatte er sich eingeredet, dass man selbst den Perversesten eine Chance geben musste, denn die Leute sind wie erloschene Sterne: Uns erreicht von ihnen nicht das Eigentliche, das ist verschwunden oder hat sich verändert, und sei es nur eine Sekunde, nachdem das Licht oder das böse Werk auf den Weg geschickt wurde. Jetzt das hier.

Was hast du mit ihr gemacht?, fragte er.

Nichts, was nicht schon war, sagte der Delphin.

Warum hier? Warum hast du sie hier?

An die Arbeit, Mann, der Delphin tätschelte ihm den

Nacken, an die Arbeit. Du hast sie gesehen, jetzt geh und kümmere dich.

Der Alfaki spürte im Bauch den Drang, einzuschlagen, was von seiner Nase übrig war, aber der restliche Körper vermochte den Befehl nicht auszuführen. Er wandte sich um und verließ das Haus. Draußen unterhielt sich der Neuandertal mit der Unregierbaren:

Na, was machst du so, Kleine?

Die Unregierbare wollte gerade antworten, aber als sie den Alfaki erblickte, wurde ihr Blick hart, und sie sagte:

Ich räche mich.

Der Alfaki hielt ihrem Blick stand und hatte nicht übel Lust, sie bei den Schultern zu nehmen und durchzuschütteln. Er hätte es tun sollen, hätte dem Delphin die Fresse bis zur Unkenntlichkeit polieren sollen, wenn er noch ein Stück von sich selbst retten wollte. Hinter sich hörte er den Delphin mühsam heranschlurfen und sagen: Achte nicht auf sie, das ist keine Rache, höchstens Revanche.

3

WAS HEISST, ob ich mir sicher bin?, entgegnete Vicky, als der Alfaki sie bat, ihn zu begleiten. Du ziehst doch mit dem beschissenen Neuandertal durch die Gegend, stimmt's? Hast du den auch gefragt, ob er sicher mitwill? Wohl kaum. Oder, Schwachkopf? Obwohl der Idiot sich nicht mal einen Herzschuss verpassen kann, schleppst du ihn überall mit, aber ich, die ich in der Arbeit ständig Karren aus dem Dreck ziehe, ich bin das Fräulein, auf das aufgepasst werden muss.

Es war ein Berufsleiden, keine Berufung zum Ritter: Im Königreich des Wortes waren, soviel er wusste, alle Männer Chefs und alle Frauen Dämchen und obwohl ihm klar war, dass Vicky nicht nur zur Nation der Widerspenstigen zählte, sondern von Adrenalin loderte, konnte er es nicht lassen, sie zu verpuppen. Gelegentlich half Vicky ihm, die Dezibel eines Streits zu dämpfen, lächelte, wirkte dabei klug, und war es auch, sanft nur manchmal. Und gelegentlich half sie ihm wie jetzt, einen Körper zu lesen.

Du musst schnell machen, sagte er, als Vicky in ihrer Schwesterntracht in den Käfer stieg, aber gründlich, ich muss wissen, ob es Spuren von Schlägen gibt.

Stumm, bloß aus dem Bauch heraus prustete der Neuandertal los. Die beiden drehten sich zu ihm um.

Was hast du denn gefrühstückt, du Clown?, fragte der Alfaki.

Das sag ich ja auch immer: Ich mach's dir schnell, aber gründlich.

Keiner lachte. Als der Neuandertal Vickys hasserfülltes Gesicht sah, wollte er es zurechtbiegen: Na, ist doch halb so wild, war eben mit grober Maurerkelle serviert.

Schade, dass du kein Maurer bist, Nan, sagte Vicky, bloß ein Riesenlangweiler: Niemand ist langweiliger als jemand, der nichts ernst nimmt. Aber keine Sorge, und bei diesen Worten tätschelte Vicky dem Neuandertal das Gesicht, keine Sorge, ich spreche Machosprache und verstehe, dass du kein schlechter Kerl sein willst, du hast bloß das Organ nicht unter Kontrolle, das Blödheit absondert.

Der Alfaki wusste nicht, ob der Neuandertal und Vicky sich tatsächlich hassten oder nur eine andere Art hatten, sich zu mögen. Ihm fiel etwas ein, was sich kurz nach dem Tod des Bruders abgespielt hatte. Sie waren auf Sauftour gewesen, und da hörte er, wie der Neuandertal die Sache mit dem Unfall – alles: den verflixten Knirps, das Überschlagen, den Todeskampf – benutzte, um eine

Frau aufzureißen. Er schüttete nicht sein Herz aus, sondern gab die dramatische Szene zum Besten, um der Frau die Bluse zu öffnen. Der Alfaki sagte zu Vicky, das sei selbst für den Neuandertal ein Tiefpunkt, aber sie machte ein trauriges Gesicht zum Zeichen von: Da steckt mehr dahinter, und sagte: Was willst du, der Nan zieht aus allem Nutzen, und jetzt ist ihm nichts geblieben als eine Wunde. Wenn er einen Abnehmer hätte, würde er Nierensteine züchten und auspinkeln, um sie zu verkaufen. Lass ihn.

Bevor sie zu Las Pericas zurückkehrten, machten sie Station bei Vickys Exfreund. Genauer gesagt, Exgeliebten, den Vicky von Herzen mochte, dem sie sein Ultimatum aber nicht verlängert hatte. Zwar konnte Vicky leiden, aber das Leiden war nicht ihr Familienstand, und der Mann war schon anderweitig beurkundet.

Die sind allesamt hysterisch, sagte sie, ins Haus gepfercht, weil die Warnung sie erwischt hat, als er mit seiner Frau zu Besuch war, um ihnen Geld zu bringen, und jetzt trauen sie sich nicht heraus ... Einer ist anscheinend krank, und er hat sie überredet, mich reinzulassen, damit ich es mir anschaue.

Er, der Exgeliebte. Vickys Gesicht wurde eine Spur weicher, wenn sie ihn erwähnte.

Darf ich mit?, fragte der Alfaki. Womöglich kriege ich was aus dem Vater raus, ein Geldsack kennt den andern.

Eingesperrt, wie er ist, möchte er vielleicht die Zunge regen, er kennt mich, ich habe für Leute aus seinem Kreis gearbeitet.

Vicky zog ein paar Latexhandschuhe hervor und reichte sie dem Alfaki.

Fass niemanden an.

Sie klingelten. Ein kurzer Streit war drinnen zu hören. Geh du, soll er doch gehen, dann geh ich, geh nicht, Mutter, lass sie doch gehen, nein, ich gehe.

Ha, das Dienstmädchen ist ihnen abgehauen, sagte Vicky, jetzt müssen sie lernen, selbst die Klinke zu drücken.

Er öffnete, ohne Mundschutz, lächelte tragisch. Ein Lächeln à la: Nie werde ich aufhören, dich zu lieben, aber mein Wort ist verpfändet. Er sah gut aus, ein armer Teufel. Er starrte den Alfaki an, als wäre er der Elektriker und der Strom nicht ausgefallen.

Er begleitet mich, sagte Vicky, und er kennt deinen Vater.

Alle saßen im Wohnzimmer, Sitzmöbel aus Holz und rotem Samt, die Sehnsucht nach feinerer Angeberei. Pro Schädel ein Möbel, pro Schädel ein Drink. Die Mutter in einem Sessel, Wodka on the rocks in der Hand, besoffen; der perverse halbwüchsige Bruder, zwanzig, am Ende eines Sofas, Whisky on the rocks in der Hand, besoffen; der Vater im hohen Lehnstuhl, eine Brandy-Cola in der Hand, päpstlich besoffen. Eine Spur erschrocken sahen sie aus, aber deutlicher war der Überdruss. Wir wissen nicht, wie sehr wir uns hassen, bis man uns in ein Zimmer sperrt und wir uns ertragen müssen, dachte der Alfaki.

Wer ist krank?, fragte Vicky und musterte das Sortiment von Leuten mit gerötetem Gesicht und flatterndem Puls.

Der Exgeliebte deutete auf eine Tür.

Sie.

Vicky sah ihn mit tiefster Verachtung an, nickte und öffnete. Hinten im Zimmer saß eine Frau in blauem Kleid auf dem Bett, eine Tasse Tee in der Hand. Sie war geschminkt, und doch erkannte man die verzerrten Züge derer, die Galle trinken wie Kräutertee. Vicky musterte sie von der Tür, der Alfaki vom Wohnzimmer aus. Vicky ging zwei Schritte weiter, stemmte die Hände in die Hüften, musterte die Frau eingehender, machte wieder kehrt und schloss die Tür.

Sie hat nichts, sagte sie.

Du hast sie nicht mal untersucht, sagte er.

Der Frau darf man nur nicht den Alkohol rationieren.

Das folgende Schweigen wäre in fast jedem Zimmer unbehaglich gewesen, aber hier war es bloß wie das diskrete Klammern eines jeden an seinen Drink, dann leichte Benommenheit. Der Alfaki spürte, dass seine Gelegenheit gekommen war. Er trat zu dem Vater und ging in die Hocke.

Erinnern Sie sich an mich?

Der Mann bemühte sich, vom Grund seines Drinks aufzutauchen, bis er an die Oberfläche der Pupillen stieß und den Alfaki ansah.

Du hast meinem Freund einmal Fotos besorgt.

Der Alfaki lächelte.

Haargenau, jetzt hab ich einen weniger schweren Fall, muss aber etwas herausfinden. Wissen Sie, wem das Haus Las Pericas gehört? Wo seit Jahren niemand mehr wohnt?

Tief hinter den Augen schaukelte der Mann beim Nachdenken hin und her. Ansonsten bewegte er kaum merklich bloß die Hand, die das Glas hielt und das Eis neu ordnete.

Den Fonsecas, sagte er. Mir scheint, da gibt's rechtliche Schwierigkeiten, aber soweit ich weiß, gehört es ihnen.

Ja, denen gehört es, schaltete die Mutter sich aus dem tiefen Tal ihres Wodkas ein, aber nutzen tut es ihnen nichts.

So sind diese Familien. Nun meldete sich das perverse Brüderchen zu Wort, verhedderte sich im Whiskysumpf an den s. So viele Häuser die sich kaufen, wohnen können sie nur in Papphütten.

Der Alfaki hatte nicht übel Lust, ihm die Nase einzuschlagen, teils wegen der Bemerkung, teils, weil er dem Rotzlöffel ohnehin eins auf die Nase hätte geben wollen. Er sah ihn zum ersten Mal, wusste aber, aus was für einem Dreck er gemacht war. Ihn und einen anderen

Rotzbengel mit Kohle, dessen Familie ein Bestattungsinstitut besaß, hatte man dabei erwischt, wie sie sich mit den Verstorbenen fotografierten, die sie herrichten sollten. Sie taten so, als küssten oder ohrfeigten sie sie, malten ihnen Schnurrbärte, setzten ihnen Hüte auf, bis ein anderer Junge, dem sie die Fotos zeigten, es herumerzählte. Der Skandal stand schon vor der Tür, als der Alfaki eingriff und die Fotos verschwinden ließ. Der Sohn des Leichenbestatters bekam einen Rüffel, der Knirps hier nicht mal das.

Noch etwas, sagte Vicky und schaute in die Familienrunde. Wenn das Ganze von einer Mücke kommt, empfehle ich, kein Parfüm zu benützen, das zieht sie an.

Keiner sprach ein Wort, keiner machte Anstalten aufzustehen, als Vicky und der Alfaki zur Tür gingen, außer dem Exgeliebten, dem Vicky jedoch die gespreizte Hand vor die Nase hielt: Hier bist du gut aufgehoben.

Im Auto sagte der Neuandertal: Ich wette, die haben euch auf einen Drink eingeladen, und ich schau hier blöd in die Röhre.

Auf dem Weg zu Las Pericas sah der Alfaki an einer Ecke einen Blumenstand, der mitten in der geduckten Stadt erblühte, und dachte an die Puppa, allein mit ihren Wunden, die in dem Haus dort kalt wurde, ohne dass jemand mit ihr sprach. Er hielt an, sagte: Wartet kurz, stieg aus und kaufte Blumen. Es gab keine Studentenblumen, aber

Levkojen. Eigentlich hatte er den Stand noch nie geschlossen gesehen, nicht einmal in den Ferien oder an dunklen Morgen.

Sie trafen ein, der Alfaki stieg aus, um mit der Unregierbaren zu verhandeln, musste sie aber gar nicht überzeugen, denn sie sah Autorität in Vickys Augen, so dass die bloß sagen musste: Bin gleich wieder draußen, keine Sorge.

Sie hob sogar eine Hand und strich der Unregierbaren das Haar hinters Ohr, die zwar nicht lächelte, aber auch nicht aufbegehrte.

Während Vicky sich ans Werk machte, rauchten sie im Wagen. Die Unregierbare rauchte ebenfalls, stehend ans Tor gelehnt. Sie rauchten eine Zigarette auf. Steckten die zweite an. Rauchten die zweite auf, steckten die dritte an, und da kam sie heraus. Vicky klopfte der Unregierbaren erst sanft auf die Schulter, drückte sie dann solidarisch, beugte sich zu ihr und flüsterte ihr etwas zu. Dann ging sie zum Wagen.

Was hast du ihr gesagt?, fragte der Neuandertal.

Wenn wir Frauen nicht aufeinander aufpassen, wer dann.

Woran ist sie gestorben?, fragte der Alfaki.

An der Sauerei hier draußen, Vicky deutete vage auf die Welt vor dem Auto. Aber um so zu sterben, muss sie tagelang dagelegen haben, ohne dass sich jemand gekümmert hat. Ihre Hände verraten, dass sie den Schmerz in den Gelenken nicht mehr aushielt, und das Blut in Mund und Nase, dass sie ins letzte Stadium gelangt ist, ohne dass sie irgendwelche Medikamente bekommen hat.

Hat man sie deswegen hier eingesperrt?

Sie ist noch nicht lange tot, aber krank war das Mädchen schon Tage, bevor man sie geschnappt hat.

Haben sie etwas mit ihr angestellt ... nachdem sie gestorben war?

Vicky starrte ein paar Augenblicke stumm geradeaus. Sie wirkte müde.

Gevögelt haben sie sie nicht, wenn du das meinst, aber etwas haben sie mit ihr gemacht. Der Scheißkerl von Delphin hat ihr den Slip verkehrt herum angezogen.

Er wusste nicht, von wem, doch irgendwann musste ihn eine Nachricht erreichen. Als sie endlich eintraf, war ihm sofort klar, wer auf der anderen Seite des Leichnams das Sagen hatte.

Was war los, Herr Kollege? Treffen wir uns an der Ecke vom Castro-Haus.

Es gab nur einen Menschen auf der Welt, der ihn Herr Kollege nannte: der Mennonit.

Sie kannten sich von einem Gemeinschaftsjob auf dem fernen Terrain des anderen, ein Verstorbener hatte geholt werden müssen. Der Mennonit war Freund der Familie gewesen, und als der Alfaki eintraf, versuchte er gerade, dem Toten einen Finger wieder anzunähen.

Unmöglich kann ich ihn so abliefern, als wanderte er wer weiß wohin.

Der Mennonit stand an der Ecke wie ein Baum, der dem Gehweg entsprossen war. Er trug keine Jeanslatzhosen, keinen Strohhut mehr, dafür Arbeitsstiefel und Karohemd. Der rötliche Bart quoll seitlich aus dem Mundschutz hervor.

Sie umarmten sich, und der Alfaki fragte:

Nanu? Was treibt Sie bis hierher? Verlassen doch sonst nicht Ihre Scholle.

Sie wissen ja, manche Leute sind nicht bloß unzufrieden, müssen auch noch die Unzufriedenheit an einem abreagieren.

Ich weiß.

Der Mennonit hatte die Seinen ohnehin verlassen, sich an die Welt derer gewöhnen müssen, die immer auf dem Sprung sind. Stillschweigen und Hilfsarbeiten, Motoren und Stahlbeton. Aber da hatte er seine Leute wenigstens noch in der Nähe gehabt. Jetzt nicht mal das. Wer weiß, wem er auf die Zehen getreten war, dass er sich neue Gefilde hatte suchen müssen. Nun zu unserer Sache.

Erzählen Sie. Er zeigte auf das Castro-Haus.

Der Junge ist bei ihnen, antwortete der Mennonit. Sie haben ihm nichts getan.

Ich muss ihn selbst fragen.

Wird schwierig, Herr Kollege.

Wie der Mennonit die Lippen verzog, sorgte für den Nachdruck, der seinen Worten fehlte. Es gab keinen Romeo mehr, dem man Fragen hätte stellen können.

Verflixt, sagte der Alfaki. Ganz wie auf unserer Seite.

Er erklärte, was er wusste, und ließ es so klingen, als wüsste er mehr: Die Puppa hatten nicht die Fonsecas getötet, sondern die Krankheit, der Leichnam müsse nur ein wenig hergerichtet werden.

Der Mennonit nickte, atmete tief durch und sagte: Das ist der beschissene Teil. Warten Sie. Er drehte sich um und kehrte ins Castro-Haus zurück.

Während der zwei Minuten, bis Puppas Vater herauskam, schien die Straße vor ihm sich zu verkrampfen und zu zucken. Der Alfaki holte eine Zigarette hervor, bereute es und steckte sie wieder in die Schachtel, schaute zum Castro-Haus, dann in die andere Richtung. Er verschränkte die Arme. Verflixt, wiederholte er.

Er hörte, wie hinter ihm das Tor der Castros geöffnet, dann zugeworfen wurde; ein von Schluchzern gehemmtes Keuchen und Schritte kamen auf ihn zu. Er warf einen Seitenblick auf den Käfer und gab mit fast unmerklicher Geste Vicky und dem Neuandertal zu verstehen: Bleibt, wo ihr seid.

Als er ihn auf halber Schrittweite spürte, bot er dem Mann die Stirn. Er kannte ihn bereits, aber Puppas Vater erkannte ihn nicht, erkannte ihn mit jeder Sekunde weniger, denn der Mann alterte, je mehr die Nachricht Besitz von seinem Körper ergriff, so sehr er sich auch mit der Kraft der Wut dagegenstemmte. Er stieß den Alfaki gegen den Kofferraum des Käfers und schrie ihm ins Gesicht.

Du bringst sie mir! Auf der Stelle! Unversehrt, Scheißkerl du! Du bringst sie mir auf der Stelle, heil und ganz!

Der Mann ballte die Fäuste und zitterte, konnte sich aber nicht entschließen, den Alfaki zu würgen. Da rannten die Jungs aus dem Haus, blindwütig. Der Ältere trug eine Schaufel, der andere einen Baseballschläger, und sie wünschten brennend, dass es da draußen etwas gab, was so wilde Entschlossenheit rechtfertigte, so wilden Hass. Als er sie sah, stieg der Neuandertal aus dem Käfer und stellte sich daneben, die Daumen in den Gürtelschlaufen; auch Vicky stieg aus, jedoch langsam, beobachtete sie von ihrer Seite des Wagens aus. Einer der beiden hatte Eindruck auf die Brüder gemacht, die immer noch näher kamen, aber langsamer. Der Jüngere hielt dem Alfaki den Schläger vors Gesicht.

Der Mennonit hob die Hand und sagte: Die Sache liegt anders, Kleiner.

Der Junge fixierte den Alfaki, hatte keine Lust, seine Wut zu dämpfen, bis sein Vater zu schluchzen begann und die Jungen die Waffen fallen ließen und ihn umarmten.

Der Alfaki dachte, dass sie besser in seiner Wunde gewühlt hätten. Wer ein Kind verliert, den darf man nicht trösten, die Eltern sterben, um den Kindern Platz zu machen, nicht umgekehrt. So dachte er nicht aus Grausamkeit, sondern weil man seiner Meinung nach eine Wunde dieser Art zu respektieren hatte, anstatt sie mit Tätscheleien zuzudecken.

Don, sagte der Mennonit, lassen Sie das Fräulein Krankenschwester rein? Nur einen Moment.

Der Mann nickte, ohne aufzublicken.

Uns auch, sagte der Neuandertal.

Der Mann nickte wieder. Er sagte: Gehen wir, und machte sich Richtung Tor auf, achthundert Jahre älter, als er herausgekommen war.

Im Wohnzimmer der Castros hing ein Familienwappen. Die Castros waren Hidalgos, Herren von Stand gewesen, in irgendeinem Jahrhundert, irgendeiner Burg am anderen Ende der Welt, als Beweis hing dieses bunte Wappen hier. Darin unterschieden sie sich von den Fonsecas: Das Einzige, was sie von früheren Leben bewahrten, war schon viele Leben alt. An den Wohnzimmerwänden der Castros hingen außer dem Wappen nur Fotos der Jungs im Trikot und ein Diplom der Puppa, ihr Abschluss in Psychologie. Psychologie. Du liebe Scheiße.

Sie gingen eine eiskalte Treppe hinunter. Der Keller wurde von einem dumpfen Licht in der Ecke verdüstert, das die Umrisse von einem Dutzend Haken erkennen ließ, an denen Kälber, Truthähne und eine halbe Kuh hingen. Der Alfaki fragte nicht nach, aber der Hausherr sah seine hochgezogenen Augenbrauen und sagte: Wir vertrauen keinem fremden Fleisch.

Im Raum neben dem Privatschlachthof lag Romeo auf Pappkartons. Ein Bein baumelte seitlich herunter, als wollte er endlich aufstehen. Schweigend umringten sie den Körper. Nur der Neuandertal rieb sich die Hände und sagte: Verdammt kalt. Vicky beugte sich über ihn und untersuchte, was einmal Romeo gewesen war. Der Alfaki sah, dass er verdreckt war, noch immer nach Alkohol roch und Druckstellen an den Knöcheln zeigte, aber keine Spuren im Gesicht. Vicky untersuchte den Kopf, öffnete das Hemd und tastete unter einem blauen Fleck die eingedrückten Rippen ab. Der Alfaki wandte sich zu den Castro-Brüdern, die die Hände in die Taschen geschoben hatten.

Was gibt's, Jungs.

Die Castro-Söhne waren dem Vater wie aus dem Gesicht geschnitten, unterschieden sich nur durch das üppigere Haar und dadurch, wie ihr Leib dem widerstand, was sich im Inneren abspielte. Der Ältere zog kindlich die Schultern hoch und sagte: Wir haben ihm nichts getan. Mit Worten sind wir schon aneinandergeraten, kurz vorher, aber geschlagen haben wir uns nicht.

Wir mochten ihn, sagte der Jüngere, warf einen Seitenblick auf seinen Vater und fuhr fort: Mein Chef hier sagt immer, die Fonsecas sind eine Mistbande von Schmarotzern und Emporkömmlingen, aber der Junge war in Ordnung.

Was habt ihr euch denn an den Kopf geworfen? Das war im Korridor, stimmt's?

Jawoll, sagte der Ältere. Wir haben ihn gesehen, als wir grad ins Metamorfosis sind, und weil er woanders hinging, dachten wir, der geht in den Tableclub für Snobs, also rief mein Bruder: Huuch, du parfümiertes Scheißerchen, denkst wohl, du bist in Las Vegas, und er: Ihr Scheißnieten, ich zahl hier mit Scheinen, nicht mit Wechselgeld. So war's.

Aber war bloß Jux, sagte der Jüngere, auch wenn's aussah wie Lust auf Streit.

Mit manchen kann man halt nur so reden, sagte der Ältere.

Der Alfaki nickte. Er wusste, was sie meinten.

Und dann?

Das war noch früh, sagte der Ältere. Kurz darauf waren wir wieder draußen, wollten uns in den anderen Clubs tummeln, und da sehen wir wieder Romeo, hatte ordentlich was geladen, auf dem Parkplatz, weiß Gott, wo er hin wollte, aber er schwankte ganz schön, und da hat ihn ein Pick-up erwischt, im Rückwärtsgang, ich glaub, die haben's nicht mal gemerkt.

Der Alfaki schnaubte überrascht, wollte sich aber noch nicht zu Vicky umdrehen, damit sie bestätigte, was sie sagten.

Ein Auto? Du sagst, ein Auto war schuld?

Tja. Die haben ihn aufs Horn genommen, und weg waren sie. Mein Bruder und ich sind hin, wollten sehen, wie es ihm ging. Er hat schwer geatmet, wollte aber keinen Krankenwagen, es werde schon vorbeigehen. Wir haben ihn aufgehoben und hinten in mein Auto gelegt, sind trotzdem los, aber unterwegs hat er gesagt, nein, bitte nicht ins Krankenhaus, wir sollten ihn zu uns mitnehmen, damit er sich erholen könne, dann gehe er nach Hause.

Der Alfaki trat zu den Jungen und blickte ihnen abwechselnd in die Augen, auf der Suche nach einer schlecht übertünchten Lüge.

Ihr habt ihm nichts getan, das war alles. Ganz sicher.

Die Jungen nickten.

Na ja, sagte der Ältere. Es geht noch weiter. Wir haben ihn hergebracht, wollten aber gleich den Arzt rufen, doch beim Reintragen ließ er sich ganz schön hängen, wurde wie Blei, erst ein paar Minuten später haben wir gemerkt, dass er schon tot war, wir hätten nie gedacht, dass er so schlecht dran gewesen ist.

Hierher? Es ging ihm schlecht, und ihr habt ihn hier nach unten gebracht?

Nein, wir waren oben im Wohnzimmer. Aber dann hat jemand angerufen.

Ein Mädchen, schaltete sich der Jüngere ein.

Ja, ein Mädchen, das hat gesagt, die Fonsecas hätten

sich die Puppa geschnappt und würden sie erst rausrücken, wenn wir Romeo zurückbringen. Deshalb haben wir niemanden gerufen und ihn lieber nach unten gebracht, damit er uns nicht verdirbt.

Der Alfaki sah zu Romeo, dessen Hände Vicky gerade begutachtete. Romeo schien an alten Wunden zu leiden, nicht am Tod, der hatte seine Haut kaum aschfarben gemacht, doch den frühen Schmerz, den sah man ihm an.

Gebt uns einen Moment, sagte der Alfaki, ohne sich an jemand Bestimmten zu wenden, und die Castros verließen den Raum.

Übrigens, sagte der Mennonit, da will Sie jemand fertigmachen. Der Freund einer Nachbarin. Augen auf, Kumpel.

Verdammt, wie hatte das geschniegelte Bürschchen Wind bekommen? Und weshalb wusste der Mennonit Bescheid, der nicht mal von hier war?

Ist das ein Rat oder eine Botschaft?, fragte er.

Beides, ist aber kein Auftrag. Der Typ ist ein Weichei, hat jemanden für die Drecksarbeit gesucht, der Ihnen die Fresse polieren soll. Einer, den ich kenne, hat's mitgekriegt, und ich geb's weiter, ganz umsonst.

Der Alfaki zog eine Okay-Grimasse und sagte: Und das hier?

Der Mennonit verschränkte die Arme und betrachtete Romeo.

Ich glaube, sie sagen die Wahrheit.

Nicht ganz, sagte Vicky. Die Sache mit dem Pick-up glaube ich ihnen, aber das erklärt nicht die Hände.

Ach so, sagte der Mennonit. Das war ich.

Die anderen blickten ihn an.

Er sah zu fertig aus, um bei einer Schlägerei gestorben zu sein.

Aber er ist bei keiner Schlägerei gestorben.

Das würde sein Vater nie und nimmer glauben, oder? Wozu alles schlimmer machen, wozu ihn überzeugen, dass ihm keiner was getan hat? Irgendwas läuft da zwischen den beiden Familien. Ich sage: Sollen sie glauben, was sie wollen, sollen sie ihren Jungen als Helden begraben. Die schließen keinen Frieden, weil sie jemand überzeugt, sondern weil sie es müde geworden sind. Erzählt, was passiert ist, aber lasst es aussehen, als hätte er zugepackt.

Vicky schien etwas sagen zu wollen. Sie bereute es, sagte dann aber doch: Warum wollte er nicht, dass man ihn ins Krankenhaus bringt?

Ja, das ist die Frage, sagte der Mennonit.

Sie verließen den Raum, und Romeo blieb allein zurück. Sie gingen hinauf zu den Castros, und bevor sie aufbrachen, kam noch die Mutter, erschrocken und bleich, und forderte: Sagt schon, was haben sie mit meiner Kleinen gemacht.

Der Alfaki entschied, dass die Taktik des Mennoniten bei ihr nicht funktionierte, und sagte: Im Grunde das Gleiche wie hier. Ein Unglück ohne Schuldigen.

Was sagen Sie? Sie ist tot? Wir haben beide den Verunglückten des anderen aufgegabelt? Ja?

So in etwa, ja.

Die Mutter sah ihm starr in die Augen und sagte: So etwas passiert nicht.

Ein beliebiger Scheißkerl, ein x-beliebiger, beißt in ein Brot, und sofort braucht man einen Namen dafür, dachte er, oder wenigstens ein Alias, zu mehr reicht die Urteilskraft nicht.

Vertriebener Typ alias Mennonit. Kaputter Typ alias Alfaki. Armer einsamer Teufel alias Mein Augenstern. Arme ausgeplünderte Frau alias Wo wird sie sein. Rache alias Revanche. Scheiße alias Machen Sie sich keine Sorgen. Verachtung alias Wer erinnert sich. Diese Angst alias Ich weiß von nichts. Diese Angst alias Hier geht's mir gut. Ein beliebiger Scheißkerl, ein x-beliebiger, alias Sein eigener Vater. Das hatte ich erwartet alias Mit mir nicht. Gezähmtes Wort alias Die reine Wahrheit.

Ich muss Kondome besorgen, sagte der Alfaki laut zu sich.

Vicky musterte ihn spöttisch:

Hast du raue Hände?

Nein, manchmal geschehen Wunder.

Vickys Ausdruck bedeutete: Erzähl keinen Scheiß,

jetzt sprichst du schon von Wundern. Vicky konnte das nicht verstehen. Vicky war schön und abgebrüht, war es gewohnt, ein Zimmer festen Schritts zu durchqueren und jeden, der ihr gefiel, an den Eiern zu packen und aufs Bett zu werfen, ohne sich das Gehirn zu zermartern. Nie hatte sie sich anstrengen müssen, jemanden zum Vögeln zu finden, weshalb er fast Mitleid für sie empfand, wie für den, der nicht weiß, wie das ist, zum ersten Mal eine Großstadt zu sehen, weil er in ihr aufgewachsen ist, oder für den, der sich nicht erinnert, wie es war, sich zum ersten Mal attraktiv zu fühlen oder zum ersten Mal jemanden zu küssen, den zu küssen unmöglich schien. Die wissen nichts von Wundern.

Ja, die Tussis können sich ganz schön anstellen, was?, bemerkte der Neuandertal.

O Gott, sagte Vicky.

Klar, jetzt bekomme ich wieder einen Anschnauzer.

Nein, du hast bloß null Ahnung. Die Männer können einen Stuhl vögeln und sei es ein Schemel, aber wenn die Frauen einen hässlichen Kerl vögeln oder einen Schwachkopf, dann eben nicht, weil wir egal was vögeln wollen, sondern weil wir wissen, das ist nur der Anfang, es gibt noch mehr. Das begreift ihr erst Jahre später, wenn ihr euch nicht mehr auf alles schwingt, was euch über den Weg läuft.

Danke, Prinzessin, ich wusste, eines Tages würdest du uns zu schätzen lernen.

Dafür muss man allerdings eine Seele haben, Nan.

Vielleicht verstand Vicky andere Dinge. Wie auch immer, der Alfaki bremste und ließ die beiden allein mit ihrem Schweigen, denn er hatte eine Apotheke entdeckt. Er stieg aus, sah jedoch gleich, dass sie geschlossen war und man wiederholt gegen das Gitter geschlagen hatte, mit einem Rohr, einem Stock, einer verzweifelten Faust, und dass ein Schild daran hing, auf dem mit Bleistift geschrieben stand: MUNDSCHUTZ AUSVERKAUFT.

Nichts zu machen. Er hatte noch Arbeit vor sich. Vielleicht fand er unterwegs eine offene. Er kehrte zum Käfer zurück, kurbelte das Fenster herunter, um nicht das Schweigen von Vicky und Nan zu hören, doch nun drang das Schweigen von der Straße herein: ein Stoppelfeld aus hysterischen Signalen, ausgesandt von Antennen, die den Leuten die Angst ins Hirn gepflanzt hatten. Er spürte die Erregung hinter den geschlossenen Türen, aber nicht den Drang, hinauszugehen. Es war erschreckend, mit welcher Selbstverständlichkeit alle Welt sich damit abfand, zu Hause zu bleiben.

Er kehrte zurück zu den Castros, hielt nicht an, umrundete zweimal den Block und fuhr Richtung Las Pericas. Er musste sehen, wo er Tribut zu zollen hatte, denn blechen würde er müssen: Kein Verkehr ohne Maut, so sehr man auch aufs Gegenteil hoffte. Einen Block vor Las Pericas stießen sie auf einen weiteren Leichenzug. Er hätte ihn überholt, um nicht das Wehklagen des Wagengefolges abzuwarten, aber diese Prozession war die traurigste, die er je gesehen hatte: In dem Leichenwagen saß nur der Fahrer, ihm folgte ein einziger Käfer mit einer einzigen Person, mundmaskiert.

Er umrundete den Block von Las Pericas, machte sich dann Richtung Neuandertal auf, taxierte dabei die ganze Zeit die Straße. Man stieß auf weniger Hindernisse denn je, aber die Angst, die durch die Türen quoll, war ein Morast; an jeder Ecke hielt er an, schaute sich nach beiden Seiten um, warf alle zwanzig Sekunden einen Blick in den Rückspiegel und sah immer das Gleiche, den Asphalt, der über ihn herzufallen drohte. Das Brodeln hatte sich vor Zeiten angekündigt, aber jetzt sah man schon die Blasen aufsteigen.

Er setzte den Neuandertal zu Hause ab, der grußlos ausstieg. Dann fuhr er weiter zu Vicky. Sie begegneten wieder dem Leichenzug, der in eine Straßensperre geraten war. Ein Soldat öffnete den Sarg, zwei weitere verhörten den Fahrer und den Leidtragenden.

Scheißkerle, sagte Vicky. Als wäre der Tote bewaffnet.

Sie kamen an noch einer Apotheke vorbei, ebenfalls zu, mit einem Schild im Fenster, auf dem stand: WEGEN TRAUERFALL GESCHLOSSEN. Er setzte Vicky ab und fuhr nach Hause. Vielleicht würde der Austausch dort über die Bühne gehen müssen, sauer, wie die Angehörigen waren. Als er eintraf, sah er, dass jemand an die Wand des Nachbarhauses geschrieben hatte: SEHT ZU

DASS IHR BESSER SAUBERMACHT VERDAMMTE SCHWEINE DAS HABEN WIR NUN DAVON. Ja, eine schwarze Pfütze zog sich von der Haustür bis zum Gitter, auch wenn keine Viecher darüber kreisten. Er sah nach oben. Dort war nichts zu sehen als die Mauer fader Wolken, die die Sterne verbargen.

Er trat in die Villa, blieb kurz am Ende des Gangs stehen, dachte nach, zu welcher der vier Türen er sich wenden sollte. Zu der des anämischen Studenten, um ihm zwei Ohrfeigen zu verpassen, weil er das Maul nicht halten konnte; zu der der Dreimalblonden, um sie auf Knien anzuflehen, bitte, um alles in der Welt, nur ein Momentchen; zur eigenen, um zu sehen, was anlag; oder zu der der Ñora, um die Sache mit dem Austausch auszuloten. Ja, das.

Er klopfte. Obwohl er ihre Schritte nicht gehört hatte, öffnete die Ñora fast sofort, hatte nicht einmal durch den Spion geäugt. Sie musterte den Alfaki mit befremdender Eindringlichkeit, prüfend oder abschreckend. Sagte nichts.

Guten Tag, Señora, sagte der Alfaki.

Abend schon, entgegnete die Ñora automatisch, und es war, als hätte sie gar nichts gesagt.

Ja, Abend, hören Sie, Señora, ich wollte nur Bescheid sagen, dass morgen ein paar Leute vorbeischauen. Nur kurz, sie liefern etwas ab und gehen wieder, kommen aber zu mehreren.

Die Ñora sah ihn an, ihr Ausdruck immer noch unergründlich.

Damit Sie nicht extra aufspringen, wenn Sie ein Geräusch hören.

Sie bringen Leute her, sagte die Ñora, und ich soll nicht nach dem Rechten sehen.

Scharfsinnig, die Ñora. Der Alfaki lächelte.

Bloß, damit Sie nicht extra aufspringen müssen, Señora.

Die Ñora nickte. Der Alfaki neigte leicht den Kopf zum Schönen-Abend-Zeichen und drehte sich um. Er wollte gerade in seine Wohnung treten, da sagte die Ñora: Meister, sie zögerte, junger Mann: Haben Sie den Jungen gesehen?

Antworten Sie, aber schauen Sie nicht nach, sagten die Augen der Ñora. Auf den ersten Blick war sie ganz die Alte, spröde und diskret, aber dem Alfaki fiel ein sanftes Erzittern auf, das eine Umarmung forderte. Er hatte nicht vorgehabt, nachzuschauen. Wer hätte das gedacht, der anämische Student.

Nein, sagte er. Aber wenn ich ihn sehe, sage ich Bescheid.

Die Ñora nickte wieder und schloss die Tür. Der Alfaki stand noch einen Moment dort, versuchte im Geist, das Bild der Ñora und des anämischen Studenten zusammenzubringen, dann aß er bei sich ein Stück Kuchenbrot, zwei Tage alt, und klopfte bei der Dreimalblonden.

Er hörte, wie ihr Körper den Schritten Stil gab, sah, wie das Licht hinter dem Spion verschwand. Beide atmeten schweigend, ohne dass die Tür sich rührte. Schließlich sagte die Dreimalblonde: Hast du den Mundschutz den ganzen Tag über getragen?

Ja, log der Alfaki.

Die Dreimalblonde wartete noch eine Minute, öffnete dann ganz langsam. Sie machte einen Schritt rückwärts, der Alfaki trat ein und schloss die Tür. Sofort drängte er die Dreimalblonde an die Wand, zog den Mundschutz herunter und küsste sie. Sie ließ es einfach zu, die Arme leblos, der Körper schlaff, die Zunge bereit. Der Alfaki dachte dabei an all die Leute, die ihm an dem Tag ins Gesicht geatmet hatten, an das Viech, das er am Nacken zerquetscht hatte, und an wer weiß was ihm inzwischen durch die Adern schwärmte, und hier beugte er sich nun, hundsgemein, über ein Wunder aus Titten samt Umlautpunkten, so ein Hurensohn. Womöglich spürte sie, wie sich dem Alfaki der schwarze Hund in der Brust regte, oder sie fragte einfach ins Blaue, jedenfalls schob die Dreimalblonde ihn zur Seite.

Mit wem hast du gesprochen?

Mit einem Haufen Leute.

Mit wem hast du über mich gesprochen, du Widerling?, sagte sie, und beim letzten i-Punkt zerkratzte sie den Arm des Alfaki mit einem langen, roten Fingernagel.

Mit niemandem. Wieso?

Nachdem du fort warst, kam mein Schatz an, außer sich, wollte mich ausschimpfen, wen ich in meine Wohnung lasse und was weiß ich noch alles.

Das war ich nicht. Das war der Scheißnachbar.

Die Dreimalblonde schien nicht überrascht zu sein.

Ja.

Warum fragst du dann?

Weil ihr Männer immer alles ausplaudert. Als müsstet ihr partout euren Freunden Bericht erstatten. Schwachköpfe.

Na toll. Die Dreimalblonde feuerte blind einen Schuss ab und traf ihn zwischen die Augen. Und den anderen Mistkerl nannte sie Schatz.

Er ist wortlos abgezogen, fuhr sie mit Leidensmiene fort. Der Alfaki streichelte ihr die Wange.

Bist du sehr traurig drum?, fragte er schmeichelnd.

Nein.

Die Dreimalblonde schob ihm die Hand unters Hemd, fuhr seine Brust entlang, steckte sie ihm plötzlich in die Hose und drückte den Schwanz, wog die Eier.

Die Kondome, sagte sie.

Der Alfaki umfasste ihren Nacken und küsste sie. Sie wand sich, aber genau das sollte nicht geschehen, nein, und er versuchte, Viecher, Leute und geschlossene Apotheken aus seinem Geist zu verscheuchen, aber die Dreimalblonde schob unweigerlich seinen Arm weg, entschlüpfte und sagte: Hol-das-Kon-dom.

Der Alfaki machte kurz eine Miene à la: Mal überlegen, wo ich es habe, und nährte einen flüchtigen Augenblick erneut die leere Hoffnung, eine offene Apotheke zu finden, aber bevor er weiterlog, sagte die Dreimalblonde: Du hast keine gekauft. Scheißschwachkopf von Nachbar. Du hast keine gekauft.

Sie hob die Hände, als wollte sie den Alfaki nicht einmal streifen, öffnete die Tür und sagte: Ich habe zu tun.

Er flehte eine Sekunde mit den Augen, und ihre Augen entgegneten, er solle sich verpissen, am Boden zerstört ging er, klein mit Hut, und die zuschlagende Tür hinter ihm katapultierte ihn bis zu seiner Wohnung.

Er ging hinein und warf sich aufs Bett.

In manchen Nächten, wenn der schwarze Hund fort war, stellte er sich vor, dass er im Bauch eines anderen Tiers schlief, geschützt vor der Kälte. In dieser Nacht war er nicht fort.

4

IM SCHEIN DES DÄMMERSCHLAFS sah er Óscars ausgestreckte Hand und fuhr im Bett hoch, weil er begriff, dass darin verborgen lag, wie das ganze Totenwabohu angefangen hatte. Er rief den Mennoniten an, erklärte ihm seine Theorie, und sie verabredeten sich im Kose-Korridor. Er ging wieder zum Käfer, zurück auf die Straße, wo es hinter den Türen dröhnte, zurück zum Hakenschlagen zwischen lauernden Flinten und Bösewichten in Uniform oder Zivil. Als er eintraf, wartete der Mennonit bereits vor dem Eingang des Metamorfosis. Der Korridor war hell erleuchtet, Autos parkten vor den Puffs, aber niemand zog von einem zum anderen. Sie traten ins Metamorfosis, und er spähte über die Körper hinweg nach Óscar.

Das Lokal war voll, friedlich, aber voll. Leute schliefen unter oder halb auf den Tischen, als schliefen sie echte Müdigkeit aus, keinen Rausch. Wer wach war, unterhielt sich mit den Tänzerinnen. Sonst schenkte man ihnen wenig Aufmerksamkeit, als wäre es ganz natürlich, dass sich Frauen dieser Art vor Zechern auszogen. Jetzt schwatzten sie, kein Stieren, kein Poklatschen. Bloß ein Betrunkener an der Bar wiederholte penetrant: Daaaaaas is aaaaalles ... daaaaaaas is aaaaaalles. Die Übrigen waren andächtig und sanft, als lauschten sie Hagel, der aufs Blechdach trommelte.

Die sind seit Tagen hier, hörte er Óscar hinter sich sagen. Angeblich, weil es draußen zu gefährlich ist, aber ich glaube eher, sie haben die Chance ihres Lebens genutzt.

Ich sehe, du hast Verwendung für den Mundschutz gefunden, sagte der Alfaki. Ein Mädchen tanzte vor einer Gruppe Besoffener, völlig nackt, aber mit Mundschutz. Sie kam näher, tat so, als wollte sie ihn abnehmen, und die Betrunkenen quiekten vor Erregung.

Ja, entgegnete Óscar. Große Klasse.

Der Kleine der Fonsecas, sagte der Alfaki. Bist du sicher, wo er rauskam, Óscar?

Óscar sah ihn einen Augenblick an, lang genug, um eine beidseitige Vertraulichkeitsvereinbarung aufzusetzen, zu lesen, zu unterschreiben und zu beglaubigen.

Aus dem der Mädels, sagte er. Er meinte nicht die Mädchen hier, die Angestellten, sondern die Kundinnen.

Danke, Bruder.

Sie verließen das Metamorfosis und gingen ins Íncubo. Die Kundschaft war kleiner und lebhafter, höchstens ein Dutzend Damen in fröhlichem Suff. Sie becherten, zwei, drei Tänzer regten sich zwischen den Tischen. Die Tanzfläche war leer.

Der Mennonit ging zur Puffmutter, einer dicken, eleganten Dame mit tiefschwarzem Haar.

Ich suche einen Jungen.

Hier bedienen wir eher Damen, aber wir kommen schon überein.

Der Mennonit ließ den Blick durch den Puff schweifen, musterte die wenigen Männer und sagte:

Ich suche einen vom Stammpersonal, mit festem Freund.

Die Puffmutter sah ihn misstrauisch an. Dann begriff sie.

Ach, dass muss der da sein, sie deutete auf einen Jungen, ein halbes Kind noch, der mühsam eine Frau anlächelte, die ihm Rumcolas spendierte. Der ist völlig am Boden, hat sich wohl mit seinem Liebsten gestritten, der hat ihn sonst nachts immer abgeholt, aber gestern hab ich ihn nicht gesehen.

Sie gingen zu seinem Tisch. Der Alfaki beugte sich zu der Frau, die ihn an der Angel hatte, streifte fast ihre Wange.

Leihen Sie ihn mir, meine Liebe, ein Momentchen nur, ich stell ihm bloß eine Frage und geb ihn zurück.

Die Frau blinzelte diplomatisch, und der Mennonit zitierte den Jungen mit einer Kopfbewegung an den Nebentisch.

Ich vögele nicht mit Männern, sagte der Junge, kaum saßen sie.

Das wissen wir, sagte der Mennonit, du vögelst nur mit einem.

Der Mennonit stieß die Wörter hervor, die Hände auf dem Tisch, als könnten sie in jedem Moment zu einer saftigen Rückhand ausholen. Der Junge wirkte plötzlich erschrocken. Sanfter bohrte der Alfaki weiter: Was ist vor zwei Nächten passiert?

Er kam, wir haben gestritten, immer das Gleiche, er deutete auf den Puff. Dann ist er abgezogen. Hat nicht mal auf seine Schwester gewartet.

Seine Schwester. Mist.

Sie sind zusammen gekommen?

Ja, aber dann ist er rausgerannt, sie kam nicht so schnell hinterher, in der Nacht waren viele Leute da. Keiner von beiden ist wieder aufgetaucht.

Sie wandten sich zum Gehen, aber der Junge hielt den Alfaki am Arm fest: Was ist mit ihm passiert?

Geh schlafen, sagte der Alfaki. Aber nimm dir den Tag morgen frei. Dann wissen wir genau Bescheid.

Sie gingen hinaus, der Alfaki steckte sich eine Zigarette an, stellte sich rauchend neben den Käfer. Er musste den Delphin anrufen. Er wählte.

Ich habe eine schlechte Nachricht für Sie, sagte er.

Der Delphin blieb still, sein Mund zumindest, die Lunge lief auf Hochtouren.

Romeo ist tot, sagte er. Aber die Castros waren nicht schuld.

Er hörte den Delphin am anderen Ende schnaufen, dann wortlos auflegen.

Er war es leid, solche Nachrichten zu überbringen, aber miserabel fühlte er sich, weil er sie der einzigen Person, der es etwas bedeutete, nicht überbracht hatte. Verdammte Scheiße.

Er schlief ein paar wenige Stunden, die sich zwischen banalen Träumen zerfaserten, voll rollender Reifen und Katzen, die auf einem Geländer hockten. Er stand auf, weder munter noch schläfrig. Besser ein dumpfer Tag als delirierendes Wachsein.

Er rief wieder Gustavo an, den neunmalklugen Winkeladvokaten. Nicht da. Er stieg in den Käfer, ließ sich vom morgendlichen Schwung treiben, wollte sich um die Ecke der Villa ein Sandwich mit Maispastete holen. An der verlassenen Kreuzung fiel ihm ein, dass niemand draußen war. Er hatte einen Bärenhunger. Und Durst. Aber es gab nur brackiges Wasser in den Pfützen am Gehweg und die grauen, schweren Wolken, die keinen Tropfen losließen. Der heuchlerische Wahnsinn der Leute, der Stadt, der Zeit, alle Welt war finster, heckte Gott weiß was aus.

Er fuhr Richtung Las Pericas. Auf einmal sah er etwas mitten auf der Straße und bremste scharf. Ein Haufen

Lumpen oder zerstückelte Hunde. Er umschiffte das Bündel und sah beim Vorbeifahren genauer hin: weder das eine noch das andere, sondern ein lehmverschmierter Mann. Dem Alfaki kam er bekannt vor. Er kurbelte das Fenster herunter und beugte sich hinaus. Es war der Trödler, auf den er am Vortag gestoßen war. Sein Mund war zugestopft mit Atemschutzmasken, und er riss die Augen auf wie ein Erleuchteter. Der Alfaki kurbelte das Fenster hoch und gab Gas.

Bevor er bei Las Pericas klingelte, zog er den Mundschutz aus der Hosentasche. Er war ganz steif von so viel Speichel auf der einen und so viel Welt auf der anderen Seite, wozu sollte der noch gut sein. Er steckte ihn wieder ein und klingelte.

Die Unregierbare sah aus dem Fenster, öffnete und trat zur Seite. Der Alfaki ging hinein und sah, dass sie mehrere Eisbeutel auf die Puppa gepackt hatten, die ganzen Beutel, ungeöffnet. Trotzdem machte sich neues Leben in ihr bemerkbar. Sie hatte Farbe bekommen, man roch, dass etwas Neues in ihr hauste. Er nahm die Beutel und warf sie zur Seite. Dann versuchte er, sie anzuheben, aber sie war so schwer. Er sah zur Unregierbaren, vielleicht würde sie helfen, sie sah sanfter aus als sonst, doch er beschloss, sie allein zu tragen. Alles wird gut, sagte er zur Hülse der Puppa und nahm sie auf den Arm. Mit ihr zusammen trat er hinaus in den bleiernen Morgen.

Unaufgefordert begleitete ihn die Unregierbare, öffnete die Tür des Käfers und klappte den Vordersitz um, damit er den Leichnam hineinlegen konnte. Er war noch nicht steif, man konnte ihn betten, als hätte sich die Puppa zusammengerollt, um während einer langen Fahrt ein Schläfchen zu halten, nur ab und an den Kopf zu heben und zu fragen: Sind wir schon da, sind wir schon da?

Was denn? Wohin?, fragte der Alfaki, als er sah, dass die Unregierbare in den Käfer stieg.

Ich fahre mit.

Hat man dir nicht erklärt, wie so was abläuft? Ich und noch einer, wir sehen zu, dass alles in Ordnung ist, und dann machen wir mit euch den Austausch.

Ich weiß. Aber man hat mir auch erklärt, ich soll aufpassen, wo Sie abbleiben. Dass Sie nicht auf eigene Faust handeln.

Er fuhr los. Kaum war er um die Ecke gebogen, sah er zwei kleine Jungs, die mit etwas in den Armen davonrannten. Er ahnte den Grund und fuhr näher heran. Tatsächlich, jemand hatte ein Ladenschloss aufgebrochen, jetzt wurde dort nach und nach geplündert. Schweinebande. Dennoch hielt er an, stieg aus, griff sich ein paar Flaschen Wasser, zwei vakuumverpackte Sandwichs und legte mehrere Scheine auf ein hohes Regal, in der Hoffnung, dass die Jungs nicht hinaufreichten. Er biss ins Sandwich, noch bevor er den Laden verließ.

Auf der Straße waren immer weniger Autos zu sehen. Über einer besonders breiten, wo man sonst immer Kopf und Kragen riskierte, wenn man auf die andere Seite wollte, schwebte nur noch die Angst vor den eingesperrten Menschen. Als hätten sich mit einem Mal alle Vorurteile bewahrheitet, die ein jeder über die anderen hatte.

Es heißt, manche stecken einen absichtlich an, sagte die Unregierbare, als hätten sie beide das Gleiche gedacht.

Er antwortete nicht, wandte sich aber zu ihr, blickte auf ihre Hände: voll und weich, mit einer gelblichen Patina an zwei Fingerspitzen. Dank dem Mundschutz achtete er jetzt mehr auf Augen und Hände. Wenn das so weiterging, würden sich die Leute an den Fingernägeln wiedererkennen.

Ich habe deinen Schwager getroffen, sagte er unvermittelt. Die Unregierbare fuhr herum, das erschrockene Gesicht eines kleinen Mädchens.

Ja. Der Alfaki nutzte seine Chance: Erzählst du mir, was passiert ist?

Die Unregierbare sah nach vorn, verschränkte die Hände, rang um Fassung. Der Alfaki beschloss, ein wenig nachzuhelfen.

Die Castros haben ihm nichts getan, stimmt's?

Die Unregierbare schüttelte den Kopf.

Nein. Als ich draußen war, lag er schon am Boden, da waren sie erst unterwegs zu ihm.

Und warum bist du nicht zu ihm gegangen?

Jetzt war sie es, die ihre Hände ansah oder durch sie hindurch.

Der Alfaki wollte weiterfragen, aber sie sagte: Er mochte es nicht, wenn man ihn elend oder traurig sah. Ich weiß nicht, ob's deswegen war, denn er hätte mich gehasst, wenn ich ihn in dem Zustand gesehen hätte, oder ich war zu betrunken und habe nichts begriffen. Ich bin fast immer betrunken.

Das Mädchen würde weinen, wenn sie verdammt nochmal die leiseste Ahnung hätte, wie das gehen soll, dachte der Alfaki, als er sah, wie ihr Blick auf den Boden des Wagens rutschte, niedergeschmettert. Und da weinte die Unregierbare los, weinte kurz und kräftig, reglos, merkte vielleicht gar nicht, dass sie weinte.

Er wollte gar nicht raus, er wollte gar nicht, wiederholte sie. Der ganze Scheiß machte ihm Angst, die kranken Leute, die verdreckten Kerle, die Blut spucken, er hasste Arztbesuche, er hatte einen Horror vor all dem kranken Gesocks dort.

Warum habt ihr euch dann die Puppa geschnappt?

Das hat mein Vater angeordnet, wir sollten uns jemanden von den Castros holen, die sollen endlich bezahlen, hat er gesagt. Ich bin raus, weil ich die Puppa manchmal in der Ecke hier gesehen habe, Sie wissen ja, sie war immer allein. Ich fand sie auch, sie kam von zu Hause, sah schlecht aus, ich sagte, komm mit mir, und sie hat nichts gefragt, nicht mal, wohin. Ich habe sie mitgenommen, und mein Vater war sehr zufrieden, wir haben sie ins Auto gesetzt und nach Las Pericas gebracht. Dort merkte ich, dass ihr Blut aus dem Mund rann. Wir haben sie hingelegt, und sie hat es nicht mehr lange gemacht.

Hast du den Delphin nicht nach dem Grund gefragt?

Doch, aber er hat bloß geantwortet: Du musst zu deiner Familie stehen, tu, was ich dir auftrage. Ich habe gesagt, vielleicht geht es ja Romeo gar nicht so mies, aber ich weiß nicht, ob er das geglaubt hat oder ob diese Sache zwischen ihm und den Castros wichtiger war, denn er sagte: Er ist mein Sohn, und ich kann ihn verschlingen, wenn ich will.

Was die Leute alles auf einen Grabstein schreiben, und sei es mit dem Atem. Ich werde dich immer lieben. Ich kann dir nicht vergeben. Vergesst mich. Ich komme wieder. Dafür werdet ihr bezahlen. Tiefer als mit dem Meißel. Es zu verwischen war die Aufgabe des Alfaki. Sonst hatte er kein Talent, nur das, Flüche zu dämpfen und Leute vor der Einzelzelle oder ihren Schwüren zu bewahren. Gerade weil er nicht auffiel, konnte er als Schraubenzieher dienen, der nachher in den Werkzeugkasten zurückkehrt und dem man nicht danken muss. Den Streit schlichten wir unter uns, das Geheimnis bleibt unter uns, das Bußgeld verringern wir unter uns, das Alibi erfinden wir unter uns. Ein Deal ist Vorsorge.

Das verstand er: steinerne Wahrheiten abtragen. Aber bei dieser Geschichte mit ihren einsamen Toten hatte er noch nichts, woran er sich festhalten konnte, bloß Brocken von Lügen, greifbare Lügen, aber Lügen eben.

Im Rückspiegel sah er einen schwarzen Geländewagen, der ihm dicht aufgefahren war. Er drosselte das Tempo, um ihn vorbeizulassen, aber der Geländewagen blieb auf gleicher Höhe, einer der Insassen musterte die Puppa auf dem Rücksitz, dann schnitt der Wagen ihnen den Weg ab. Zwei echte Scheißkerle mit echten Scheißkerlgesichtern stiegen aus. Der auf der Beifahrerseite musste den Alfaki gar nicht erst herwinken. Er stellte den Motor ab und stieg ebenfalls aus. Die Scheißkerle trugen auch keinen Mundschutz.

Die Kleine auch, sagte einer der beiden.

Schon früher waren in der Stadt scharenweise die Leute weggestorben, aber schuld waren die Berufstuberkulose gewesen, die häufigen Einstürze, das Übliche. Vielleicht weil das Leben kurz war, hatten die Leute hier gelernt, sich nicht um das zu scheren, was die anderen taten. Das eigene Leben war zu beschissen, als dass man sich um das der andern kümmern konnte. Vielleicht legten sie deshalb tagaus, tagein so viel Wert auf gute Manieren, auf das Gutentag, Wiegehts, Sogottwill, Sehrfreundlich. Es schaffte Distanz. Aber die hier wussten nichts von guten Wünschen.

Die Unregierbare stieg aus und baute sich hinter dem Alfaki auf, die Arme verschränkt.

Was hast du mit der anderen gemacht, fragte er.

Nichts, sie ist an dem Mist hier draußen gestorben.

Der Scheißkerl rückte sich die Sonnenbrille zurecht, trat auf den Käfer zu, musterte die Puppa ein paar Sekunden und kehrte um.

Brauchst du den Leichnam?

Allerdings, sagte der Alfaki. Ich würde nicht hier draußen rumfahren, wenn ich ihn nicht abgeben müsste.

Uns fehlt nämlich einer, sagte der Scheißkerl. Aber egal, jetzt gibt's ja Unmengen hier.

Er sagte etwas zum anderen, und sie stiegen wieder ein. Der Alfaki und die Unregierbare ebenfalls.

Normal wäre, dass die Toten zum Himmel stinken, sagte die Unregierbare.

Bei diesem Satz hätte der Alfaki am liebsten alles vergessen, wäre am liebsten von allen vergessen worden, hätte sich unter einem Stein zusammengerollt oder auf einem Möbelstück. Wer weiß, warum man uns hier als Pfand zurückbehält, dachte er. Womöglich verhandelt gerade ein anderer Alfaki über unser Lösegeld.

Sie gelangten zur Villa, er gab der Unregierbaren die Schlüssel, damit sie ihm aufmachte, trug die Puppa hinein und legte sie aufs Bett. Die Unregierbare musterte den Hausrat des Alfaki, als wäre sie überrascht, dass er nicht in einer Höhle hauste, dann sagte sie: Ich gehe jetzt, sie darf hier nicht weg, ohne dass wir Bescheid wissen.

Und sie ging.

Der Alfaki lehnte sich an den Holztisch vor dem Bett und versuchte, die Puppa mit professionellem Blick zu betrachten, aber es fiel ihm schwer, lieber wollte er sie bei der Hand nehmen. Das tat er. Sie war kalt, immer noch weich.

Jetzt machen wir dich zurecht, Mädchen, sagte er.

Er stand auf, strich ihr den Rock glatt, schloss fest die Lider, kämmte die Brauen. Er holte ein Bügeleisen, das seit Monaten nicht mehr benutzt worden war, nahm der Puppa die Strickjacke ab, bügelte sie auf dem Tisch und zog sie ihr wieder an.

Was noch? Eine Menge blieb zu tun, aber er wusste nicht, wie, und wollte es auch nicht. Er würde Vicky um Hilfe bitten, zog sein Handy hervor. Es hatte keinen Empfang.

Er ging hinaus, bestellte Vicky her, rief dann den Neuandertal an: Komm, bald ist es so weit.

Er wollte gerade wieder in die Villa, da sah er die Dreimalblonde um die Ecke biegen. Er erwartete sie neben der Haustür und vollführte dann eine Geste, die bedeuten sollte: Wie das?

Die Dreimalblonde warf den Kopf in den Nacken und sagte: Weil du doch zu gar nichts taugst …

Sie nahm ihn bei der Hand und zog ihn in die Villa, ging ihm voraus, lächelte ihn, heute explizit ihn mit ihren Tangastrings an.

Bevor er bei ihr eintrat, sagte der Alfaki: Ich muss noch abschließen.

Nicht mal, wenn du einen Schatz dort hättest, sagte sie, die nicht wusste, dass er gerade heute mit Klauen und Zähnen verteidigen würde, was dort drinnen war.

Er schloss ab und ging zurück zur Dreimalblonden. Die führte ihn ins Schlafzimmer, deutete aufs Bett: Leg dich hin.

Der Alfaki legte sich hin, zog sich immer noch aus, als sie schon nackt war. Zum ersten Mal sah er sie von Kopf bis Fuß, ein Wunder lebendiger Haut. Allein beim Anblick ihres Schamhügels, enthaart von der Leiste bis zur Mitte, hätte er kommen können, allein bei dem Gedanken, dass er an ihren Brüsten saugen würde, die noch größer wirkten, noch bereiter als beim letzten Mal, oder bei dem Gedanken, wie sich der Hintern in seinen Händen anfühlen oder wie er sie aufs Bett werfen würde, ja, jetzt würden sie, danke, du heiliger Heiliger der Geilen, endlich vögeln, und er wollte aufstehen, aber sie sagte: Hinlegen sollst du dich!

Er legte sich hin und sah zu, wie die Dreimalblonde mit beiden Händen ihr Geschlecht berührte. Dann kniete sie vor dem Bett nieder und nahm seinen Schwanz in den Mund.

Der Alfaki klammerte sich an den Matratzenrand, während sie mit Mund und Händen sein Glied entlangfuhr. Er wollte sagen: Halt, aber das würde er ihr nie mehr sagen, und gerade noch rechtzeitig ließ sie ihn fahren und sagte: Na dann los. Sie öffnete die Schachtel mit den Kondomen auf dem Nachttisch, und während sie eines hervorholte, fragte der Alfaki: Hattest du nicht eine Heidenangst vor der Straße?

Vor dem Mist, den die anderen bauen. Nicht vor meinem eigenen.

Und sie streifte ihm das Kondom über.

Tu gar nichts, sagte sie.

Sie setzte sich rittlings auf ihn und nahm ganz langsam sein Glied auf. Der Alfaki spürte, wie die Temperatur seines Schwanzes sich änderte, je tiefer er in ihr Geschlecht eindrang. Die Dreimalblonde begann, sich kreisend zu bewegen, kreiste fast regungslos, von innen nach außen. Dann fiel sie auf ihn, fuhr mit ihren Brustspitzen über seine Brust, steckte ihm die Zunge in den Mund, während er mit den Händen über ihren Rücken strich und sie bei den Hüften packte, die immer noch kreisten. Alles war besser. Sie war besser, das Leben war besser, diese Frau, die von seinem Schwanz feucht wurde, war das Beste, was ihm passieren konnte, solange ihm noch Atem im Leib blieb. Er unternahm keinerlei Versuch, ihr zu zeigen, was er seinerseits mit ihr anstellen konnte, sie vögelte ihn ganz allein, in ihrem Rhythmus, bis sie sich wieder aufrichtete, die Arme hinten aufgestützt, und schließlich kam, als würden ihr die Knochen aus dem Leib springen und bei jedem Erbeben ein einziger pulsierender Vokal. Dann fiel sie wieder auf ihn, und er bewegte ihre Hüften mit den Händen, während sie immer noch nachbebte, in stockenden Atemzügen, bis auch er fertig war.

Was für Farben hast du gesehen?, fragte er.

Schwarz, sagte sie.

Er hörte Geräusche draußen. Sofort erwachten seine restlichen Instinkte, sanft schob er die Dreimalblonde beiseite, stand auf, zog Hemd und Hose an und ging hinaus.

Der Delphin war in der Villa. Über die Tür des Alfaki gebeugt, versuchte er, mit einer Kreditkarte den Riegel beiseitezuschieben. Die Unregierbare neben ihm sah ängstlich zu.

Was ist los, Chef?, fragte der Alfaki.

Der Delphin drehte sich um, musterte den Alfaki vom Kopf bis zu den nackten Füßen und sagte: Man hat mir nicht Bescheid gesagt, dass sie schon abgeholt wird. Nicht mal ein Andenken hab ich ihr mitgeben können. Du lass dich nicht stören, was auch immer du tust.

Wird nicht möglich sein, Chef.

Der Delphin richtete sich mühsam auf und blickte dem Alfaki in die Augen.

Keine Sorge, Junge, ich halte dir den Rücken frei.

Er tätschelte ihm die Wange.

Der Alfaki spürte hinter der Tür seinen schwarzen Hund, schweigend, schwer, wie damals, als er ihn zum ersten Mal gesehen und der Delphin ihm haargenau das Gleiche gesagt hatte, vor Jahren.

Damals war er noch nicht der Alfaki gewesen, sondern ein Nassarsch von Winkeladvokat mit Karriereaussicht in Amtsgerichten letzter Kategorie.

Polizeispitzel hatten ihm damals einen blutüberströmten Mann in die Einzelzelle geworfen, ein Bündel, das mehr Tritte abbekommen hatte als erträglich. Pass auf, dass er nicht entwischt, sagten sie ihm, als hätte der Mann etwas anderes tun können, als sich in einer Ecke aufzublähen.

Der Mann fiel von einer Ohnmacht in die nächste, starrte ihn dazwischen aus einem einzigen Musauge an. Es war ein leerer Blick, Licht im Reinzustand, bis es ihm gelang, darin seine letzte Kraft zu sammeln und etwas zu sagen, langgedehnt. Helfen Sie mir oder Lassen sie mich nicht allein oder Halten Sie mich oder Machen Sie ein Ende. Er ging auf ihn zu, ein langsamer Drahtseilakt: Was, was, was tu ich bloß. Der Mann klammerte sich immer noch mit seinem sehenden Auge an ihn, das nach und nach enger wurde, sich dann ein letztes Mal zu einem letzten Seufzer weitete, und da konnte er ihm nicht mal mehr die Hand halten, ging vor dem Gesicht des Mannes in die Hocke, sagte immer noch nichts, doch seine Augen baten: Warten Sie, warten Sie, gleich sehen wir weiter.

Ein paar Minuten später kamen die Spitzel zurück, und wortlos packte der eine ihn unter den Achseln, der andere an den Knöcheln, und sie hoben ihn hoch. Da riss er sich zusammen, stellte sich in einer gebieterischen Haltung, die er gerade erst erlernte, in die Zellentür, hob die Hände und sagte: Wohin, wohin? Wir haben noch nicht den Tatbestand aufgenommen. Die Schläger sahen ihn an, ohne auf seine Worte zu achten, als spräche das mickrige Bürschchen zu seinen Plüschtieren. Sie machten weiter, und er sagte: Nein! Und noch mal nein! Wir haben seine Familie noch nicht verständigt! Das sagte er mit erhobener Stimme, aber auf dem Grund der Worte kam der Ansatz eines Schluchzens hoch. Jetzt sahen ihn die Schläger zum ersten Mal wirklich an, mit einem Ausdruck von: Was will denn der Schwachkopf. Sie legten den Toten wieder ab, der, wie sie wussten, nicht zu den Toten gehörte, die man seiner Familie bringt, ja sie öffneten und schlossen sogar die Fäuste, weil sie jetzt wieder würden zuschlagen müssen, aber da bekam er nicht ihre Fäuste zu spüren, sondern eine andere Hand auf seiner Schulter, drehte sich um und sah diesen Schweinehund aus dem Viertel, der ihm zu dem Job verholfen hatte und ihm sagte: Danke für alles, Meister. Der Schweinehund lächelte wie ein Bruder: Jetzt übernehmen wir.

Er dachte an den Blick des Mannes, der ihm nicht aus dem Kopf wollte, an sein eigenes Bild, das für immer dessen Netzhaut eingegraben war, daran, dass sie in diesem letzten Moment etwas vereinbart hatten, und mechanisch schüttelte er den Kopf, mehr ein Flehen als ein Befehl.

Der Schweinehund, der damals noch heile Lungen und Nase hatte, wies die Schläger freundlich an, den Leichnam herauszuholen, als bäte er sie in seine gute Stube, sah ihm ins Gesicht und sagte: Keine Sorge, Junge, ich halte dir den Rücken frei.

Da beschloss er, nicht länger den Kopf zu schütteln oder dem Leichnam den Weg zu versperren oder sonst was zu sagen. Und in genau dem Augenblick spürte er zum ersten Mal die Gegenwart des schwarzen Hundes, der nie mehr fortgehen sollte; nur manchmal verlor er ihn aus den Augen, aber da sein würde er immer.

Er lernte, mit ihm zu leben, ihn in bestimmten Momenten sogar zu rufen. Etwas zerbrach ihn von innen heraus, gestattete ihm jedoch, sich auf Terrains und zu Entscheidungen vorzuwagen, die er allein mit sich nicht bewältigt hätte. Es war ein dunkler Kern, der es ihm erlaubte, zu handeln oder nicht mehr zu fühlen, etwas Greifbares, so wirklich wie ein Knochen, der einem erst bewusst wird, wenn er sich durch die Haut bohren will.

Der Alfaki dachte an all das, näherte sein Gesicht dem

des Delphin und sagte, wobei er fast seine Nase berührte: Wird nicht möglich sein.

Der Delphin trat einen Schritt zurück und sah ihn spöttisch an.

Warum nicht? Weil du deine dumme Tür abgeschlossen hast?

Der Alfaki zückte den Schlüssel, steckte ihn ins Schloss, drehte, öffnete die Tür und trat beiseite.

Trotzdem wird es nicht möglich sein.

Der Delphin, immer noch Spott im Gesicht, sagte: Was ist denn das für ein Sturm im Wasserglas. Er fasste an den Türrahmen, aber da packte die Unregierbare sein Handgelenk.

Du hast doch gehört, es geht nicht.

Der Delphin drehte sich verblüfft zu ihr um. Das konnte nur ein Irrtum sein.

Wir reden später drüber, wenn du willst, aber jetzt reiß dich zusammen und geh mir nicht auf die Nerven.

Aber die Unregierbare drehte ihn um sich selbst, indem sie an seinem Arm zog.

Nein. Jetzt musst mal du eine Kröte schlucken.

Der Delphin wollte etwas sagen, aber sie drückte sein Handgelenk noch fester.

Komm. Sei kein Schwachkopf.

Der Delphin betrachtete einen Moment lang den Arm, fest im Griff seiner Tochter, hörte vielleicht den eigenen Atem, dann nickte er, als hätte er von selbst beschlossen, zu gehen. Er warf dem Alfaki einen Seitenblick zu, ein beiläufiger Abschiedsgruß, und ging langsam Richtung Haustür.

Bevor er hinaustrat, wandte er sich kurz um und sagte: Demnächst wird etwas Furchtbares geschehen.

Und ging.

Mag sein, dachte der Alfaki. Aber der wird mir keinen Toten mehr rauben.

Auf dem Weg zur Dreimalblonden ging er zur Haustür der Villa, um sich zu vergewissern, dass sie abgeschlossen war. Er schaute hinaus auf die Straße. Der Morgen ist immer noch verhangen, dachte er. Der Tag, korrigierte er sich. Wir sind immer noch allein, keiner da, der einen zur falschen Adresse schicken könnte. Er hörte ein dumpfes Geräusch zu seiner Linken, hielt es aber nicht für nötig, sich umzudrehen, weil in dieser verlassenen, geduckten Stadt nichts anderes möglich war als der Widerhall einer Klage türeinwärts. Oder weil sein schwarzer Hund nicht da war und ihn daran erinnerte, dass alles möglich war. Da spürte er ein kaltes, hölzernes tock! an seinem Schädel, der Gehweg stürzte seinem Gesicht entgegen, er empfing noch eine Schuhspitze an Rippen, Wangenknochen, viele Hackenschläge, die ihm das Ohr zerquetschten. Es tat teuflisch weh, er musste zupacken, jemandem eine reinhauen, hatte noch die Hoffnung, es könnte gelingen, als er eine Faust in den Griff bekam und sich an ihr hochzuziehen versuchte, aber da spürte er einen weiteren Schlag, und etwas schaltete sich in ihm ab, als hätte man ihn von einem Felsen losgerissen, und er fiel in einen stockfinsteren, eiskalten Schacht ohne Boden, ohne Wände.

5

ALS ER ERWACHTE, stürzte ihm der verhangene Himmel in die Augen. Ihm war, als hätte er Stunden in Dunkelheit verbracht, aber es konnten auch ein paar Minuten gewesen sein, denn da war der Neuandertal, der am Telefon gesagt hatte, er sei schon unterwegs.

Er hatte geträumt. Oder es waren weniger Träume als Momentaufnahmen gewesen, ein ägyptisches Viech, das genüsslich durchtrieben seinen Nacken peinigte.

Die Straße hatte sich in ein Volksfest verwandelt, so viele Leute befanden sich vor der Villa: Ein Klotz mit weißem T-Shirt, blauen Hosen und Bürstenhaarschnitt lag ein paar Zentimeter von ihm entfernt, daneben drosch der Neuandertal den Schniegelprotz, den Lover der Dreimalblonden, sanft gegen den Boden, und die Dreimalblonde schaute durch die angelehnte Tür der Villa, im Gesicht Schrecken, aber auch Neugier.

Nein, jetzt ist Schluss, im Ernst, ich helf dir auf, sagte der Nan zum kleinen Protz: Hier, meine Hand.

Der Protz machte Anstalten, sie anzunehmen, und der

Neuandertal pflanzte ihm mit aller Wucht eine Ohrfeige ins Gesicht.

Erheb nicht die Hand gegen mich, du Scheißerchen.

Und er lachte. Dann sagte er: Nein, entschuldige, Kumpel, konnt mich nicht beherrschen, steh auf und wir reden.

Der kleine Protz verkrümelte sich in sein Stückchen Welt auf dem Gehweg, und der Neuandertal verpasste ihm noch eine Backpfeife.

Antworte, wenn man dich was fragt.

Lass ihn, Nan, sagte der Alfaki von seinem Stückchen Gehweg aus. Im Grunde hatte er Anlass, der Schwachkopf.

Wir plaudern doch bloß, entgegnete der Neuandertal.

Er selbst war im Handumdrehen zu Boden gegangen, aber der Neuandertal hatte die beiden ganz allein, Gott weiß wie, auf den Ramsch befördert. Er hätte sich schuldig fühlen sollen, weil er ihn ständig in Streitigkeiten verwickelte, die nichts mit ihm zu tun hatten, aber seit langem schon war er zu dem Schluss gekommen, dass er sich ohnehin umbringen wollte und er sich keine Sorgen um ihn machen musste. Was bin ich für ein Hurensohn, dachte er.

Aus dem Augenwinkel sah er, dass sich neben ihm etwas bewegte, aber als er sich umdrehte, war der Klotz, der das Protzbürschchen begleitete, schon aufgestanden und hielt ein Messer gepackt, mit der Entschlossenheit dessen, der es nicht zur Zierde trägt. Er stürzte sich auf den

Neuandertal, der eine halbe Sekunde lang nicht reagierte, im Gesicht einen Ausdruck à la: Komme, was da kommen soll, als erwiese man ihm einen Dienst, doch als die Messerspitze sich bereits auf seinen Magen senkte, packte er das Handgelenk des Klotzes und verdrehte es, aber dessen Körper drehte sich nicht mit der gleichen Geschwindigkeit, und deutlich hörte man das Gelenk knacken, worauf der Klotz der Länge nach auf dem Gehweg aufschlug.

Der Neuandertal sah glücklich aus, wie frisch gebadet, ja neu geboren.

Womöglich will er gar nicht sterben, dachte der Alfaki, sondern bloß nicht im Dunkeln tappen.

Nan, du Hund, sagte er. Wir sollten dich ins Fernsehen bringen.

Nein, entgegnete der Neuandertal. Wozu soll ich berühmt werden, nachher behauptet man noch, es hätte mich nie gegeben.

Der Alfaki stand auf und sagte zu den beiden Verdroschenen: Zieht Leine.

Der Klotz krabbelte ein paar Meter weiter, stand auf und schwankte rasch in Richtung Ecke. Das Protzbürschchen machte weiter wie gehabt, erforschte die Innenseite seiner Arme.

Schließlich stand er auf und ging zur Tür der Villa. Als die Dreimalblonde ihn sah, schlug sie die Tür zu.

Willst du etwa rein? Schau nur, wie du aussiehst.

Wie?

Wir haben eine Epidemie, und du hast nichts um. Bestimmt bist du schon krank.

Aber ich hatte einen Mundschutz, verteidigte sich das Protzbürschchen. Der Kerl hat ihn mir mit einer Ohrfeige abgerissen.

Kurzes Schweigen. Für eine Sekunde öffnete die Dreimalblonde die Tür einen Spalt und schaute ihm in die Augen.

Das behaupten alle, sagte sie.

Und machte wieder zu.

Kaum war das nicht mehr geschniegelte Protzbürschchen abgezogen, kam Vicky. Sie sah sie schon von weitem vor der Villa stehen und kam mit tastenden Schritten näher. Bevor sie etwas sagte, folgte sie dem Protzerchen mit den Augen, musterte den Neuandertal, die Blutspritzer auf dem Gehweg, dann den Alfaki.

Soll ich's erklären?, fragte der Neuandertal.

Vicky inspizierte wieder mit traurigem Überdruss die Szenerie und untersuchte dann den Alfaki, betastete den Nacken, sah sich die Augen an, den Riss über der Braue, den Schnitt an der Lippe. Dem Alfaki zitterten noch die Rippen, aber gebrochen schienen sie nicht zu sein.

Mund auf, sagte Vicky. Der Alfaki machte den Mund auf, und Vicky wackelte an einem Eckzahn.

Der ist hinüber, sagte sie. Der Rest des Schwachkopfs hat überlebt.

Noch etwas, sagte der Alfaki. Schau, ob ich da was habe.

Er zeigte auf den Hals. Vicky schob ihm den Kopf zur Seite und schaute nach. Sie trat einen Schritt zurück, sah ihn erneut an.

Was soll da sein?

Ist da kein roter Fleck?

Vicky sah noch einmal nach.

Da ist was, könnte aber ein Schuhabdruck sein. Hättest du dir tatsächlich den Tod geholt, würdest du dich bereits krank fühlen. Das habe ich im Krankenhaus beobachtet. Sonst kommt dieser Mist nicht so schnell zum Ausbruch, aber manchmal erinnern sich die Viren, dass sie schon mal an einem Ort gewesen sind, und dann sind sie kaum mehr zu stoppen. Sie richten mehr Schaden an, wenn sie zurückkehren.

Vom Krankheitsgefühl her war der Alfaki mehr als infiziert, aber momentan spürte er die Epidemie nur an den Punkten, an denen ihn die Tritte erwischt hatten.

Gehen wir zur Puppa, sagte er.

Ich warte lieber draußen, sagte der Neuandertal. Das ist unterhaltsamer.

Er öffnete die Tür, da klingelte sein Handy. Vicky ging voraus.

Kollege. Es war der Mennonit. Läuft alles?

Jaja, weshalb die Frage?

Gerade erfahre ich, dass Las Pericas brennt.

Aha?, dachte er. Wie kann der Mennonit Las Pericas mit den Fonsecas in Verbindung bringen?

Das Haus steht in Flammen ... Und Sie wollen behaupten, dass es nicht die Castros waren.

Ich behaupte, dass es nicht die Castros waren, antwortete der Mennonit. Ich war bei ihnen, der Vater will bloß seine Tochter zurück, und die Jungs werden momentan nichts hinter seinem Rücken tun.

Ok. Hier läuft alles, ich rufe an, sobald sich was tut.

Er legte auf. Höchste Zeit, es noch einmal bei Gustavo zu probieren. Er wählte und erreichte ihn. Kommen Sie her, sagte der.

Er ging in die Villa. In der Wohnung wusch Vicky der Puppa mit feuchtem Lappen einen Arm. Manche Leichen mussten feingetunt werden, diese hier musste nur aufgefrischt werden.

Ich lass dich allein mit ihr, sagte er. Ich bleibe nicht lange.

Vicky nickte, ohne sich umzublicken, der Alfaki ging.

Bin gleich wieder da, sagte er dem Neuandertal.

Wohin?

Zu Gustavo, aber ich brauche dich hier.

Bestimmt raucht ihr einen Joint, sagte der Neuandertal.

Der Alfaki stieg in den Käfer und fuhr los. Auf dem Weg zu Gustavo hielt er kurz vor Las Pericas. Die Fassade stand noch, aber die Flammen drinnen verschlangen alles und leckten schon aus den Fenstern. Es gab keine Feuerwehrleute oder Schaulustige, die das Feuer bei seiner Arbeit gestört hätten.

Er traf bei Gustavo ein. Kein bloßes Viertel, sondern ein Bezirk, etwas sorgfältiger gestrichen, aber ebenso verlassen wie die Gegend, in der er wohnte. Er stieg aus, klingelte, und nach ein paar Sekunden öffnete ein Mädchen. Sie konnte nicht älter als fünfzehn oder sechzehn sein und war schwanger. Kommen Sie, sagte sie leise, und drehte sich um.

Boden, Wände, Möbel, Türklinken, alles glänzte von Putzmittel, es war ein sauberes Haus als ein Graben, der die Welt draußen auf Distanz hielt. Gustavo saß in einem Sessel im Wohnzimmer. Man sah, dass er vom Gericht kam, denn er trug immer noch Krawatte und Sakko. Seit zwei Jahren hatte er ihn nicht mehr gesehen. Er hatte sich gut gehalten, aber Doppelkinn und Augenringe hatten seit Zeiten schon die Sechzig beklagt. Das Mädchen gab ihm einen Mundschutz. Sie war übermüdet oder anämisch.

Herzchen, bring dem Herrn Anwalt ein Bier, sagte Gustavo.

Beim Eintreten hatte der Alfaki den kleinen Jungen im Laufstuhl hinter ihm übersehen. Etwas war mit dem Kind. Es lächelte und bewegte die Beine, kam aber kaum voran und fasste nichts in den Blick.

Auch bei der Arbeit?, sagte Gustavo.

Wohl oder übel.

Neben dem Sofa stand ein Eimer mit Marihuana. Gustavo zog ein Paper hervor, dann noch eins und klebte sie mit einem Zungenschlag zusammen, für eine längere Tüte. Seelenruhig drehte er sich einen gewaltigen Joint, und als er sah, dass der Alfaki ihn musterte, sagte er: An meinem darfst du nicht ziehen, dreh dir selbst einen, wenn du willst.

Und er schob ihm mit dem Fuß den Eimer hin.

Nein, danke, sagte der Alfaki.

Was liegt an?

Das Haus Las Pericas.

Was ist damit?

Es brennt.

Gustavo zog die Brauen hoch und riss die Augen auf, leerte jedoch nicht das Rauchreservoir in seinen Lungen. Er hielt den Rauch noch ein paar Sekunden länger zurück, und nachdem er ihn ausgestoßen hatte, sagte er: War zu erwarten, wundert mich, dass es nicht früher passiert ist.

Warum?

Die Rechnung stand noch offen.

Gustavo zog wieder an seinem Joint und ließ den Alfaki weiter bohren.

Was war los?

Es sind nicht zwei Familien, sondern eine, oder fast,

antwortete er gequetscht, da er den Rauch noch zurückhielt. Die beiden Väter stammen vom selben Vater ab, das war los.

Und er stieß den Rauch aus.

Der Castro-Vater hatte nach allen Regeln des Gesetzes geheiratet, aber eines Tages gefiel ihm eine Kleine aus dem Viertel, er zog zu ihr und gründete eine zweite Familie. Bis dahin kein Problem, oder? Kann man nichts machen. Aber dann starb der alte Hurenbock, an die fünfzehn Jahre nach seinem Auszug, und damit fing alles an.

Das Mädchen kam mit einem Bier für den Alfaki, und Gustavo sagte: Warte.

Er streichelte ihr den Hintern und warf ihr einen zugedröhnten Kuss zu. Das Mädchen blieb reglos.

Meine Frau kanntest du noch nicht, oder? Eine echte Heilige. Na los, Herzchen, mach mir so einen Highball, wie nur du sie mixt.

Das Mädchen ging.

Gustavo, diesen Gustavo, hätte es früher nicht gegeben. Erstmals in der Geschichte der Menschheit konnten Legionen von Männern seines Alters vögeln, als wären sie Jahrzehnte jünger. Welche Erfahrungen lassen die Alten heute für die übrig, denen er noch steht, dachte der Alfaki. Als lernte man nie aus Niederlagen.

Wir leben in einer außergewöhnlichen Zeit, sagte Gustavo. Jetzt weiß man über so viele Dinge Bescheid, die in der Welt geschehen, dass man sich inzwischen die eigenen Erinnerungen aussuchen kann. Früher war das nicht so, die Leute lebten von der Welt, die ihnen die Eltern hinterlassen hatten. Aber immer noch gibt's einige wie die da, die nicht loslassen können.

Was?

Den Toten. Zur Totenwache kam auch die andere Familie, die erste, ins Bestattungsinstitut, bloß, um ihr Beileid zu bekunden und sich zu verabschieden. Die Witwen begrüßten sich, die Bengel ignorierten sich, denn in beiden Familien gab es einen Jungen, fast im selben Alter, und das war's. Aber als die Castros erfuhren, dass er wer weiß wo begraben werden sollte, da war es aus mit den guten Manieren. Die Fonsecas sind nämlich in irgendeiner Sekte, sie behaupten, sie wären Christen, gehören aber nicht der Kirche an.

Die Sekte sind immer die anderen, nicht wahr?, sagte der Alfaki unvorsichtig, er wusste, dass man die Leute reden lassen muss, sie nicht provozieren darf. Gustavo sah ihn einen Moment lang an, als hätte er ihm Essen ins Gesicht gespritzt, zog noch einmal an seiner Tüte und fuhr fort.

Dann kam das Übliche. Die erste Witwe bat höflich, ihn nicht dort zu begraben, dann forderte sie es, und als die andere nein und noch mal nein sagte, erklärte sie, das werde sie nicht zulassen, nicht umsonst sei sie die rechtmäßige Frau, sie werde schon sehen. Sie ging und kam gleich mit Anwälten zurück. Die Fonseca-Witwe schrie, nicht im Traum dürften sie ihn mitnehmen, und die Anwälte kamen mit Polizisten.

Und haben sie ihn mitgenommen?

Allerdings, der Tote trug ja ihren Namen. Dem Sohn der zweiten Familie hatte er nicht mal seinen Namen gegeben, um keine Schwierigkeiten zu bekommen, scheint's. Ha, das gab ein Geschrei, es wurde gezerrt und gedroht, aber vor allem erinnere ich mich an den Bengel, den Delphin, der damals noch nicht so genannt wurde, wie er die Fäuste ballte und auf den Sarg starrte, als sie ihn hinaustrugen. Die Augen eng vor Wut.

Gustavo beugte sich vor, um nach seinem Drink Ausschau zu halten, aber von seinem Platz aus war die Küche nicht zu sehen. Der Alfaki dagegen sah, wie das Mädchen eine Brandyflasche öffnete.

Jedenfalls hatte er kein Testament hinterlassen, fuhr Gustavo fort. Sein früheres Haus lief auf seinen Namen und den seiner Ehefrau, aber das Haus, in das er umgezogen war, lief nur auf seinen.

Las Pericas.

Genau. Und seitdem tobt ein Rechtsstreit, wer es behalten darf, obwohl der Delphin, wie ich weiß, einen Schlüssel hat und ab und an hingeht. Wer weiß, vielleicht ist es sogar ein Segen, dass es abbrennt, niemand teilt gern Geld, aber das teilt sich immer noch leichter als eine Handvoll Asche.

Da hat kein Alfaki geholfen, dachte der Alfaki.

Na, jetzt muss zwischen weniger geteilt werden, aber dafür gibt's mehr Asche.

Wie?

Der Sohn des Delphins ist tot, die Castro-Tochter auch. Jede Familie hat gerade den Toten der anderen.

Zum zweiten Mal wölbten sich Gustavos Augen aus ihren Höhlen.

Eine Schießerei?

Nun war es am Alfaki, die Information ein paar Sekunden lang genüsslich einzuweichen, während er einen Schluck von seinem Bier nahm.

Zufall.

Gustavo senkte die Lider.

So was passiert nicht, sagte er.

Zu gern hätte er jetzt einen Joint geraucht. Lieber bat er nicht darum, er musste gehen. Er blickte Richtung Küche, um sich von dem Mädchen zu verabschieden, und sah, wie sie eine Hand in Gustavos Glas steckte, die Augen in der Wand versunken, während sie die Eiswürfel drehte, als würde sie sie spülen. Die Szene besaß die Unschuld der furchterregenden Dinge, die sich im Stillen vollziehen.

Auf dem Rückweg kaufte er Blumen und hielt an, um einem Verrückten zuzusehen, der sonst immer auf den Fahrbahnen umherhüpfte, bis ihn ein Auto an den Rand katapultierte. Ausgerechnet jetzt, da kein Verkehr war, ging er auf dem Gehweg.

Wie das?, fragte er. Doch der Verrückte sah ihn an, als hätte er eine schwachsinnige Frage gestellt.

Er hatte mit dem Mennoniten verabredet, den Austausch vor der Villa, an der nächsten Ecke zu erledigen. Wie es um die Stadt stand, war es besser, die Sache schnell und mitten auf der Straße über die Bühne zu bringen, anstatt einen anderen Ort zu suchen. Er rief auch den Delphin an, es sei an der Zeit, er solle sich auf den Weg machen, ihn aber seinen Job erledigen lassen.

Der Neuandertal war drinnen und trank Kaffee mit Vicky, gegenüber auf dem Bett die Puppa. Bestimmt gab es wieder Wasser.

Sie sind schon auf dem Weg hierher, sagte er. Du musst auf Draht sein, Nan. Sag Bescheid, wenn sie kommen.

Der Neuandertal trank seinen Kaffee aus und ging. Der Alfaki setzte sich auf dessen Stuhl.

Ich zieh dich nicht mehr in solchen Mist hinein, sagte er zu Vicky.

Diesmal hat man wenigstens das Gefühl, es ist wichtig, sagte sie.

Mehr sprachen sie nicht. Es war so still, dass man das Schweigen der Puppa hören konnte, das jeden Laut im Raum zu schlucken schien. Hart, doch formlos war dieses Schweigen. Wie beschreiben, was nicht da ist? Wie nennt man, was nicht existiert und gerade deshalb existiert? Die Größten der Großen hatten dafür die Null erfunden, dachte er, hatten dem einen Namen gegeben, es sogar in eine Zahlenfolge übertragen, als könnte es sich gehorsam einreihen. Aber immer wieder, wie in diesem Augenblick im Angesicht der Puppa, erhob sich die Null und schluckte alles.

Sie sind an der Ecke, schrie der Neuandertal vom Eingang der Villa.

Ich hole den Nan, damit er dir tragen hilft, sagte Vicky.

Nein, nein, der grobe Kerl tut ihr noch weh.

Vicky starrte ihn an, erschrocken oder verblüfft, vielleicht mit einer Spur Bewunderung.

Dann helfe ich dir beim Hochheben.

Sie traten ans Bett, er schob den Arm unter den Rücken der Puppa, einen anderen unter die Knie, während Vicky ihren Kopf hielt. Er versuchte, sie anzuheben, aber ein Stich in den Rippen zwang ihn zum Loslassen. Verflixt, sagte er. Er versuchte es noch einmal, und noch einmal krümmte er sich, verflixt, und er wusste, dass er aus unerfindlichem Grund gleich in Tränen ausbrechen würde.

Geh in die Hocke, sagte Vicky, dann steh langsam auf, und ich halte sie auch am Rücken.

Das taten sie, und als er spürte, dass ihr ganzes Gewicht in seinen Armen ruhte, stand er so schnell auf, wie er konnte.

Vicky kreuzte Puppas Arme und bettete ihren Kopf, als kauerte sie an der Brust des Alfaki.

Dann los, sagte er.

Vicky öffnete die Wohnungstür, lief und öffnete die nächste, er folgte schmerzhaft schwankend, fick dich selbst, sagte er zu jedem einzelnen seiner blauen Flecken, dann zu seinem ganzen Körper, fick dich selbst, fick dich selbst; und zu dem der Puppa: Fall mir bloß nicht runter, denk nicht mal dran, verdammt.

Es war schon dunkel, aber noch etwas anderes schwebte in der Atmosphäre, die Temperatur war gesunken, die Luft stand nicht mehr still, zirkulierte zwar nicht, schien aber Anlauf nehmen zu wollen. Der Himmel war hell vom Licht, das ihn von unten bestrahlte.

Soll ich nicht helfen?, fragte der Neuandertal, als er ihn kurz vorm Zusammenbruch sah.

Nein.

Dann trag sie richtig, du übergibst doch kein Bündel.

Ich weiß.

An einer der Ecken tauchte der Geländewagen des Delphin auf. Er kam allein mit der Unregierbaren. Sie stiegen aus, und der Neuandertal vergewisserte sich, dass sie nichts zum Schießen, kein Messer oder etwas anderes zum Massakrieren bei sich trugen.

Der Alfaki drückte den Rücken durch und ging aufrecht zur anderen Ecke, wo der massige Klotz des Mennoniten auszumachen war, die nervösen Gestalten der Castro-Jungs und die Zigarettenspitze des Vaters. Hinter ihnen stand ein schwarzer Leichenwagen. Romeos Mutter war nicht dabei. Manche Mütter gehen ihre Kinder holen, andere bleiben zu Hause, komme, was wolle, damit der Sohn einen ordentlichen Platz hat, wenn er heimkehrt.

Der Mennonit kam ihm ein paar Schritte entgegen und blieb vor dem Alfaki stehen. Er sah sich eingehend die Puppa an.

Muss ich sie untersuchen?

Nicht nötig. Kann ich mich drauf verlassen, dass ihr ihn übergebt, wie ich ihn gestern gesehen habe?

Haargenau so.

Der Mennonit machte kehrt, ging zur Ecke, umrundete den Leichenwagen und kam mit Romeo im Arm wieder. Der Neuandertal nahm ihn in Empfang, und fast gleichzeitig übergab der Alfaki die Puppa ihren Brüdern. Bis dahin waren die Angehörigen still geblieben, aber als der Neuandertal mit dem Bruder auf sie zukam, wich die Unregierbare zurück und weinte verzweifelt los, schrie, aber hielt sich den Mund zu, so dass die Schreie zwischen ihren Fingern stecken blieben. Zitternd brauchte sie mehrere Schritte, bis sie bei Romeo war, obwohl sie nicht weit weg gestanden hatte, umarmte ihn dann und weinte weiter über seiner Brust. Auf der anderen Seite legten die Brüder die Puppa in den Leichenwagen und schluchzten in sich hinein, ohne laut aufzuweinen. Ihr Vater schüttelte den Kopf, dann machte er plötzlich einen entschlossenen Schritt auf den Delphin zu, der

Mennonit ebenso, für alle Fälle, aber der Mann zeigte bloß mit dem Glutpunkt am Ende seiner Hand in Richtung des Leichenwagens, öffnete den Mund, ohne Worte zu finden, und sagte dann: Es heißt, dass sie krank war, dass ihr sie nicht umgebracht habt, und ich glaube es, aber weshalb musstet ihr uns noch eins auswischen? Wozu das alles? Ein Streit um Staub.

Es war mein Staub, sagte der Delphin, und es klang, als besäße er eine Kraft, die er nicht mehr hatte, er sagte es, ohne dass ihm die Luft ausging, obwohl ihm seit Jahren diese Lunge fehlte.

Der andere wartete ein paar Sekunden mit der Antwort.

Das schon. Aber was konnte die Puppa dafür?

Der Delphin sagte nichts mehr. Der Mann ging wieder zum Leichenwagen und öffnete die Tür, um einzusteigen.

Sie wurde nicht gern so genannt, rief die Unregierbare ihm hinterher, und er drehte sich zu ihr um. Ich habe einen Namen, hat sie mir an dem Tag gesagt, als sie mit mir kam, nenn mich nicht Puppa. Und sie hat mir ihren Namen genannt.

Der Castro-Patriarch starrte sie eine Sekunde an, dann sagte er: Ich weiß, wie meine Tochter heißt.

Und er stieg in den Leichenwagen. Bevor er ihm folgte, verabschiedete sich der Mennonit. Sie schlugen die Fäuste aneinander.

Geht's wieder nach Hause?, fragte der Alfaki.

Nee, ich weiß ja nicht mal, ob es so einen Ort gibt.

Der Alfaki trat zur Unregierbaren und sagte: Ruf ihn an.

Sie blickte verständnislos zu ihm.

Deinen Schwager.

Die Unregierbare machte eine zustimmende Geste und drehte sich um.

Der Neuandertal begleitete die Fonsecas zu ihrem Geländewagen und bettete Romeo in den Sarg. Da sie in verschiedene Richtungen mussten, kreuzten sich die Familien noch einmal, würdigten sich aber keines Blickes mehr. So viel steinerne Worte hatten sie sich an den Kopf geworfen, dass die Straße in Trümmern lag.

Der Alfaki sah, wie der Leichenwagen sich entfernte. Wer wird das Mädchen begraben?, fragte er sich. Denn die, die sie so geweint und gedroht haben, werden ihr Grab bestimmt nicht ausheben. Wann haben wir aufgehört, die, die wir lieben, mit eigenen Händen zu begraben?, dachte er. Was zum Teufel kann man von Menschen wie uns erwarten?

Schüchtern kam kühler Wind auf. Der Neuandertal rieb sich die Hände: Und, was machen wir jetzt? Hast du was für die Gurgel?

Nein, Nan, sagte Vicky. Gehen wir, soll jeder für sich sein Inneres spülen, so gut er kann.

O. k., sagte der Neuandertal und musterte den Alfaki von Kopf bis Fuß: Ich würde dir ja wünschen, dass das mit der Nachbarin klappt, aber in deinem Zustand machst du wohl schlapp, bevor du »Liebling« gesagt hast.

Er gab ihm einen donnernden Schlag auf den Rücken und sagte: Also los.

Vicky trat zu ihm, um ihn zu küssen, wandte sich aber vorher ab und nieste in die Armbeuge.

Vielleicht wird sich in Zukunft niemand mehr daran erinnern, weshalb alle auf diese Weise zu niesen anfingen, anstatt die Hände vor die Nase zu halten. Einen Mordsschreck muss man hinter sich haben, damit manche Gesten Wurzeln schlagen und wie Narben überleben, die schon immer da gewesen zu sein scheinen. Vielleicht würden sie selbst später nur wie Narben von jemand anderem sein, ohne Namen, ohne Grabschrift, bloß ein Ritz in der Haut.

Denn das hier würde vorbeigehen wie alles andere auch, eine Zeitlang würde die Welt so tun, als wäre nichts, und ihnen dann den nächsten Schreck einjagen.

Sie gingen, und er trat wieder in die Villa, dachte angestrengt an ein gutes Mantra, aber ihm kam nur in den Sinn: Sollen sie mich verbrennen, verscherbeln, vernichten, aber nicht mehr so wie jetzt.

Die Dreimalblonde öffnete, und der Alfaki trat in ihre Wohnung.

Sie musterte seinen aufgeplatzten Mund, streichelte die Blutkruste auf seinem Kopf.

Schweinebande, sagte sie. Tagaus, tagein spicken sie einen mit Nadeln und lassen sie stecken, als wäre nichts geschehen, und stechen den anderen die Augen aus.

Womöglich sind wir schon verloren, sagte der Alfaki. Um die Wahrheit zu sagen.

Die Wahrheit? Die Dreimalblonde sah ihn an wie einen Idioten. Ich glaube nicht an dieses Rühr-mich-nicht-an. Die Wahrheit? Vielleicht kennt die ja einer, ich nicht, deshalb sage ich, was mir gefällt.

Und sie drückte ihm zwei Umlaute auf die Brust.

Der Alfaki umfasste sie mit einem Arm und wanderte mit der Hand das Rückgrat entlang bis zur Pokurve.

Außerdem, fuhr sie fort, heißt es im Fernsehen, einige werden schon wieder gesund, sie wissen nun, was es ist, man muss nicht mehr sterben.

Sie drängten sich an die Wand, und der Alfaki gab ihr mit dem Mund ein wenig von seinem Blut ab. Plötzlich warf die Dreimalblonde den Kopf in den Nacken und sagte: Hör mal.

Draußen vor der Villa debütierte ein Sturm. Womöglich sind die Wolken weg, sagte sie und löste sich vom Alfaki.

Der Alfaki betrachtete sie im Profil, wie sie anmutig auf

die Geräusche draußen horchte. Schwatz und Schwanz, mehr habe ich nicht, dachte er, und manchmal den Schrecken.

Ich bin es leid, eingesperrt zu sein, sagte die Dreimalblonde.

Sie trat auf den Gang, dann auf die Straße, und der Alfaki folgte ihr, aber bevor er sie an der Haustür eingeholt hatte, ging die Tür der Ñora auf.

Ist Ihr Besuch fort?

Ja, Señora, danke für Ihre Diskretion.

Junger Mann, sagte die Ñora, Sie wissen Bescheid, nicht wahr?

Der Alfaki wusste Bescheid, wusste aber auch, dass man es manchmal besser verschwieg. Er sagte nichts.

Er wurde böse und ist weg, fuhr die Ñora fort. Ich dachte, ich würde nichts mehr von ihm hören, Sie wissen, heutzutage läuft das so, die Leute verschwinden einfach, aber mich hat jemand vom Gericht angerufen, ein Fräulein, dem hat er gesagt, sie solle mich anrufen. Ich weiß nicht, warum sie ihn festhalten. Er sei übel zugerichtet, aber jetzt würden sie ihn nicht mehr schlagen.

Die Ñora machte eine Pause, damit der Alfaki etwas sagen konnte. Er hoffte, dass sie ihn nicht um das bat, worum sie ihn offensichtlich bat.

Ich gehe ihn holen, sagte die Ñora. Wissen Sie, wo das ist?

Verdammt, sie bat ihn doch darum. Er erwog einen

Moment, den kleinen Scheißkerl die Nacht in der Einzelzelle versauern zu lassen, brachte es aber nicht über sich. Vielleicht hatte Gustavo recht: Heutzutage stolpern wir alle naselang über einen leblosen Körper auf der Straße, wir können unmöglich so tun, als sähen wir ihn nicht.

Haben Sie keine Angst, da hinauszugehen?, fragte er die Ñora.

Ach, das bringt mich nicht um den Schlaf.

Besser, Sie gehen nicht raus, ich hole ihn schon, muss bloß vorher noch was erledigen.

Danke, junger Mann.

Er ging in Richtung Tür.

Junger Mann, sagte die Ñora.

Der Alfaki drehte sich um.

Ich habe Sie nicht drum gebeten.

Der Alfaki nickte.

Er wandte sich um. Bin gleich wieder da, sagte er sich. Er öffnete die Tür der Villa, trat hinaus und sah wieder die Sterne.

Javier Cercas
Outlaws
Roman
Aus dem Spanischen von Peter Kultzen
512 Seiten. Gebunden

Sie kiffen, klauen, hängen ab. Der Anführer Zarco, der allen Angst einjagt, die verführerische Tere mit den grausam grünen Augen, und all die anderen, die kein Zuhause haben. Als Gafitas dazustößt, werden aus Kleinkriminellen bewaffnete Gangster. Banküberfälle, Nutten und harte Drogen sind jetzt ihr Alltag. Dann gibt es den ersten Toten, und Gafitas weiß: wenn er leben will, muss er aussteigen, auch wenn er die schöne Tere nie wiedersehen wird. Jahre später treffen sie sich vor Gericht wieder: Zarco als Angeklagter und Gafitas als Strafverteidiger. Aufwühlend und sehr einfühlsam erzählt Javier Cercas von den zerrissenen Freundschaften einer verlorenen Jugend.

»Eine fesselnde Geschichte,
mal hart und dann wieder herzergreifend.«
La Vanguardia

fi 1-010510 / 1